沉香吻雨声声落

重访张爱玲

ALOES
OLD
DREAM 1952

Eileen Chang

石若轩——著

Wuhan University Press
武汉大学出版社

以重访之名，赋深情之念

青青

　　石若轩是真爱张爱玲。

　　她几年前便写过张爱玲的传记，几年后又"重访张爱玲"，真爱自不必说。而这本书的名字也借鉴了张爱玲散文集的名字《重访边城》。

　　1961 年秋，张爱玲先到台湾，再访香港。这段游记她于 1963 年用英文写出，20 世纪 80 年代又以中文重写台湾与香港，结集推出了《重访边城》，写她与之诀别后的一次重返。"我觉得是香港的临去的秋波，带点安抚的意味，看在我忆旧的份上，在黑暗中我的嘴唇牵动着微笑起来，但是毕竟笑不出来，因为疑心我跟香港诀别了。"

　　重访可否翻出新声来？未读之前，我是有疑问的。国庆长假，我把石若轩的新作《沉香吻雨声声落：重访张爱玲》看了一遍，原打算看几节，谁知一看竟收不住，用了四天时间看完全书。其时，不觉从躺椅上坐了起来，这画面类似胡蕊生在南京的石婆婆巷读到《天地》上的张爱玲的《封锁》，这惊动果然不小。

她的这本书是关于张爱玲的文艺鉴赏，不是普通的人物传记，而是以文本为依托，边叙边议，边惊边叹。在石若轩的笔下，张爱玲如同观音，千万化身全在自己的小说里：许小寒、白流苏、周四小姐、王佳芝、赵珏……起初是疑惑，但架不住石若轩细腻婉转之笔，渐渐相信起来。是的，张爱玲孜孜地写下这些文字，是因为她要写出自己，不停地写，建筑自己的宫殿，殿里模模糊糊的影子，既是张爱玲，也不是张爱玲，是千千万万女性，虚无又繁密，排着长列，无尽地闪现又幻灭。若轩的文字，美自不必说，这次除了美，满篇是果敢犀利，纤纤细笔，直抵人心。

评析文本，她运笔如庖丁，绵密曲折，如下山的小路，一路日光闪烁，日影满地，空气里颤动着桂花的香味，小路上有人引导着你向着更幽深处越走越远。评人物，她眼明心亮，字字有出处，甚至在分析张爱玲晚年的病情时，还从文本中梳理出了张爱玲患病的名称，大致有：便秘、伤寒、牙病、眼睛出血、风湿、失眠、血栓……然后，就她的疾病追根溯源，一直追溯到她祖父母那里，还从张佩纶给李鸿章的信里发现基因之奇妙。看得我心惊肉跳。

我写过《在一切潮流之外——张爱玲传》，对现有的张爱玲的材料我是非常熟知且脉络清晰的，并且我觉得自己从材料里有独到的有意味的发现。而读了若轩的这本书，我发现张爱玲仍然是个富矿，随着时间的推移，不同的作者在她的文字里会有更加新奇的发现，闪闪发光的钻石随时可捡。前提是热爱，无穷无尽的热爱，对所有与张爱玲有关的人与事都保持高度的敏感，并且得到之后，咀嚼再三，直到品出自己的味道来。

张爱玲晚年一直感冒，缠绵不止，石若轩从文本中梳理总结，认为其可能患有肾上腺疲劳征。肾上腺疲劳的人群，他们上午的能量值极低，通常要在下午渐渐恢复活力。张爱玲从年轻时就习惯"昼伏夜出"，此外张爱玲对咖啡因及甜食的偏好也属于肾上腺疲劳的症状表现。我不太懂医，但石若轩言之凿凿，我也觉得十分有理。从另一方面可以看出，作者对传主的热爱到了亲人一般的凝神与悲悯，非如此，不可能写出这样的文字。

就文字看，作者理性和感性兼具，文字抒情与析理得当，当我知道她只是一名二十五岁的女孩时，顿生天才之叹。又因自己也写过张爱玲与萧红的传记，对她便格外关注。若轩还在读本科时，就出版了《张爱玲的2020》，曾轰动一时，毕业后紧接着又出版了《萧红的绝世飘零》，她爱她们。好像若轩生来就是要以播种文字为生，又好像是因她写下了张爱玲与萧红，更加重了她文字的宿命，她竟然踏着两位天才作家的脚印去了香港，2022年秋她到了香港攻读硕士。这世界也许冥冥之中真有神秘之手，在控制着每个人的生命流向。其实，密钥就是真爱！

南国温热，风物茂盛，水天明丽，但愿她这个北地胭脂也因了水土改变而成为香江金粉，在一片烁烁的南国阳光里，健康地开出自己的花朵，写下更加俊朗的文字，真诚地祝福她。

简介 青青，原名王晓平，现居郑州，河南省作家协会理事，著有《白露为霜——一个人的二十四节气》《落红记——萧红的青春往事》《访寺记》《在一切潮流之外——张爱玲传》《王屋山居手记》等。曾获2015年度孙犁散文奖、第二届杜甫文学奖等。

第一卷

纸醉·墨染 ALOESOLDDREAM1952

第四卷

烟火 · 佳谈 ALOESOLDDREAMI952

无 论 你 从 哪 里 启 程 ，

都 能 抵 达 张 爱 玲 。

Eileen Chang

时间冲淡了尖锐的笔调，1966 年的张爱玲在起笔《怨女》的时候，更像是站在轮回路口处的一次人生回望，不得不联想现在的自身处境，多了对宿命的感叹与年华流逝的焦灼。虽然知道曲折起伏的异国生活对她身心的巨大考验，但是她似乎忘记了青春年少时对于命运的另一番解读……显然后来的张爱玲记了起来，所以有了对《金锁记》的四次表达。

第一卷

纸醉·墨染

我 从 来 不 故 意 追 忆 过 去 的 事，

有 些 事 老 是 一 次 一 次 回 来，所 以 记 得。

第一章

良尘一栖双飞燕，
东风西雨两不知

离合春秋的半世情缘

对于燕山，

她未曾后悔过，

因为那时候，

幸亏有他。

是乱世书写中的绝艳，

是命途颠倒般的成全。

成全你的余生，

也是尊重自己的旧梦。

要轮回多少场梦，才到红楼尽头

　　本是召唤出烟暖气的嫩金新芽安然地在靛蓝色风里小驻着，却不想被莫名其妙的霏霏细雪错乱了节奏。偶然逢得停云两三相约岸边踏青，怎奈过于疏淡的阳光实在不能算作谈笑风生的风月佳令。陪着微寒气息散步的是两男一女，但是三人似乎并没有闲适的心境来描摹未见一片桃花的早春，也不知是不是不解风情的风用力吹起女子淡灰色的大衣的缘故，她不知不觉间走得更加急促了。即便是春风里的细雪也凑不出一个雅字。

　　缤纷的雪花落入曼桢厚厚的围巾里，丝丝凉凉，她乍得缩颈，回身俏皮地对着匆忙行走的世钧和叔惠傻笑，好像在表达三人行哪里是来树下拍照留念的，分明是负着行囊的追星赶路人。羞涩的笑声云淡风轻，回荡。手上的红丝绒手套掺杂雪片若隐若现，此时眼前的苍枝、不早不晚的细雪、看起来有点笨重的围巾、褪色的羊皮大衣都做了背景。一双普通得不能再普通的红色手套就被白雪衬成了古时女子的落梅妆，曼桢的脸化在贞净纯雅的雪里，她的脸色更显苍白。

也许就在今日，世钧给初见时笼统地觉得她是好的加了一个理所应当具体化的最佳注解。毕竟初见曼桢时的背影实在没有一个具象的感受，只是觉得她的好，笼统的好，整体合一的好。

雪花飘向世钧的脸，也是丝丝凉凉的。突然传来吱吱的声音，翠芝端着咖啡推门而入，丝丝凉凉的雪花随即变成走廊过道的风扑向世钧的书桌。桌布被轻轻扬起，世钧猝不及防地打了一个寒战。

"你呆坐在那想什么呢？"

"我，我想我在思考回忆我这一辈子。"

翠芝放下咖啡，茫然若失地看了丈夫一眼，没有说出什么，径直退了出去。翠芝的脚步声穿越第三世界的门将世钧猛地拉了回来，这十几年的离合迷乱、沉浮悲欢，回忆太深，真像一场又一场的螺旋梦境，世钧一时竟想不起与昔日恋人曼桢曾经相识的细节，只记得那日霏霏春雪，眼前的红丝绒手套微微颤动着。

他握着杯子，伴着记忆中的雪花一起喝了下去，丝丝凉凉的雪花和咖啡一起凉到了心里去。

　　《十八春》(《半生缘》)的开篇以男主人公沈世钧的回忆展开,故事的基础框架借鉴自美国作家马宽德的《普汉先生》已是众所周知的事情,但这毕竟是张爱玲的《十八春》而非马宽德或是其他作家的《十八春》,所以在改写的基础上,张派文风中的物化苍凉之美及细腻精致的刻画功力无一不渗透、散落在文中的每字每句之中。尤其是对沈世钧与顾曼桢相知相恋的各种细腻入微情节的描绘,如故事中三位主要角色的拍照漫步,雪化落雨,买油纸伞,讨价还价,包括女主角顾曼桢丢失红丝绒手套,世钧夜间冒雨替其找回却不敢对曼桢说起的心灵动态。对恋人之间这些微妙的情感变化的描写一改往日张爱玲的"男女爱情战争"气味的风格,而以洁净单纯的爱恋开端,闪烁着初恋般怦然心动的美妙。恋人稚气未脱的微妙心理,欲说还休的暧昧气息铺满了整个工厂,并且弥漫到了男女主角一同参加的寿宴上、电车和黄包车里、和叔惠一起用餐的小饭馆中,其间烟岚雾绕,令局外人陪同曼桢与世钧一起迷醉。

　　在小说的开篇中设置雨雪交替的拍照留念场景与暗示

男女主角纯洁无瑕的恋情有相合相衬的必要。文中出现的不期而遇的春雪不是随意描写环境的寥寥几笔。张爱玲自幼便与《红楼梦》感情甚笃，她曾多次言说《红楼梦》与《金瓶梅》是她一切创作的源头活水，她八岁初涉红楼，到十二岁渐入佳境，年少时期的得意之作《摩登红楼》便是她与《红楼梦》朝夕相处、血脉相承的细微证据。更不要说她文学创作后期曾一度废寝忘食详解《红楼梦》，亲自删改文稿数次，最终博得"十年一觉红楼梦"的文学研究奇作《红楼梦魇》，其对《红楼梦》的关注与珍视程度有目共睹。所以，当我们看到《十八春》中几处清新淳雅的景物白描，隔着纸面上的文字，穿越七十余年的浓烟风雨，还是嗅到了数场"红楼梦中雪"的清凉味道。

《红楼梦》中的雨雪描写并不少见。史湘云的白雪红梅，脂粉香娃；妙玉的旧年之雨，雪中烹茶；宝钗的芙蓉花蕊，采雪制药；宝琴的雪中傲立，粉妆银砌；宝玉的踏雪寻梅，紫云入世；红楼佳丽们的雪中赋诗，各类场景数之不尽。作者曹雪芹自称爱雪之人，有"耐寒道人"的雅号，他与苏轼梦幻联动，在作品中原创了一道菜，名为"雪底芹芽"，颇为风雅。

回到曼桢与世钧的《半生缘》，雪的洁净纯白特性象征着曼桢与世钧单纯的初恋以及曼桢娴静贞烈、濯清涟而不妖的品行，更像是有意铺陈"玉带林中挂，金钗雪里埋"的悲剧性前奏。

张爱玲的笔触不会有一丝一毫的赘余描写，她对《红楼梦》的厚待珍视连同她的天才梦一样执着了一生。不夸张地说，张爱玲的文字与《红楼梦》《金瓶梅》，甚至《醒世姻缘》等类似的传统古典文学佳作密切相关，惺惺相惜。

张爱玲完美继承了《红楼梦》的美学精神和表达方式，让《红楼梦》中时常出现的雪景与雨境鬼使神差般转移到了《十八春》中。出于尊重张爱玲的喜好，以红楼之眼观察十八个春秋并非牵强附会、跟风附和。

张爱玲与马宽德的文学关系大体可以概括为《普汉先生》是《十八春》灵感构思与人物设定的主要来源。后来，远在异乡的张爱玲仍然惦念这部当初也许并不是十分满意的小说的叙事框架，于是亲自操刀将《十八春》去掉了意识形态味道较重的结局走向，改写成为更令人熟知的长篇小说《半生缘》。《普汉先生》（又译为《朴廉绅士》）是美国小说家马宽德的一部畅销小说。马宽德于1938年凭借作品《乔治·爱普里遗事》获得普利策小说奖，该作品的荣誉也让大众不知不觉淡忘了曾经风靡一时的小说——《普汉先生》。

毫不夸张地说，马宽德因借了张爱玲的荣光才被国内读者广泛知晓，因为他并非以写叙事言情小说见长，相较于平淡叙述，他更擅长侦探情节的故事构建，且在 20 世纪 40 年代的美国文坛，马宽德的地位略显尴尬。但是令人感到神奇的是，一向社交恐惧的张爱玲破天荒与马宽德有过一次会面，而且相谈甚欢，双方互相欣赏，很是愉悦。张爱玲一直是擅长寻觅沧海遗珠的作家，譬如她可以将《红楼梦》中随意出现的普通语句改造成惊艳众人的绝美名句，从而使得这些曾经普通的句子摇身一变成为张派的传世经典。同样地，这部《半生缘》的前身《十八春》的大部分故事框架就来自马宽德的《普汉先生》，只是张爱玲加入了中国特有的历史背景，加之张派的华丽苍凉手法，于是这部凄美的爱情悲剧——《半生缘》就此诞生了。

张爱玲在获得马宽德的创作灵感之后，首先关注到的无疑是原小说中几位主要角色的名字。马宽德作品中的四位主角分别是故事叙述者普汉、普汉的妻子莫得福特及男二号比利与次要女性角色玛纹。根据故事的人物关系与情节设计，以上角色可依次对应《十八春》中的沈世钧与妻子石翠芝，世钧好友许叔惠与《十八春》的核心角色顾曼桢。

值得一说的是，因为《半生缘》中顾曼璐的角色可塑性极强，且身世跌宕起伏，人物各类关系交织更加复杂，加之影视作品中演员本身对角色的全方位加持，使得顾曼璐与初恋男友张豫瑾的形象吸睛颇多，更受瞩目。

将《普汉先生》中主要角色的英文名字转化为汉语姓名，张爱玲花费了很多心思。前文提到张爱玲的"十年一觉红楼梦"的《红楼梦魇》，在张派风格的"红学"研究中，她从细致入微之处着手，写出前人未曾注意的细枝末节，在对红楼文本五详五解的过程中，她重新梳理了红楼各类人物关系，转化补充了情节排列及其暗示之处，甚至对文本的弦外之音进行了猜想和发挥，可以说耗尽了笔墨。当然，她不会忽略对《红楼梦》中人物名字的分析提炼，并将人物角色名字的精巧转渡到自己的作品中来。

《十八春》与后来改写而成的《半生缘》的一个最为显著的差别在于，文中顾曼璐的初恋男友张豫瑾的名字由以往的张慕瑾转变而来，角色名字的转变自然不是张爱玲随意为之。

名字中不变的是"瑾"字，现代汉语中该字的基本释义为"美玉"，而顾曼璐名字中的"璐"字的基本释义也是"美玉"，这可以解读为二人在名字上相互呼应，本是众人眼中的金童玉女式组合。名字中变的是"豫"字，这个字的改变并不是针对小说中顾曼璐的改变，而是暗示他对顾曼桢的心理动态以及行为变化。"豫"的基本释义为犹疑不定，闲逸安乐，是一个形容词。所以《半生缘》中的张豫瑾对待顾曼桢的态度是迟疑、尊重，是被动的，对顾曼桢与自身的情感归属是求得安稳的平和态度。而"慕"字的基本释义是思念、依恋，是一个动词。原《十八春》中的张慕瑾对两姐妹的爱恋更为明显主动，结尾更是借助沈世钧之口敲定了顾曼桢与张慕瑾的大团圆结局。

由动词到形容词的变化是故事情节的改变。但无论是张豫瑾的迟疑不定还是张慕瑾的主动示爱，该人物都是张爱玲设定的"追求者"角色。

按照逻辑常理，顾曼桢中的"桢"字本应与姐姐顾曼璐中的"璐"字相对应，取为"瑱"，两姐妹皆为美玉。但是张爱玲并没有这样设计，这又是为什么？

这大概有以下几点原因。

第一，两姐妹虽容貌相似，但气质却不相同，性格也是大相径庭。姐姐擅长描眉化粉，容貌更加俏丽媚气，脸型虽未在文中具体提到，但应比妹妹尖些，是男性眼中的美女形象；而妹妹脸型圆中见方，形象好似线装书封面，更加稚气纯净。

第二，美玉的释义不仅代表容貌非凡，在性格解读上可延伸理解为圆滑。"桢"的含义为坚硬的木头，可延伸理解为性格直率质朴，品行坚韧。刚好符合两姐妹的性情。

第三，作为全程"追求者"的张豫瑾，在与姐姐顾曼璐分手后，见到妹妹开始心猿意马，心中不免有"没有生姜求红枣"的错乱之感，起了"没有美玉找木块"的找补心理。

《半生缘》与《红楼梦》的联系不止这几点，除了角色名字的创意精神传承自红楼之外，就连小说中主要人物关系的交织互动也和《红楼梦》有着千丝万缕的关系。当然早有前辈学者提出沈世钧与顾曼桢的恋爱有着宝黛之恋的影子，笔者思之，应该不仅限于此。

在张爱玲的半生情缘中，贾宝玉应该分裂成了两个角

色。宝玉的不求仕途、沉醉安稳的性格映照在了男主角沈
世钧身上，但是宝玉的异性佳缘与风趣幽默应该投射在了
许叔惠身上。许叔惠的性格描写文中不止一处，世钧调侃
他是说书人，接近于话痨。他在与女孩子相处过程中所掌
握的火候进度也都恰到好处，以至于几乎要和石翠芝走到
了一起，也赢得顾曼桢的几许好感。

女性角色方面，妙玉与黛玉双结合后与女主角顾曼桢
形成了照应。黛玉敏感多疑，任性猜忌，万事万物藏于内
心不善于表露，常常不明所以地生闷气。世钧与曼桢也因
为双方不表达自己的真实感受，任凭对方胡乱猜测，数次
爆发小争吵。黛玉丧母后在贾府总有寄人篱下之感，曼桢
丧父也有类似的身世疏离之叹。

更不要说妙玉的结局轨迹直接铺就了曼桢的凄惨命运。
妙玉是贾府中的"隐士佳人"，她洁癖清冷，孤傲自持，
可以说她是贾府佳丽中"温度最低"的存在。她的身边掺
杂不得一丝泥土，以至于刘姥姥用过的茶杯也不肯再用。

要知道痛感是比愉悦更加强烈的一种力量，尤其是在
文学世界里，创作者与受众群体往往沉醉于酒神精神不能
自拔，所以最壮美的悲剧要用最残忍的手段把最美丽的事

物纷纷撕碎了展示给众人看。对于妙玉而言,极致的痛感是,那位最是洁净,最是一尘不染的仙子最后的结局竟然是被背靠荒山的卑污之手沾染玷污。曹雪芹没有完全昭示她的结局,只得是"可怜金玉质,终陷淖泥中"了。

曹雪芹几乎给了妙玉最残忍的结局,张爱玲也将经验美学传承下来。前文描写顾曼桢有多清纯,后文她的经历就有多卑污;前文中的顾曼桢有多独立,结局就有多妥协。我们都知道,张爱玲喜欢对照。

跋扈骄傲的石翠芝是南京城中的富家小姐,但也是外强中干,内心有苦无处诉的可怜金丝雀。婚后的她比丈夫更热衷追逐名利,劝服沈世钧争取经理的职位而引发夫妻争吵不休。她与精明强干、敢作敢为的探春有相似之处。探春有抱负亦有远见,是一位练达的奇女子。游走于各种风月场的顾曼璐的性格成分中也有几丝探春的味道。

"红楼梦中人"的身份,张爱玲热爱了一生,她与红楼情结如影随形,朝夕相伴。是她一改新文学热潮中,西方文学一边倒的状态,以独立的姿态大胆言说中国传统古典文学的种种好处。她枕着赤色的古典文字,做得半生的深梦,千回百转,缱绻壮阔。

辗转半生春秋的眷恋，刻一个成全

"十八春"的取名意义很容易让人联想到王宝钏苦守寒窑十八年，丈夫成为西凉王后，夫妇二人仅仅相守十八天，王宝钏随即撒手人寰的凄美传说。这本是旧时戏曲，意在歌颂王宝钏坚贞不屈，拼死守护婚姻承诺。为了将男权色彩强烈的意识强行植入，故事创作者把可怜的王宝钏狠狠地虐待了数万遍，还不断被渲染、流传。当女性性别意识不断觉醒，性别自我认同不断加强之后，越来越多的人开始为王宝钏鸣不平。不过众人冷静之后，也逐渐意识到故事中的三个人似乎都没有做错什么，王宝钏的坚贞、代战公主的退让、薛平贵追求仕途好像都是各司其职。

同样，在张爱玲的男女爱情战争及各类家庭宅院人伦悲剧的刻画中，《半生缘》中的男女主角可谓是最冤屈的一对苦命鸳鸯。若说以往的曹七巧与葛薇龙在人品性格上存有极大弱点，抑或是姜季泽与乔琪乔品行不端、精神残障导致了他们以悲剧收场也不觉得可怜；可是沈世钧与顾曼桢这一对又做错了什么？

倘若非要鸡蛋里找骨头来叫嚣一番，便是沈世钧温吞犹疑的个性特点与顾曼桢一拖再拖的自卑人格可能还值得讨论。由这部小说改编的姐姐为保全自己的家庭从而联合丈夫一起戕害亲生妹妹的影视作品一直是很多人幼时的阴影，他们一直感叹张爱玲为什么要把这种风花雪月的完美爱情毁灭得一干二净，连仅有的依恋也随着顾曼桢人生的幻灭而幻灭。《十八春》算是张爱玲试图靠拢新时代思想的第一次尝试，虽然她已经有意识地将两姐妹的命运悲剧与历史环境联系起来，但依然可以看见张氏固有的"解剖人性"手法。仔细思来，造成两姐妹命运悲剧的原因，尤其是妹妹顾曼桢的悲剧的原因也不完全是时代的错误，甚至可以说与时代没有太大的关系，说到底是人性固有的性格缺陷导致了一系列悲剧的发生，因为《半生缘》的深邃从来不是风花雪月。

身怀梦想抱负的沈世钧不甘于按照父辈安排的道路走完波澜不惊的一生，所以他离开家庭前往上海谋事。在工厂邂逅了温婉清纯的顾曼桢，比起石翠芝的大小姐傲慢脾气，沈世钧很快与知书达理的顾曼桢走到了一起。本来天造地设的一对恋人却屡屡因为自身的家庭琐事把婚事一拖再拖，直到顾曼桢被姐姐、姐夫设计强暴并囚禁一年后生下姐夫的孩子。此后，两人的命运再无交集，引人无限唏嘘。

一生一世一双人的婚姻是真的不能掺杂任何的误会，曼桢和世钧遇到大大小小的误会，他们的选择仅仅是逃避，不公开，不解释。世钧面对自己的爱情甚至不具备公开的勇气，到头来顾母误会世钧毫无诚意，沈父又误会曼桢和她的姐姐一样是个不正经的风尘女子。到了后期，曼桢因为自卑情结，渐渐失去了自我，加上过于为家庭大局考虑，家庭的责任使她和世钧的婚事一拖再拖。

有前辈学者考证出"十八春"的来源还可能与张爱玲对薛平贵颇有微词有关，她在散文《洋人看京戏及其他》及文章《红鬃烈马》中用了几个感叹号批判男主人公的自私，愤慨之感跃然纸上。

我们不论张爱玲到底受过以上几部作品多少影响，先回到王宝钏对待归来丈夫和丈夫新婚妻子的态度上，来挖掘张爱玲设置《半生缘》中两对情侣的结局的可能原因。

王宝钏经过西凉王的"考验"后，被封为皇后，赢得了表面上与丈夫举案齐眉的景象，而内心的挣扎愁苦恐怕不能用一顶凤冠来粉饰。作者为什么要用十八年的等待换来十八天的荣华呢？让王宝钏颐养天年不好吗？抛开旧时女子的悲哀与特定历史因素来看，王宝钏必死无疑，迅速离去是她最好的归宿。十八年的风雨有两个核心词语，一个是等待，另一个是成全。

这两个词语完全可以投射到顾曼桢身上。王宝钏用十八年的挣扎等来她的西凉王，但也仅仅是西凉王，却不是她的丈夫薛平贵。顾曼桢在被姐姐、姐夫封锁在小楼隔间的黑暗岁月里，唯一可以支撑她勇敢活下去的信念是她要见到世钧，她要等到世钧，等一个解释，等来她倾诉悲惨经历的机会。王宝钏要等待，等她的丈夫，等她完成给丈夫的承诺，等到一个结局，所有的惨烈才不算枉费。而她的迅速死去是对丈夫与代战公主的成全，曼桢等到世钧又拒绝世钧破镜重圆的打算亦是对石翠芝及世钧两个孩子的成全。

可是成全二字并不容易，对于顾曼桢来说，是压垮她十几年的精神稻草。为了让钟爱的女主角有成全他人的底气，张爱玲耗费笔墨，精心为顾曼桢准备了三个机会。

第一个机会是生存，只有生命得以延续，成全才得以进行。曾几何时，类似的疑问不绝于耳，比如经历沧桑巨变的顾曼桢为什么不了断自己的生命，宁愿忍受灵魂的溃不成军也要苟活于世？为什么经历伤痛洗礼的张爱玲从没想过要去向自杀靠近？传奇的人生，充满残酷的疑问。

张爱玲早有答案，她说："没有人愿意死的，生和死的选择，人当然是选择生。"无论是张爱玲还是顾曼桢，她们不仅要活下去，还要勇敢地活下去，活得有骨气，活得有尊严，活得有属于自己的独特的意义。

承诺是给自己的，不是为了谁。

怎样活得有尊严，还要腾出力气去成全破碎的爱恋呢？

第二个机会是拒绝世钧提出的重归于好。在剧版的《半生缘》中，笔者有一个很深的印象：曼桢带着儿子荣宝过马路，居然看见世钧与朋友缓缓走来，她有意回避并且转过脸去，为了躲避世钧的眼神，她甚至不惜要与汽车相撞，狼狈离开。还有弟弟杰民来到祝公馆看望曼桢，提到世钧来银行开户头，曼桢故意不接话题，逃避回忆。以及后面曼桢对接听世钧电话的犹疑不定，饭店重逢正式拒绝世钧的邀约等一系列刻意保持距离的行为，都显示了曼桢的洁身自好。

第三个机会是及时认清现实，回归母亲的身份。无论是在小说中还是在影视作品中，关于曼桢同意嫁给祝鸿才的举动都未做具体阐述，大概张爱玲本人也茫然失措不知该如何布局，只待读者广泛思考。

十四年后，两人再度相遇，时光兜兜转转，很多事情都变了。世钧已经是两个孩子的父亲，除了对子女的责任，还要负起一个家庭的顶梁柱责任，他曾经没有勇气去追寻自己的爱情，现在更是没有任何回旋余地了。曼桢也已经人到中年，人老色衰，身边依偎着祝鸿才的独子。年少的激情已经被命运磨碎，浪漫的人生理想已经离自己太远，绝美的爱情、完美的婚姻都变得不再清晰，唯有眼前的孩子也许才是最真实的。

张爱玲为了顾曼桢的尊严可以说是下尽了功夫，这当然有她自身因素的影响。张爱玲是一位自产型女作家，在她作品的许多角色中就有她自己的记忆碎片与残存身影。对于尊严二字，张爱玲把它看得同自己的才华一样重要。

再看小说中另一对被命运捉弄的苦命鸳鸯，许叔惠与石翠芝的选择，同样体现了成全。

小说中提到许叔惠出国十年仍对当年石母盛气凌人的气势愤愤不平，可见是真的受到了来自门庭高贵的精神刺激。所以出国之后，许叔惠的感情经历较为复杂，不能说这与年少心结毫无关系。翠芝与世钧的婚姻是众望所归的妥协之道，二人新婚之夜均坦诚有后悔的想法，可是木已成舟，也是覆水难收了。

十年之后，许叔惠与石翠芝再度相逢，两人在昏黄暧昧的灯光下倾吐心事，彼此之间都有心意。正巧翠芝与世钧在冷战期间，归国单身的叔惠借着酒意把自己的心路历程在旧日恋人面前表露无遗，两人正欲重温旧梦之际，都心照不宣地悬崖勒马，留给了对方一份尊重。对于叔惠而言，眼前人是朋友之妻；对于翠芝而言，自己是有夫之妇、两个孩子的母亲。

四个人不约而同做了同样的选择，我成全你的余生，也尊重自己的旧梦。对于 1950 年的张爱玲，感情不再是唯一的归属，这半世的情缘不再是单纯凭吊爱情破碎的鸳鸯蝴蝶梦，爱情之外的文本演绎，才更值得我们去求证。

顾曼璐：被命运操控的复仇者

清纯娴雅且自力更生的顾曼桢并没有做错什么，若是非要寻找自身性格的缺陷，除了自卑情结、迟疑猜忌之外再无其他，比起张爱玲其他作品中的女性角色，这几点小问题根本无伤大雅，瑕不掩瑜。除了命运作为悲剧的推手之一，"红粉骷髅"顾曼璐及操控顾曼璐命运的祝鸿才也是"功不可没"。

近几年来，顾曼璐这个人物角色因为原生家庭成为热议话题，很多读者、观众开始无限制地同情起这个为了支撑家庭门楣牺牲自己的可怜姐姐。不妨从原生家庭层面简单谈一谈。

张爱玲笔下的母亲形象历来让人无法产生好感，自私、空虚的性格特点是张派母亲形象的大多数反映。曼桢的祖母和母亲及几个弟弟类似"拖油瓶"一样的存在，更让人百思不得其解的是，年纪不大的母亲宁可让自己的女儿去做舞女养家赚钱，也要维持一种贵族太太的气派，当糊口都成为问题的时候，顾母还是不忘记请一个佣人去营造顾家显赫的空虚假象。

父亲过早去世，家里还有虚荣的母亲、年老体弱的祖母及一群要吃饭上学的弟弟，作为长女的曼璐不得不扛起振兴门楣的大旗。偌大的上海，朝不保夕的枪炮年代，一个毫无背景的弱小女子又能做什么才能负担这么多人的生活？可想而知，她只能牺牲自己的身体，埋葬自己的青春换来弟弟妹妹的活。最凄凉的是，弟弟们嫌弃厌恶的态度更是让饱经风霜的曼璐痛苦不堪，血缘什么时候成了囚牢？难道因为血缘就要我来负担不该有的艰辛吗？自我在哪里？我的尊严又该由谁来买单？弟弟们不能接受自己的姐姐是个任人践踏的卑贱舞女，可是他们忘了自己现在的干净却是姐姐用身体换来的。人是有"习惯情结"的高级动物，也许姐姐的付出就是理所应当的，反过来享受恩惠的人却可以站在道德制高点上指责不要脸面的姐姐，原来人性可以这般恶毒，让人不寒而栗。

当然这些世俗的异样眼光还并不能让曼璐决心毁掉自己一心一意培养的高洁妹妹。曼璐曾经说过自己费尽心血培养的大学生妹妹不是为了给人家做姨太太的，自己已经如此肮脏，妹妹不能堕落下去。其实最让人唏嘘不已的不仅是沈世钧与顾曼桢的错过，还有那位寂寞惯了的张豫瑾。年少时的曼璐和妹妹一样有一段缠绵悱恻的初恋，张豫瑾更是等了曼璐十年之久，张豫瑾可以接受千疮百孔的曼璐，但是曼璐已然认为自己是残花败柳不能再拖累初恋，所以两个人的感情无疾而终。即便如此，张豫瑾依然是曼璐心中唯一的纯净土壤，她不能接受初恋竟然喜欢上妹妹，由此，曼璐彻底崩溃扭曲，青春理想彻底幻灭。说到底，女人的嫉妒之心能变成一把利剑刺穿所有情爱的命门，曼璐终于从受害者变成了施暴者，真真无限悲哀。

好是可惜，她本来已经带着妹妹冲出了封建意识的枷锁，眼看妹妹已经脱离父权框架开始自力更生、独立自强了。

这中间产生了一个很显著的疑问，那便是为什么曼璐在戕害亲生妹妹时可以如此正大光明、理直气壮？答案是她在扮演一个复仇者的角色，她在报复。她在报复这个男性角色缺席的残损家庭，她在报复不知感恩的弟弟们对她的唾弃，她在报复自私虚伪的母亲和祖母对她的误解，她在报复为了家庭完满做出巨大牺牲的自己，她在报复毁了她整个人生的男权社会。

但曼璐为什么变成了"红粉骷髅"？因为她的施暴对象是比她更弱势的顾曼桢，她是社会意识压迫中的受害者，同时是凶手的合伙人。旧时的封建压迫就是如此可怕，它在无意识中引导女性们对自身的性别从来不加以认同，在女性的成长过程中，她们"厌女"而不自知，只能在宗法父权体系牢牢控制的小环境中艰难生存，并不得不与同性对立冲突，互相残杀，充当父权社会的变态演绎中一幕幕悲欢离合惨剧的帮凶。

曼璐对曼桢的所作所为与曹七巧对女儿和儿媳的所作所为不分伯仲，都是变态而不自知的。曹七巧内心恐慌，她日夜担忧孩子们获得幸福的家庭后会完全抛弃她这个风烛残年的母亲。曼璐的恐惧主要来源于对祝鸿才的把握不定，究其原因是自身的身体素质无法为祝鸿才生儿育女，所以她笼罩在被随时扫地出门的恐惧中，惶惶不可终日。

人们对绵延子嗣的偏执追求贯穿了整个宗法父权社会，子嗣的偏执观念可能是人世间最令人生厌的罪恶，它滋生了太多悲剧。正如拐卖人口行为的内驱动力，失踪的男孩是做了别人的儿子，失踪的女孩是为了被迫生下别人的儿子。在曼璐的眼中，妹妹不过是一个行走的子宫，是自己生育器官的替代品。于是在顾母的提醒下，在丈夫祝鸿才的逼迫中，曼璐终究妥协，她和其他凶手一起把自己费尽心血培养的妹妹推进了深渊。至此，她的人生彻底失败。

在两姐妹的恩怨情仇中，最具穿心杀伤力的是那句，"我渐渐活成了姐姐的样子"。痛而不自知和思维清晰的痛苦相比，后者的痛苦是要放大数十倍的。于曼桢而言，她是在心理层面上先行凌迟一次，从生理层面中再割裂一次。

众人说曼璐是可以被原谅的，是可以被理解的。笔者可以理解她，但是无法做到原谅她，因为罪恶就是罪恶，无论中间发生多少曲折离奇的故事，局外人也不该强迫受害者为罪恶寻找理由。曼璐有太多的压抑绝望，可即使再绝望也不该因一时的私欲毁掉别人本该安乐的一生。

还有，任凭任何人说堕落风尘的曼璐多么面目可憎都可以，只有靠姐姐贩卖青春才换得璀璨人生的弟弟们没有资格评价。

摇曳两生花，
《半生缘》比《十八春》更接近张爱玲

马宽德的《普汉先生》与张爱玲的《十八春》及《半生缘》之间的渊源前文已经阐述，在此不须赘言。下文简要描述《十八春》与《半生缘》的几点区别。

其一是张豫瑾与张慕瑾的名字改动，随之情节发生变化。《半生缘》的结局，女主角依旧单身，未曾提起感情归属问题。《十八春》则是借助沈世钧之口祝福了张慕瑾与顾曼桢的完满结局。

其二是时间设定的改动。《十八春》中，男女主重逢，时间来到了 1949 年左右；《半生缘》中，时间缩短四年，变为 1945 年左右；因时间缩短，所以国内社会背景随之改变。

其三是主要人物性格的细微变动。《十八春》中，两位男性角色性格较为激进，热切关注家国大事；《半生缘》中，几位主角有"两耳不闻窗外事"之感，由大环境改为小环境，内心互动描写增多，性格更加温和。

其四是次要角色的结局交代模糊化。《半生缘》中，祝鸿才与顾曼桢离婚后，生活片段一笔带过，具体未可知；《十八春》里，祝鸿才逃往台湾途中，葬身大海。

其五是外力冲突的变化。《十八春》中多处描写国民党军队的不当行为；而在《半生缘》中，实施暴行的变成了日本侵略者。

以上区别也许不甚全面，但却能看出来，后来改写的《半生缘》的整体基调更符合张爱玲的创作风格。虽说该小说是她靠拢新时代的一次尝试，但文学艺术到底是个人化的行为，沾染了太多条条框框恐要失真，所以远在异乡的她仍不忘改进结局，几次增删，做最真实的自己，创作最钟爱的文章。

《半生缘》对于张爱玲有着特殊的、私人化的意义，它不仅为文坛与影坛增添了一抹亮丽色彩，还在于它是张爱玲冲出情感伤痛之后，换来的一次重生。毫无疑问，与胡蕊生的几年错遇冲击了她的创作体系。

不要小看了情感纠结与婚姻伤痛对于女作家的杀伤力。彼时有数位在文坛上光明璀璨、才气逼人的女作家都被错误的感情经历将灵气拦腰斩断，比如被陈西滢盛赞的五四女作家白薇。白薇凭借出色的才气与胆识在 20 世纪 30 年代一跃而起，曾与冰心、丁玲等女作家齐名而立。但遇到杨骚这个克星之后，她的感情经历一片惨败，竟是一蹶不振，灵气全无，再也没有佳作出现。萧红在经历了几个男性的围攻纠缠之后，拼尽最后一丝生命的烛火，燃烧成享誉文坛的《呼兰河传》，到底是有代表作传世。反观白薇，在遭遇了情感折磨之后，似乎原有的创作勇气如水一般流走，没有配得上经历的苦难，也辜负了所有的不甘。星离月散，委实可惜。

如此骄傲尊贵的张爱玲，沉浸于自我世界的水仙子，世人皆说张胡是传奇情缘，只有她自己知道这不是倾城之

恋，分明是一地鸡毛的双重误解。可是完美主义的她内心
再是千疮百孔也不会对外言说一字一句，她究竟是经历了
怎样曲折的狼烟烽火，在流言蜚语与文学事业遭受打击的
双重压力下涅槃重生的，我们已经不得而知，只留下她与
胡蕊生恋情破碎之后开始的连载长篇小说《十八春》。

《十八春》的出现，使得她送走了胡蕊生的张牵或张招，
带给读者的是一个全新的、独立清醒的张小姐。

我们曾相遇，一起说永远

沈世钧与顾曼桢这一对凄美恋人可以说在张爱玲的小
说世界中绝无仅有，一枝独秀。二人都没有太过生硬的人
格缺陷，在他们的命运轨迹中，一种在张爱玲小说中不常
出现的"宿命气息"覆盖了文字的各种角落，就连许叔惠
的母亲也多次感叹造化弄人。虽然张爱玲作品中的女性角
色复杂多样，但男人的形象倒是容易归类，可以分为生理
缺陷与精神残障两大类。前者如《金锁记》与《怨女》中
的女主角的丈夫，后者如《茉莉香片》中的聂传庆等。至
于家庭暴力狂与欲望色魔及对情感不忠的男人均归在精神

残障中。可是沈世钧除了性格软弱，略显小家子气之外，其他的品行优点可圈可点，张爱玲的锋利笔触到这里似乎有所转变，她的叙述刻画视角不再高高在上，不再调侃戏谑，而是肯"下凡"以平视角度观察起《半生缘》中的男男女女。这是何故？

其实水仙子到底是肉身凡人，凡人该有的恐惧心理张爱玲同样也有。往日的书写，她就像一个知晓天地万物的预言家，莫名其妙地预言了自己及身边人的生活。此时刚刚经受伤痛洗礼，好不容易才重拾才华的张爱玲好担心那些锋利的、刀刀见血的刻画再次印验到自己的生命里来，所以不得不逼着自己对笔下的人物宽容起来。

深受"张胡恋"风气影响的人猜想张爱玲是因为有了爱情的滋润，即使是落花有意流水无情，也改变了对男性群体的一些看法，开始宽容起来了。对此言论，笔者有不同看法。

《半生缘》的写作基调变得和缓，当然和张爱玲自身感情经历有关，但是这与胡蕊生没有任何关系。张爱玲在自传式小说《小团圆》中，也用邵之雍的感叹对此进行了回击。在《半生缘》中与邵之雍（疑似原型：胡蕊生）有一点关系的语句是一句没有。

1943—1944 年，张爱玲将笔下人物的爱恨交织刻画得十分老道绝伦，用笔锋利，恐怕也是因为她未曾经历任何伤痛，站在局外人的角度更能轻松戏谑其中人物的原因。

似乎制药的人，格外病弱；酿酒的人，最是清醒。

在有了亲身的经历之后，张爱玲变得不那么客观明快也是正常的现象。因为人在面对自己的时候，下手不一定如此决绝果敢，所以笔调显得柔和。

可是张爱玲笔下的男性形象有所改变却真的和另一个男人有关，这个男人不是人们津津乐道的胡蕊生，而是新人编剧的伯乐导演，是梁京的叔红，是九莉的燕山，也是张爱玲的桑弧。在《半生缘》写作期间，张爱玲对桑弧的依恋信任无疑覆盖了她对胡蕊生的失望怨怼。她能重拾写作的信心及初涉影坛，与桑弧有密不可分的关系。

沈世钧的优点近似于桑弧的优点，但二者并不完全契合。在《小团圆》中，燕山与九莉遗憾分手，张爱玲却多次借助九莉的身份诉说二人的感情，简单来说就是四个字——不悔无怨。

《半生缘》与《小团圆》都绕不开桑弧，小说中的燕

山是电影行业的复合型人才，自编自导自演。而燕山这个
人物形象应该也是复合型原型，也就是几个原型的合体。
不妨大胆猜测一下可能的人物，燕山＝桑弧＋张伐＋刘
琼＋石挥。

　　燕山有令人钦羡的俊朗面庞，这也符合小说中电影演
员的形象设定，对比现实中，1947—1949 年，张爱玲与桑
弧合作甚好。演员张伐在张爱玲与桑弧合作作品《太太万岁》
中饰演男主角唐志远，刘琼在《不了情》中饰演中年企业
家夏宗豫，而石挥在《哀乐中年》中挑大梁。

　　张伐与石挥是偏传统周正型的帅哥，前者眉目冷峻，
后者庄重内敛；而刘琼的儒雅气质颇受当时影迷的喜爱，
三人均不是单一的演员身份，也有相关导演作品传世。导
演桑弧气质沉稳，内向老成，这些真实人物的性格外貌与《小
团圆》中的燕山不谋而合，不能说完全是巧合。

　　即便有友人们的介绍促成与小报报道的相关恋情绯闻，
二人还是不动声色地结束了一段没有结局的感情，并且双
方都心照不宣地保持沉默。与老谋深算的情场老将胡蕊生
相比，成熟稳健的桑弧的一举一动落在当时的张爱玲眼中
更显纯净美好。笔者猜测二人也许对此有过默契的约定，

既然相遇不悔无怨，何必世人皆知，沉默也是对彼此最后的保护。可是为何一定没有结局呢？

原因有千万种，我们只好猜测。性格原因、家庭成员结构原因、未来生活具体规划原因，甚至还会有社会历史原因，太多太多。

张爱玲的性格是完全不适合传统家庭相处模式的，虽说张爱玲与胡蕊生在炎樱见证下结两姓之好，可到底是异地恋的相处形式。胡蕊生往返上海、南京两地，每每见到张爱玲也是小住几日，没有真正一起柴米油盐过，其实双方根本没有真正踏入过彼此现实的生活。

这种"若即若离"的婚姻相处方式，反倒给了张爱玲一丝喘息之机，让她有机会、有空间整理收拾自己的心情把这段恋情维持下去。"张胡恋"的婚姻模式刚好符合了张爱玲的生活方式。但是桑弧就不一样了，桑弧与家庭成员的关系较为紧密，李家也是大家族，家庭成员众多，最为关键的是桑弧的家人并不看好两人的恋情，这从《小团圆》中，九莉前往燕山家中受到冷遇就可见一斑。

张爱玲需要家庭氛围中的小空间来收藏自己的心情，桑弧显然给不了她这种自在的环境，若是真正进入一个家庭，就要被迫强打精神处理家庭人际关系琐事，想到这些，张爱玲望而却步。

燕山也不会跟随九莉一起远渡重洋，因为燕山属于事业型男子，他有属于自己的事业规划，也有与其血脉相连、割舍不断的亲情根基，而这些均与九莉无关。

更不要说那几年张爱玲与胡蕊生的恋情被传得沸沸扬扬，张爱玲因为胡蕊生的身份备受指责诟病，写作事业几乎停滞，心情也大受打击，就连以往的自信心也被消解许多。所以面对初恋般纯净的燕山，九莉总是伴随自卑心理，觉得自己配不上眼前的男子。这与曼璐对初恋男友的自卑，以及曼桢对世钧的自卑又有了时空对接。

曼桢是张爱玲的底色，而曼璐也许就是当时世人眼中的张爱玲。故事的最后，就像曼桢成全了世钧的家庭一样，九莉也衷心接纳了燕山的新女友，她依然没有后悔，平和地接受着一切。

后来的后来，在胡蕊生拼命榨干张爱玲的人气价值为自己加分的时候，桑弧的电影事业也迎来春天。作为我国第二代有代表性的优秀导演，桑弧在艺术表达中的呈现方式，古典现代的融合，海派风格与吴越精神的相互映射都将电影事业推进了一大步。我们偏执地相信，他后来的艺术表达同样有张爱玲的影响，在张爱玲公寓拍摄几连拍剪影，成为这段恋情为数不多的痕迹。

情感交流的终点也许并不是契约与婚书，而是不得不离真实的自己更进一步，是内在心灵变幻过程的自我解构。最终的结局是觉醒抑或是坠落，与这段关系可能并没有直接联系，若是悲剧性的落败，不过是自己输给了自己。

张爱玲与桑弧的关系谈不上喜剧悲剧，对于这二人而言，最好的缘分只是遇见，我们曾相遇，一起说永远。

第二章

颠倒一座城，
未见知心人

她 未 必 就 是 医 他 的 药

情话是依存在时光围墙里的誓言，

她不是医他的药，

他也未必就是赢家。

承诺不必言早，

我们都不具备上帝视角。

情话是依存在时光围墙里的誓言

　　藏在海市蜃楼中的情感最擅长自欺欺人，它们无所不能的自动美化手段让沉溺其中的人再也不情愿承认一颗粘饭粒子的淡而无味，偏执地认为就算它是无奇苍白的光，也要是月满西楼处、零枝剪影的明月光；就算是毫无折调的曲，也必须是沾染了《琵琶行》前世今生的器。

　　爱的尽头似乎是精神性的死亡，狂喜过后的庸碌，交织过后的不外如是，原来理想与现实永远不能并驾齐驱。如果迷恋有起点，所爱便会有尽头，在油盐琐碎里耗尽猎奇，对方的灵魂是那么浅薄，过于神圣化的轰轰烈烈，当遭遇滑铁卢似的惨败，失落感将无处安放。

　　过往那些虐待情节的气氛都充满罗曼蒂克似的怀旧，如果可以，那些不计成本的投入不如永远不要得到任何回应。

　　　　他说她的绿色玻璃雨衣像一只瓶，又注了一句："药瓶。"她以为他是在那里嘲讽她的孱弱，然而他又附耳说了一句："你就是医我的药。"

（张爱玲：《倾城之恋》，皇冠文化，2020年2月，张爱玲百岁诞辰纪念版）

死生契阔这些唯美到窒息的语言是没有任何错误的，它们自然不该为有瑕疵的婚姻承担责任。至少此时沉浸在毫无瑕疵的艳遇幻想里的范柳原一定是这样考虑的，也是这样解劝自己的，以免而后悄然退场的时候误伤到其他人。

范柳原与白流苏两人都可以称得上是编制情话的天才，无奈自比弃妇的白流苏畏惧不计明天的爱情童话幻想，所以那些情话愈是精致，她的回应愈是冷漠。没错，这是两个俗人，俗不可耐，但是却俗得精致有趣。

英伦式的微醺浪漫，香江周围环绕的"新感觉气息"的空灵脱俗，白流苏根本就无暇注意，这些也丝毫不会引起她的兴趣。她自始至终考虑的都是能够证明自我身份的一纸婚书，一个众所周知的"范太太"的帽子。此时的白流苏像在一场场情话测试中被迫应战，两人都在罗列大大小小的应试技巧，试探对方的下一步反应。多情亦是有情，深情好似无情，未必说得清楚，也不必说得清楚。

经历生活的琐碎与婚姻的挫败的女人，她的感情世界里根本就不存在春夏秋冬。这场恋情进行得是有多么艰难，要用倾倒一座城市来成全。

为何偏偏就是你

故事依旧是诞生于张爱玲最为熟悉、留恋且情感复杂的旧式宅院中，依然是父位缺失，由母系势力完全掌握的倾斜式互相虐待的家庭成员结构关系里。女主角白流苏的母家祖上殷实显赫，但在突如其来的新旧世界的交替中，白家的子孙同大多数 20 世纪 30 年代的类似家族一样，没有来得及做好迈向新世界的准备，就被新世界的大门挡在了前朝落日的阴影里。在挥霍了祖产又没有新的经济来源支撑之后，白家在意料之中衰微，但是属于"贵族血液"的"贵族气质"还在，这也是吸引白流苏前夫唐家求亲的重要原因。

白流苏与唐一元的结合从一开始就是按照长辈族人与社会期望打造出来的金童玉女式组合的婚姻样板。旧时家族要的是体面和气派，要的是风光和尊严，哪怕这些和谐共融都是表层现象。总之是为了给周围的看客欣赏的，虚情假意也好，逢场作戏也罢，这些都不重要。而看客的心理需求就更简单，他们只是看一场繁华的烟花表演，就像如今青年男女当街求爱的场景中的看客，他们的作用只是高呼助威，制造气氛，根本顾不得局内人的情感诉求，所以这种"假派大团圆"的戏份是最令人生厌的。

在贵族血液气氛的渲染中，唐家属于"半路出家"，虽然经济状况优于白家，但是因为没有一个翰林祖先，所以总和真正的高级阶层隔了一层，现今与白家小姐白流苏的结合刚好弥补了这一缺憾。

唐一元与白流苏喜结良缘后，唐一元依旧保持纨绔子弟的生活习气，打牌狎妓的习惯依旧保留到婚姻中，仿佛他从来也不是谁的丈夫。白流苏面对如此尴尬的场景当然心中不满，但以她的个性，不满的主要原因与丈夫的情感不忠没有什么大的关系，本来她也没有奢求过一生一世一双人的婚姻。她忧愤的原因主要是她这个唐家少奶奶的身份形同虚设，夫家的所有人在面对唐一元不当行为后的态度让白流苏更加确信自己只是被娶进门的摆设。

她没有得到来自丈夫父母的丝毫尊重，这让从前自傲的她在尊严上大受打击，不得不回到白家寻求亲情上的治愈与安慰。但是她很快意识到，在夫家得不到尊重的女人在母家的处境同样进退维谷，兄长嫂嫂们只当她在扮演怨妇，只求体面的母亲更是完全斩断了她可能挣脱不幸婚姻枷锁、通往自由的道路。在与母亲拉锯了许久之后，白流苏与丈夫的"完美婚姻"终究是让看客们失望了，她重新回到了单身女青年的身份。母亲看到眼前的弃妇女儿，爱恨交织，兄嫂们露出了暗黑人格的本性，白流苏在白家过着寄人篱下、看人眼色的纠结生活。

故事进行到这里，白流苏的抑郁情绪已经到达了第一个高潮。张爱玲的"反高潮"情结拯救了她，范柳原出现了。

通过徐太太之口，可以知道范柳原是三十而立的归国华侨，俊朗不凡，经济实力雄厚且性格外向潇洒，更重要的是他尚且单身。此时白家小姐宝络也是久处闺阁的适嫁之女，在各种阴差阳错与众人推波助澜后，徐太太有意让范柳原与白宝络一见，若是有缘岂不皆大欢喜。

生活怎么可能只有一重百转千回，白母心中的乘龙快婿对小女儿无意，却喜欢上了已是弃妇的白流苏。白宝络虽然流露几丝不满，但到底没有达到她的情绪爆发点，所以便任其发展了。这里有一个疑问，眼前的理想丈夫转眼变成了未来的姐夫，白宝络却没有看客们想象中的暴跳如雷，这又是为何？大概是因为白宝络与范柳原初见，虽有好感，但却没有任何感情基础，所以她的些许气愤不是因为姐姐抢走了自己的如意郎君，而是她本是知书达理的少女，但却在弃妇姐姐这里落败，失了体面，自尊心受到了伤害。两姐妹均是内心自傲自持的人，在二人心中，体面与尊严比感情来得重要。

白宝络的心中充满疑问，白家的所有人也看得云里雾里，为什么潇洒倜傥的多金华侨会把目光投向一个年近三十又是弃妇的白流苏呢？白流苏的身上有妹妹不曾拥有的"双阴特质"。简单而言就是白流苏同时具备了母性与女儿性。白流苏经过婚姻的考验，年龄上又与范柳原十分接近，尤其是当日会见时与本来的相亲对象白宝络对比，白流苏的身上有着一种天然的母性的温柔，但同时处境艰难的她还依然保留了属于小女孩的坚韧与不服输的气势。

范柳原不是未染尘世的富家公子，他是一个经历复杂的生意人，早就阅尽了人世间的繁华明媚与落寞清冷。少女的角色在他的生活中数不胜数，但是一个有着少女般勇敢又在抗争命运的不甘少妇就不多见了。为何又说在范柳原的情感需求中，母性显得尤为重要呢？可以在原文徐太太口中获知一二。

　　那范柳原的父亲是一个著名的华侨，有不少的产业分布在锡兰、马来西亚等处。范柳原今年三十二岁，父母双亡。白家众人质问徐太太，何以这样的一个标准夫婿到现在还是独身的？徐太太告诉他们，范柳原从英国回来的时候，无数的太太们急扯白脸地把女儿送上门来，硬要推给他，钩心斗角，各显神通，大大热闹过一番。这一捧却把他捧坏了，从此他把女人看成他脚底下的泥。由于幼年时代的特殊环境，他脾气本来就有点怪僻。他父母的结合是非正式的，他父亲一次出洋考察，在伦敦结识了一个华侨交际花，两人秘密地结了婚。原籍的太太也有点风闻。因为惧怕太太的报复，那二夫人始终不敢回国，范柳原就是在英国长大的。他父亲故世以后，虽然大太太有两个女儿，范柳原要在法律上确定他的身份，却有种种棘手之处。他孤身流落在英伦，很吃过一些苦，然后方才获得了继承权。至今范家的族人还对他抱着仇视的态度，因此他总是住在上海的时候多，轻易不回广州老宅里去。他年纪轻的时候受了些刺激，渐渐地就往放浪的一条路上走，嫖赌吃着，样样都来，独独无意于家庭幸福。

（张爱玲：《倾城之恋》，皇冠文化，2010 年 8 月，全集典藏版）

张爱玲通过对范柳原离奇身世的描述给了我们这个问题的答案。范柳原的原始身份是见不得光的私生子，母爱与父爱都是难得的奢侈品。他又历经第一段婚姻的惨败，精神上受到刺激打击，是一个毫无安全感的冷面男人。而白流苏的出现，让范柳原在身世之感上与其有了共鸣，二人都有寄人篱下的境遇，都有前一段感情的伤害。白流苏满足了范柳原一度渴求的依赖感，而且因为当下的处境，她激发了范柳原作为男子的保护欲望。

人类都是视觉动物，作为张爱玲笔下精心刻画的范柳原自然不能免俗，因为二人初见，吸引到范柳原的便是白流苏的外在气质，若是白流苏没有为人称道的外在美，恐怕范柳原也没有兴趣去探寻她的灵魂。

白流苏的外在美倒不是普遍审美视角中的倾国之美，张爱玲并不热衷唯美浪漫的鸳鸯蝴蝶情愫，执着古典韵味的张爱玲要把她的女主角同样蒙上东方韵味的华美雍容。白流苏的气韵属于十分传统地道的东方之美，范柳原曾对她说，她是一个难得的真正的中国女人，范柳原还说他觉得中国女人是世界上最美的，是永远都不会过时的。

前文提到范柳原作为华侨，一定是只身一人在异国他乡辗转多年，他说白流苏是一个难得的真正的中国女人，其实范柳原的身上也有一种难得的"寻根情愫"。在寻根的心理渴望中，范柳原与张爱玲有相同的精神共鸣，张爱玲的许多文字根植于传统文化，包括她的服饰设计、她的精神依赖都与古典文明有着割舍不断的联系。张爱玲愿意把自己的精神价值分出一部分留给范柳原这个角色，这也从侧面可以猜想，范柳原不是一个模式化的花花公子。

可以肯定的是，白流苏成了范柳原精神心理上的故乡，成了他可以短暂停靠的家园。

在情感技巧方面，白流苏与范柳原可以说是势均力敌，战斗战术上不分伯仲。白流苏不是首次涉及婚姻感情的少女，她是一个刚刚从婚姻废墟里爬出来的弃妇。因为有了前段感情的教训和阴影，再加上自身的聪明才智，她在与范柳原相处的过程中，情感进程把握张弛有度、收放自如。她练就一番独家的驭夫秘籍，把百依百顺、若即若离、求而不得及相知相守运用得完美至极。两人在斗智斗勇中，互相缝合彼此的伤口，寻找精神上的共鸣，互相治愈。加上两人都是编制情话的高手，懂得用误解来解释误解，所以不是偏偏就是你，而是只能是你，也必须是你。

她未必就是医他的药

白流苏这个人物角色其实比范柳原简单得多。这里的"简单"不是指性格、心思简单，而是作者在白流苏身上耗费的笔墨较范柳原简单。如果整部《倾城之恋》是流动的状态的话，白流苏是流动中的静态人物，而范柳原则是在流动中，跟随流动一同行走的动态人物。

范柳原的动态主要表现为心境的变迁，从这一点来看，白流苏不具备变迁。白流苏在故事中，从始至终的核心目的就是一纸婚书，是做名正言顺的"范太太"，无论她是否承认自己已经沦陷在范柳原设计的温柔乡里，她的目的都没有发生改变。比起白流苏始终如一的婚姻追求，范柳原的性格更加复杂不易释读，情节中的外力冲突不断改变着他，他逐渐看到乱世相依的宝贵和现世安稳的重要。张爱玲喜欢写"真"的人物，不是善与恶，无关灵与肉，不管外在环境的变化，她只想跟随内心的直觉。所以，范柳原在张爱玲的安排下，迈入了婚姻，这种心境变迁更加真实，更接近普通大众的内心诉求。

白范二人的恋情除了算计与争斗之外，还有一个很重要的词语——怀疑。也正是在这种怀疑态度的驱使之下，两人只谈策略，不愿意弯下腰来谈爱情。

> 范柳原真心喜欢她么？那倒也不见得。他对她说的那些话，她一句也不相信。她看得出他是对女人说惯了谎的。她不能不当心——她是个六亲无靠的人。她只有她自己了。
>
> （张爱玲：《倾城之恋》，皇冠文化，2010 年 8 月，全集典藏版）

白流苏怀疑范柳原的每一句话，范柳原何尝不知道白流苏不是真心爱慕他？他怀疑她爱得复杂，爱得不纯洁，只爱他能够带给她的光环与金钱，而不是单纯的他自己。

拨弄浮尘的痴人绝不可能接受心中神圣的恋情寄托者是如此的平凡，这种平凡非但不能让他们平静，反而敲打着他们曾经迷乱的自尊，让最后的颜面变得倔强，藏在黑暗中也无所遁形。

范柳原附在白流苏的耳边说她是医他的药，这也许并不是一时意乱情迷的撩拨，而是他内心深处对于真情实感的渴望，范柳原想寻得一个懂他的人，一个真正懂他的人。无论怎样，范柳原认定白流苏就是那个人，白流苏也许真的就是一个能够读懂他的人，只是她自己不愿意承认罢了。

白流苏不愿意承认，主要是她强迫自己的内心不能承认。因为她时刻牢记自己是一个婚姻挫败、在母家寄人篱下的女子，她不允许自己有那么多充沛纯真的情感，也不允许自己的内心再被一个男人撬动。她有一份傲气在心里生长着，绝不可让阅女无数的范柳原看扁自己，她只好故作深沉，在范柳原的面前表现得更加老谋深算，她恐惧范柳原把前夫唐一元那一整套传习下来再次施暴于她。

她只有自己了，容不得心动，更容不得失败。

她再度拿起听筒，柳原在那边问道："我忘了问你一声，你爱我么？"流苏咳嗽了一声再开口，喉咙还是沙哑的。她低声道："你早该知道了。我为什么上香港来？"柳原叹道："我早知道了，可是明摆着的事实，我就是不肯相信。流苏，你不爱我。"流苏道："怎见得我不？"柳原不语，良久方道："诗经上有一首诗。"流苏忙道："我不懂这些。"柳原不耐烦道："知道你不懂，你若懂，也用不着我讲了！我念给你听：'死生契阔，与子相悦，执子之手，与子偕老。'我的中文根本不行，可不知道解释得对不对。我看那是最悲哀的一首诗，生与死与离别，都是大事，不由我们支配的。比起外界的力量，我们人是多么小，多么小！可是我们偏要说：'我永远和你在一起，我们一生一世都别离开。'好像我们自己做得了主似的！"……柳原冷冷地道："你不爱我，你有什么办法，你做得了主么？"流苏道："你若真爱我的话，你还顾得了这些？"柳原道："我不至于那么糊涂。我犯不着花了钱娶一个对我毫无感情的人来管束我。那太不公平了。对于你，那也不公平。噢，也许你不在乎。根本你以为婚姻就是长期的卖淫。"流苏不等他说完，啪的一声把耳机掼下了，脸气得通红。他敢这样侮辱她！他敢！她坐在床上，炎热的黑暗包着她像葡萄紫的绒毯子。一身的汗，痒痒的，颈上与背脊上的头发梢也刺挠得难受。她把两只手按在腮颊上，手心却是冰冷的。

（张爱玲：《倾城之恋》，花城出版社，1997年3月，张爱玲作品集）

静态人物白流苏的内心目的十分明确，她对于婚姻的追逐一如往常且坚定不移。范柳原要的是知己，他给白流苏情妇的身份，原因是既可以满足生理层面的愉悦又可以享受心理空白上的填补，而且不用承担任何婚姻责任。而白流苏的内心动态是无所谓知己抑或是路人甲，懂得与不懂也不用多谈，你要知己的陪伴，我要婚姻的保障。

爱可以不论值不值得，但要衡量配与不配

上帝赋予女人的唯一命运好像就是婚姻，这样看来，女人与婚姻是一对双生姐妹花，无论她是否愿意，她都必须接受这些天然的设定。但事实上，男性比女性更加需要婚姻。孤独与空虚是人类最大的敌人，但是女子对于空虚的忍耐力完全高于男子。从表面上看，女人进入婚姻是找寻一个终生的伴侣来依靠，但讽刺的现象是大多数家庭模式中，被照顾者恰恰是男人。在一个家庭的经营中，男人承担的使命是抵御风雨，但真实的生活中哪里有那么多惊涛骇浪，更多的是细碎的柴米油盐。家庭成为男子的避风港湾，社会赋予了他们独一无二的"婴儿权益"，仿佛他们生来就是被优待的。这也从未有人质疑过，就算是提出质疑又有何意义呢？

"孤独"与"寂寞"二词常被人广泛放在一起并列使用，笔者却私心为"孤独"这个词抱有不平。孤独是很高级脱

俗的情感聚集，而大多数人所说的孤独都是寂寞在作怪。寂寞与孤独很大的区别是，孤独主要是自我选择的，而寂寞是被动选择的。主动与被动怎么可以放在一起混淆讨论？

多数人的婚姻是为了抵抗未知的寂寞而存在的。但是这在白公馆就完全不同了，白流苏的婚姻不是抵抗寂寞，而是实实在在的一份"工作"。她算得上张爱玲笔下标准意义上的"女结婚员"，婚姻就是她的工作和追求，所以她不得不拼尽全力。

白流苏对于她的"工作"可不是只要求薪资待遇优渥，如果只求荣华富贵，以她的综合条件，嫁给年近半百的富人似乎一点都不难。她对于"工作"的心理期待不仅仅是薪资待遇高级，而且要体面，最重要的是"体面"二字。

她是一个带有自恋情结的"女结婚员"。在择偶对象上，她考虑的从来不是这个人值不值得，而是配与不配。

年近半百的富人很多，但是没有范柳原的年轻资本，嫁给老男人实在不体面，不能让人钦羡不已，无法满足白流苏的虚荣心。范柳原外貌俊朗，又具备西式的气质，更不用说经济条件不能再好，简直是白流苏心中的完美适配对象。

白流苏要做一个特殊的女子，她要独一无二的命运偏爱，她渴望看客们通过对她伴侣的价值肯定来确定她的高价值。她认为伴侣的价值可以衡量她的价值，所以她追逐满身荣光的男子，因为可以在周围人赞叹的荣光里看见自己。

在母家被母亲及哥哥嫂嫂围攻反感之后，流苏对扬眉吐气的渴望盖过了一切渴望。她牢牢抓住范柳原，早就超出了寻找终身饭票的需要，她要的是扬眉吐气，全方位的、彻底的扬眉吐气。

官宦世家出身的女孩子也是有"水仙子"性格成分存在的，水仙子性格的女孩子，在爱情里最严重的伤害其实是自身轻视甚至鄙视唾弃的人向她深情地表达爱意。在轻视唾弃的视线范围内，比起对方性格人品上的缺陷，处于下风阶层出身的根源更让她难以忍受。

爱可以不问是否值得，但是要看是否相配，白流苏及她四周的看客们始终觉得体面比幸福重要，尊贵比烟火重要。

时代太过沉重，何必大彻大悟

《倾城之恋》在 1943 年问世以来，它的阅读讨论热度一直高于张爱玲的其他作品，在通俗意义上而言，该作品已经取得巨大的成功。关于这一点，张爱玲也早有察觉。

　　《倾城之恋》似乎很普遍地被喜欢，主要的原因大概是报仇罢？旧式家庭里地位低的，年青人，寄人篱下的亲族，都觉得流苏的"得意缘"，间接给他们出了一口气。年纪大一点的女人也高兴，因为向来中国故事里的美女总是二八佳人，二九年华，而流苏已经近三十了。同时，一班少女在范柳原里找到她们的理想丈夫，豪富，聪明，漂亮，外国派。而普通的读者最感到兴趣的恐怕是这一点，书中人还是先奸后娶呢？还是始乱终弃？先结婚，或是始终很斯文，这两个可能性在这里是不可能的，因为太使人失望。

　　我并没有怪读者的意思，也不怪故事的取材。我的情节向来是归它自己发展，只有处理方面是由我支配的。男女主角的个性表现得不够。流苏实在是一个相当厉害的人，有决断，有口才，柔弱的部分只是她的教养与阅历。这仿佛需要说明似的。我从她的观点写这故事，而她始终没有彻底懂得柳原的为人，因此我也用不着十分懂得他。现在想起来，他是因为思想上没有传统的背景，所以年轻时候的理想禁不起一点摧毁就完结了，终身躲在浪荡油滑的空壳里。在现代中国实在很普通，倒也不一定是华侨。

　　我喜欢参差的对照的写法，因为它是较近事实的。《倾城之恋》里，从腐旧的家庭里走出来的流苏，香港之战的洗礼并不曾将她感化成为革命女性；香港之战影响范柳原，使他转向平实的生活，终于结婚了，但结婚并不使他变为圣人，完全放弃往日的生活习惯与作风。因之柳原与流苏的结局，虽然多少是健康的，仍旧是庸俗；就事论事，他们也只能如此。

[《张爱玲典藏全集》（散文卷二），《关于〈倾城之恋〉的老实话》，皇冠文化，2001 年 4 月]

张爱玲对于《倾城之恋》颇受大众喜爱的原因已经做了几点自我解析，现如今的读者倒不一定有那么多细腻的心思而关注到《倾城之恋》。根据笔者观察，主要原因得益于小说的名字，"倾城"二字用得极妙。

"倾城"的常用词义主要表达为"全城"，形容女子面貌绝艳，艳压全城。在《诗经·大雅·瞻印》中有这样的表述："哲夫成城，哲妇倾城。"郑玄笺："城，犹国也。"孔颖达疏："若为智多谋虑之妇人，则倾败人之城国。"以"倾城"为女子专权、倾覆邦国的释义。在《北史·后妃传论》中表述为："灵后淫恣，卒亡天下。倾城之诚，其在兹乎！"同样在李延年的《北方有佳人》中有："宁不知倾城与倾国？佳人难再得！"而在陶渊明的《闲情赋》

中是："表倾城之艳色，期有德于传闻。"在《秦并六国平话》卷上有："子楚累举目观之，此姬绝色倾城。"在清代宣鼎的《夜雨秋灯录·汤文正》中也有："花烛之下，妇果艳丽倾城。"

"倾城"二字如此动人心魄，但用在白流苏与范柳原这里有着颠倒浮生的反讽对照。不是因为他们二人的恋情多么婉转动人，才能有倾倒一座城的震撼，而是香港的沦陷，一座城的倾倒才使二人真正相恋。

这座城市有预谋地陷落了，即使依然未见爱的人，但爱中的慷慨与自私、纯真与邪恶都曾给这对自私的男女做了一次幕布。

他们结婚了，正如流苏期待的那样。当然一纸婚书无法确定范柳原日后的精神轨迹，但是对于流苏而言，她至少取得了形式上的胜利。不谈其他，在体面这个词语面前，处于尴尬境地的贬值妇女在短时间内涂上了一层保护色调的金粉，这层金粉足以支撑她去面对周遭那些隔岸观火的目光凝视了。

衣着是港战，内体是心理战，想和范柳原鸳鸯戏水，就要扮演空心人，白流苏以退为进，欲拒还迎，范柳原若即若离,明暗试探。范柳原时不时抵触婚姻,似乎也称得上一种真诚,范柳原不想自欺欺人,而流苏也算直见目的。

两人在乱世中精心布置棋局,却不想突如其来而又蓄谋已久的战争袭来,半空中投下的手榴弹搅乱了这场进行一半的棋局,棋子散落一地,甚至分不清谁是它们的主人,彼时期盼着有一个人拾起来便好。

羞耻与骄傲,冒险与安稳,其实可以在同一种环境下和平依存。这一对自私庸俗的夫妇,他们谈不上恶人,也算不得善人,却是真真切切经营了生活的真人。

过去的日子里我不断算计你,但现在我也只有你。

张爱玲始终通过静默的文字与这个新旧相接的世界进行有条不紊的交流,精心编排他们之间的情绪流动,却在结尾的时候吝啬到不给二人一个大书特书的圆满。

这样的结尾好像过于潦草,流苏对于一见钟情抱有怀疑态度,她割裂了自己,一个自己被迫出演爱情话剧,另一个自以为无比清醒的自己奋力突围,冲进悲凉的秋风里,让情绪冷静下来,然后戴上与自身年龄和风格都不符的老花镜有模有样地解构这一段弃妇与风流华侨的戏码。

为什么局外人观察二人高手过招的细小过程的兴趣远远

大于有情人终成眷属的期盼？故事里的男女很少能够读懂彼此而产生同频共振，但是作者与读者拥有了共鸣。张爱玲之所以能够如此清醒且反传统地设计一幕幕高手过招的情节，也许正是因为此时不过二十三岁的她还没有真正全身心地投入一段感情，她解析的是爱情本身，而不是一个活生生的人。

同样身为局外人和观察者的张爱玲站在高处俯视发生的一切，她好像从故事的一开始就看见了令人失望的真相，调侃的语气是透着一丝痛感的，若是真正的生活，恐怕这些痛感就是血淋淋的一地鸡毛，而不是逻辑清晰的俯瞰了。

无论如何，时间在一点点消逝，故事还是开始了。因为时间很快到了1944年，她那段"不近情理的梦"也在悄然而至，一个女作家的劫数在伺机而动，我们以超人的视角回望，庆幸她没有丢掉自己的尊贵灵魂，在天花乱坠的迷恋中，把自己渡了过来。

多情亦是有情，有情还似无情，我们是活在世上真真切切的人，生活太过沉重，何必大彻大悟。

第三章

今时往昔交错，
终是他乡之客

如得其情，哀矜而勿喜

相隔千年的时间深渊，

她望向另一个十三岁的少女。

春风十里扬州路，

合上珠帘总不如。

白绸衫儿，白绸裙，

黑头发扎了白绸手巾。

相约一九二五，真实有一千种面相

蓬松自在的云层中间落下了雪，不紧不慢地铺在了意大利式的小半圆窗台上，是一栋旧红色的房子。黄色墙壁的后侧飘来阵阵咖啡豆的味道，那味道很轻，很轻。烟尘四起，分不清的法国香水和掺着墨汁的鸦片香，皮靴往来的沉重脚步声，几段破碎的皇族残梦，东丽湖上面老唱机的倒影。

走过国民饭店，看见镶嵌瓷片的白房子，曾经华贵的盐业银行大楼，这里是赤峰道。在并不久远的历史里，它曾经听见了各式各样的声音。

我顺着台阶一路小跑上去，手里拿着山海关汽水的小女孩走了过来，她对我说这里并不是赤峰道83号，而是78号。我不知道小姑娘是如何猜出来我要寻找的是张爱玲旧居的，许是背着印有张爱玲头像的布袋子？1920年张爱玲出生，1921年少帅府前楼建成。1924年，张学良以张作霖五夫人的名义购下这栋楼并在1926年扩建后楼。20世纪二三十年代，赤峰道 78 号留下少帅的许多记忆。

赤峰道 78 号里并没有张爱玲的橙红色岁月，而是藏着少帅张学良的青春年华，原来冥冥之中，同为张姓的二人早有地域痕迹上的因缘。

张爱玲的"少帅"故事开始于 1925 年，直到 1930 年 11 月 12 日，主人公陈叔覃抵达南京时结束。张爱玲一直是一位自我文字的预言家，对多年以后执笔张少帅的打算很可能在创作生涯开启之初就有所预见。她在《烬余录》里写道："我没有写历史的志愿，也没有资格评论史家应持何种态度，可是私下里总希望他们多说点不相干的话。……画家、文人、作曲家将零星的、凑巧发现的和谐联系起来，造成艺术上的完整性。历史如果过于注重艺术上的完整性，便成为小说了。"

但是七章的《少帅》毕竟不是风起云涌、硝烟浩荡里的真实角色，而是带着张爱玲味道的陈叔覃，是属于张爱玲的"少帅"，更是小说中周四小姐的热忱少年郎。历史题材的小说类似记录体书写，历史之外的事情才是小说希望探究的另一副面孔，也许真正的史实本就有一千张面孔，像七八个话匣子同时开唱，小说家只需要捕捉到其中几种声音，配合自身经历的情感投射便可登台出演。

修葺一新的花园里，种着去年的树

《少帅》这部未完成的历史题材小说，在视觉上给人的感觉很轻巧短小，但在心理层面的感受上却很是厚重繁杂。因为它似乎是一段发生在大观园中的"倾城之恋"，而且在故事进行过程中，男女主角还同时默契地梦游几番，时不时灵魂飘移，各自穿梭在《小团圆》的字里行间。

可以这样说，七章的《少帅》似乎是《小团圆》不久之后将要开场的前奏，是《小团圆》核心角色盛九莉的生命闪回与自我铺陈。《少帅》与《小团圆》的关系像是同一躯体的两个分属灵魂，因为同样带有自身经历的解说性质，所以张爱玲在书写的过程中几次注意力不集中，让过往的思绪不断云游，让本该属于《小团圆》的独家藏本失控一般地显现在《少帅》中间。

故事的开篇便将周四小姐的年纪交代得十分明确清晰，她是旧式门庭里含苞待放的十三岁少女。其实早在2015年，《少帅》出版之初就有前辈学者特地对张爱玲文中周四小

姐的年龄设定展开讨论。讨论的结果集中在故事中出现的
"唐诗"背景与整部小说的时间相契合，甚至涉及张爱玲
自己生命历程中的"黑暗十七岁"。笔者也试图从周四小
姐的十三岁年纪设定开始想象，但不是集中在年龄设定的
主要原因及背后秘密上，而是聚焦"十三岁"这个年纪本
身的可能性意义。

　　读者之所以能够把《小团圆》与《少帅》并列，主要
原因很可能在于二者对于男女主角的床笫气氛的描写实在
是趋于相同甚至心意相通。床笫气氛本是视觉大众喜闻乐
见的谈资，这也不必刻意回避，既然喜闻乐见，不如"淫
者见淫"一番。三十而立的陈叔覃少帅与十三岁的萝莉少
女周四小姐在金戈铁马之外的撩人香恋，令人惊叹的当然
不是风流俊雅的少帅，而是年仅十三岁的周四小姐。

　　　　青山上红棕色的小木屋，映着碧蓝的天，阳光下满地
　　　　树影摇晃着，好几个小孩在松林中出没，都是她的。之雍
　　　　出现了，微笑着把她往木屋里拉。非常可笑，她忽然羞涩
　　　　起来，两人的手臂拉成一条直线……

以上来自《小团圆》的"梦游"，关键词可以落到最后一句"两人的手臂拉成一条直线"上，因为在《少帅》中也同样出现了这句话。而在《少帅》中出现的"一只兽在吃她""鱼摆尾一样晃到一边"同样出现在邵之雍与盛九莉的亲密细节描写中间。

张爱玲以十三岁少女的命运为一面镜子，可以折射出同一时代甚至超出几代的所有女孩子的共同命运。"十三岁"的年纪设定很有可能是为了承担女孩子性启蒙表达的书写使命。但是此处的启蒙实在谈不上走向生理上成熟的道路，更无暇顾及浪漫唯美的醉人桥段，通过《少帅》中几段昏黄灯光下的狂乱书写，带给周四小姐更多的感受依然是被动的，惊恐不安甚至是半强迫的。无关愉快与享受，她在自我怀疑与内心纠结的两种拉扯中不断做梦，心里埋下怀疑的种子，任其生根发芽之后，又转向自我欺骗。

对于陈叔覃的内心感受，小说几乎无所涉及，除了作者是女性身份之外，恐怕是作为男子的陈叔覃对于类似事件看待得比周四小姐简单得多。因为陈叔覃与周四小姐处于两种截然不同的处境，女性主义相关言论曾隐约表明，男子作为性活动的统治者是绝对的中心人物，他的性心理成长较为迅速明快。狩猎者心态不需要考虑太多的后果，更不会夹杂恐慌与不安的想象，但是反观作为猎物的周四小姐就不同了。女子作为性活动中的被动形象是完全的客体存在，她们好像就是为了提供主体的快感而存活于世的，无论是否真心相许，此类事件的发生总是带有一丝"侵犯"的色彩。周四小姐从属于陈叔覃，不断被拥有，被主宰，在与主体的配合中完成艰难的改变。

虽然是历史题材的恢宏叙事，张爱玲依旧会加入自身的创作习惯，但是大段的床笫描写近乎"失控"，难道张爱玲在自我猎奇？这当然不可能，这些描写都是张爱玲的特意为之。

张爱玲好像有意在强调这种"被动性"，在周四小姐的几次梦境中体现一个少女的自我忏悔与惶恐不安，她怀疑这一切，怀疑陈叔覃对待她的真实态度，但又不得不再次回归现实把自己包裹起来。在几次并不踏实安稳的昏黄灯光中，她感受到对方的心悦，同时伴随着无法宣之于口的威胁。在少女的性启蒙阶段，显然周四小姐不会完成对女性身份充分认同与尊重的心理建设。

虽然周四小姐的身份背景设定是少帅家族世交的华贵

门庭中的千金小姐，但在几番被动乃至半强迫的情欲表达中间，因为处处显现着惊恐不堪、复杂怀疑，所以她的本质身份与《生死场》中的金枝没有太大的区别。

萧红的《生死场》虽然屡次被提及属于恢宏叙事，但是仔细比照故事中核心人物金枝的种种生命状态就知道，《生死场》仅仅是萧红分裂成"金枝"与"月英"的自我倾诉。张爱玲与萧红的相似之处之一为二人均是自产型女作家，终其一生都在不断进行自我生命历程的挖掘言说。

沉浸在美好恋爱幻想中的女子为了避免情欲活动带来的不愉快感受，她会自欺欺人地把情欲活动强行分裂成两个部分，一个是"心型"，另一个便是"动物型"。大多数女子当然倾向第一个部分，可是在《少帅》与《生死场》的欲望表达中，无疑都属于"动物型"描写。

在《生死场》中，金枝被心术不正的成业哄骗至乡野郊外处，进行"动物型"的交颈，是属于半强迫的被动状态，金枝无疑是在蒙昧之下中了成业的圈套。从这一点上完全可以充分证明，成业对金枝毫无爱意，之前的温柔腼腆可以解释为完全的伪装。真正怀揣爱意的男子不可能在礼仪森严的正式婚礼之前就试图云雨，他的目的不过是为了通过未婚先孕降低金枝的价值与内心防御强度来达到娶妻生子的原始繁殖目的。从乡间野合开始，成业再也拿不出一丝一毫的尊重给金枝，金枝同样在半强迫的情况下从属于成业，被迫成为成业的繁殖机器。成业不再伪装真实面孔之后，更是在妻子重孕之时贪欢享乐，险些致使金枝一尸两命。

这段似曾相识的经历完全可以反照在萧军创作的《烛心》中，在萧军的"狂恋"描写下，世人仅仅记住了男女主角英雄救美，天兵空降的浪漫情节，却不约而同忽略了二人"狂恋"之下，女性角色的被动不堪的性经历。

毫不夸张地说，无论是《烛心》中的男主角还是《生死场》里的成业，甚至包括《小团圆》中的邵之雍与《少帅》中的陈叔覃，在迷乱之际所扮演的角色均带有"动物型"的兽欲特征。眼前的女子不是一个完整的女子，不过是简易化的器官。

同样在书写情欲，为何张爱玲的表达要比萧红相对含蓄唯美一些呢？这需要作家来现身说法。《生死场》中情欲场景的书写与唯美浪漫毫无关系，也许正是因为萧红本人的经历没有这些感受。在"二萧恋"中，萧红不能说全都是被动接受，但是几乎未曾得到应有的尊重是可以肯定的。所以她的表达更加露骨，也没有太多迷幻的想象。

《小团圆》中的情欲书写虽然内核是动物型的，但是张爱玲也毫不吝啬给周四小姐与少帅套上了迷幻的壳子。这样刻画，除了张派文风的无意识流露之外，一定也有自身的经验感受。何以外壳是唯美多情的，而内核是昏暗恐怖的呢？因为小说自 1963 年起笔，与当年那场世人皆晓的"张胡恋"已经相隔十几年，隔着时间的海，张爱玲的心境有了很大的变化。她也在这段恋情中做了几次反思，因为女孩子总是善于反思自省的，反省之后的她更加冷静决绝。

唯美的外壳是基于碧玉年华的浪漫感受，当时张爱玲沉浸其中，而恐怖不堪的内核是她已经完全跳出了那场慌乱的戏，以一个完全局外人的超脱眼光审视当初的自己。从《倾城之恋》中的老辣到《半生缘》里的平和，再到《少帅》中的深刻，完全脱下戏服坐上观众椅子的张爱玲，还是用一把尖锐的刀狠狠刺向自己，原来繁华里是透着腐朽的，浪漫中也隐藏着不堪。

身骑白马的俊朗少年

《少帅》这部小说据张爱玲自己提及，她至少酝酿了三年之久，可以说是倾注了许多心力的结果。暂且不谈论该小说的表达技巧与创作背景，现就张爱玲为什么要书写《少帅》做一种尝试性的猜想。

真正喜欢一个人的时候就像是为自己的内心找到了一面镜子，镜子中可以照射出你所有的喜怒哀乐。这句话用在张爱玲与陈叔覃身上不是十分恰当，因为张爱玲对陈叔覃人物原型的关注与爱情无关。但可以肯定的是，张爱玲一定不会涉猎她不感兴趣的领域，之所以耗费笔墨书写陈叔覃，一定是以对陈叔覃的人物原型有一定的兴趣为前提。

张爱玲对人物原型的兴趣可能与二者有些许相似有关。二人在家世背景与性格特征，漂洋过海与他乡之客上均有互通之处。

与同时期很多女作家纷纷脱离原生家庭与社会阶级不同，张爱玲虽年少离家，与父亲张志沂死生不复相见，但这种现象仅仅止步于物理距离，张爱玲的内心深处从来没有脱离张氏家族。不仅未曾远离，而且在张爱玲的文字里处处可以看见张佩纶家族与李鸿章家族的影子，张爱玲的华贵血缘成为她文学世界的精神故乡。她虽然对父亲是鄙夷失望的态度，但是却与从未相见的祖父母异常亲切，她毫不掩饰对张佩纶的好奇心理，并挖掘展示祖父母的奇闻轶事。

对祖父母的种种深切根植于张爱玲的血液中，死生轮回里不曾消退，她对童年的橙红色岁月与花园洋房里那种春日迟迟的微悦有着极深的眷恋与沉醉。她对张公馆的古旧气氛始终留恋不已，所以对同样贵气门庭出身的少帅陈叔覃有一定的好奇与关注也不奇怪。

在经历各类历史事件交织突发的种种冲击后，陈叔覃原型人物的命运也发生了翻天覆地的变化，父亲突然离去，他的周围再也无人可以依赖。时代风云变幻，旧梦已然破碎，他不得不远离家乡故土，此时遥远的家乡成为内心深处不可碰触的"精神废墟"。在某种程度上，张爱玲的精神家园与原型人物的"精神废墟"都因时代的浪潮而发生改变。

陈叔覃的沙场激战与战略布局显然没有在张爱玲的视线范围内，虽然是大时代中的大人物，但是张爱玲的《少帅》写的依然是自己擅长的情感，她的主要表达阵地是少帅与周四小姐的爱情线索。张爱玲对时代风云并没有太大的兴趣，小说中出现的重要历史事件只是作为周四小姐与少帅谈情说爱的背景幕布。所以在张爱玲的眼中，少帅陈叔覃是一名怀有理想的、热忱的少年郎。

那么张爱玲何以觉得自己的性格与陈叔覃的隐藏性格有相见恨晚之感呢？两人的性格相通可能在哪里体现？以笔者猜测，极有可能与历史上的张学良坚持返回南京这一行为有关。因为这是张爱玲的少帅，不是历史上的少帅，所以有关西安事变和平解决的原因不在此谈论，只从人格上猜测"坚持护送"这一行为的原因。

熟悉张爱玲的人都知道她对奇装异服的追求，她曾经觉得自己外貌平淡，流露出不自信的想法，所以想在服装设计上找补，以达到吸引路人眼球，引发热切讨论的小心思。这倒不是桃李年华的出言无状，她的直接表达显得率真，小心思无可厚非。但是这种心理行为倒是让我联想到少帅坚持返回南京的场景。

少帅是军阀混战大戏的"台柱子"，他一生遇见了大大小小的选择，是被命运之神推着走的。弱冠之年就被推上历史舞台，他遇见的选择与他的年纪实在不符，中原大战的抉择，东北易帜的抉择，西安兵谏的抉择，稍有不慎便会改变时代的进程。时代给他打造了这个硕大的舞台，他不得不出演，所以自始至终他的表演欲也十分旺盛。

坚持返宁的少帅与在大街小巷身穿奇装异服的少女有着某种类似的心理结构，他们都喜欢惊世骇俗，热衷书写传奇。初见胡蕊生的张爱玲为了靠近成熟气质，穿了一件并不合体的皮袄，但是面貌却是稚嫩的清纯女学生，这一点胡蕊生也看得出来，觉得张爱玲与她的服饰彼此叛逆。而手握军政大权，牵动历史进程的少帅的内核心理很可能是理想主义的热忱青年，他当时的心理与所处的地位依然彼此叛逆。

返回南京之后的少帅意料之中地被软禁起来。开释之后便随家人漂洋过海，再也没有回到故土，这成为他一生的遗憾。张爱玲在血缘亲情与文学位置上都有无家可归的现象出现，而少帅也可以算作无家可归。

历经命运吊诡后，少帅在军队内部及世人眼中的信用和权威都受到一定程度的影响。在西北的东北军精神涣散，已成无根之树，无土之花。此时东欧方面突然改变之前的态度，令叔覃措手不及。而一个女人的加入，形成了"三位一体"的局面，他们合力出演了顺水推舟的大戏，吸引了全国的观众。

选择成为囚徒的原因还可能是未知的恐惧与危险比已知的痛苦与深渊更令人坐立难安。成为囚徒有赎罪的意图，可以弥补内心的罪恶，洗刷内心的伤痛与屈辱，成全了某种表演欲望的光环。囚室，也是另一种空间的避难所，这也许是最好的选择。

周四小姐与陈叔覃的恋情当然也有属于"张胡恋"的碎片记忆。陈叔覃与胡蕊生的相似之处已被众多人提及，例如身份方面的重合、与女主角年龄差的相似及处处留情的情感习惯等。但是笔者不愿意将二人的情感完全投射在胡蕊生的旋涡里，出于尊重张爱玲的心理需求，自以为真正的完全主体性的自我生命轨迹言说与显现应该是脱离男人与恋爱关系的。若是这种生命言说依然与胡蕊生的恋情完全密切相关的话，那就并不是把张爱玲当成自我主体在看待。

故事的展开战胜了预定的主题

除了上述原因之外，还可以关注到一个最隐秘的可能原因，那就是张爱玲的"隐秘择偶标准"。张爱玲倾向的恋慕对象似乎是那种带有风云手腕的儒雅才子，有孔武有力的精神源泉，也不能缺少风花雪月的浪漫情怀。她对单纯的风花雪月的才子没有太多的关注，这可能与自小生活在麟昂瑰丽的豪门有关。对于这一切她是不自觉靠近的，是无意识的流露。

抛开心理层面的深沉原因，张爱玲选择陈叔覃作为核心人物来书写还有打开美国市场及尝试回归古典小说模式的需要。这里主要谈论一下为什么张爱玲的晚期写作会给世人一种"江郎才尽"的感觉。这种感觉多数只是错觉，她的才华从未走远，更不可能是残损的恋情冲击了她的灵气，这种"江郎才尽"完全是她的故意设计。

《少帅》也属于中晚期作品，文中出现的大量对白和对日常小事的描写近乎啰唆，而在《雷峰塔》或者《易经》及《同学少年都不贱》里也有类似的叙述方式，世人感叹那种属于张爱玲的绮丽冷艳的文风消失殆尽了。尤其是对于《少帅》的口诛笔伐，乍眼看来，此文结构松散，语言也显得无力。由此联想到张爱玲的文学源头《红楼梦》，她对于《红楼梦》等类似古典小说的推崇已经不必多言了。

提到古典小说，就要说到古典小说的几部佳作，《儒林外史》与《醒世姻缘传》，包括《海上花列传》与后来的《官场现形记》。这几部都是张爱玲比较喜爱的作品，且《官场现形记》的结构就很松散，没有统一固定的主题，是拥有一定真实性的小说。

这样看来，张爱玲的中晚期作品很可能是她对于古典小说喜爱的一种刻意回归。这样写不是为了坐吃山空，而是回归古典文学的最初示范模式，是拥有真正的平和气度的写作者才可以容纳的质朴；更不是江郎才尽的无奈之举，也许文学的高级形式不一定非要运用精致绮丽的文辞异句。

还有，张爱玲也从坊间言论获知，她好像只能写小人物的小情小调，无法驾驭家国叙事的宏大书写。就像要写《小团圆》回击胡蕊生自鸣得意的《今世今生》一样，她也要尝试一下对大时代中的大人物的书写。

女作家也曾是少女，有纯真的爱恋幻想，有遭遇纠结的愁苦时刻。若是有坚实的臂膀，她也不会如此"任性"

地独自出走。她也曾幻想身骑白马的俊雅少年郎拔剑起誓，
要与铁窗里的孤独少女一起奔赴天涯。

少女在静谧的溪水旁四处纵火

爱情这个词，对男女来说，实际上意味着不同的东西。
女人对爱情的理解是相当清楚的：这不仅仅是忠诚，还是
身心的全部奉献，毫无保留，对无论什么都不加考虑。正
是这种不讲条件，使她的爱情成为一种信仰，她拥有的唯一
信仰。至于男人，如果他爱一个女人，他想从她那里得到
的正是这种爱；因此，他对自己与对女人要求的感情远不
是同样的，如果有的人也有这种完全舍弃的愿望，我保证，
肯定不会是男人。（尼采：《快乐的知识》）

张爱玲在小说中将周四小姐的恋爱心理变化，以近乎
凝视镜头的方式全景呈现，周四小姐完全是一个沉浸在爱
恋幻想中的少女。无从知晓真实的张学良与赵四小姐究竟
有怎样的一段奇遇，在各类传说中，二人的爱情故事成为
世人茶余饭后的谈资，满足了现如今男男女女对于惊心动
魄奇恋的极高幻想。但是去过沈阳张氏帅府的人都知道，

那堵墙之外的赵一荻旧居实在醒目，既不属于大青楼，也不比小青楼，似远似近的建筑似乎是在宣称建成前后的尴尬故事。半个世纪前的古树爬上一楼的窗户，向里面望去，能够看见黑木雕花的桌椅和南欧风格的纱床。我们都知道这里也曾发生过似真非真的鸳鸯蝴蝶迷梦，但精致的旧居到底是和帅府那堵厚重的墙壁隔了一层。

张爱玲也说后来的囚禁成全了周四小姐和少帅的爱情，似有一座城市的倾倒成全了白流苏与范柳原的婚姻的感受。但是和白范二人不同，爱情这个词语在周四小姐与少帅的故事中并不是一种拯救，而是实实在在的人际关系。

正如尼采曾说爱情只是男人的一部分，但爱情却是女人的全部。这句话放到周四小姐的身上，同样成立。周四小姐在与少帅的相处中，她必须忘记自己的独立人格才能完全沉醉其中，不然就是一边清醒，一边堕落。人类焦虑产生的根源就是陷入两难的拉扯之中，与其在乱世里自我焦虑，倒不如只抓住一边自欺欺人来得快乐轻松。

对于周四小姐而言，只有十三岁的她不见得是因为看见了少帅的万般魅力及内在品质而被其吸引，只是一个举足轻重的贵气公子恰好撞上了少女开始怀春的年纪，两人撞个满怀，少帅又是那么经验丰富的多情公子。十三岁的周四小姐期待完美的爱情，少帅的加入可以帮她实现这一场酣畅淋漓的大梦。

女孩子渴望被高级价值的恋人宠爱的感觉，这种宠爱最好还是公开的、正大光明的，这样她可以庄重地向全世界宣告她的魅力。比起那个恋人本身，女孩子更关注在与恋人高甜度互动的过程中，别人对她的评价，本质上是要通过观众的由衷羡慕来证明自己。

这些内心演绎倒是可以来解释生活中的一个恋爱现象。甲与乙相恋，在甲的眼中乙是如此地爱他，以至于把二人相恋的细节及那些象征宠爱的照片都大方地展示给周围的人看。但画风突然一转，乙不明原因提出终止恋情，甲终其半生未得解释，明明对方很喜欢自己却为何如此绝情？

原因是乙在与爱情谈恋爱而不是在与甲谈恋爱，甲只充当爱情故事中的工具，在满足和取悦了自己的幻想之后，这个工具便失去了意义，这时即便丢弃也不会有丝毫痛惜。

张爱玲眼中的少帅与周四小姐也是在充当张派爱情小说模式里的工具人物，小说是虚构的，不是真实历史，所以为了让许多情节合理发生，张爱玲做了一定程度的替换。

　　小说中的陈叔覃自幼丧母，是由父亲陈祖望的五姨太抚养长大，这个五姨太的背景设定是郊区的娼妓，可见张爱玲有意识地让陈祖望没那么重视儿子的内心感受，这可以为后面父子失和埋下伏笔。

　　而小说中的周四小姐也是自幼丧母，由继室夫人看护长大，值得一提的是，这位看护者的原始身份也是娼妓。张爱玲有意识地拉近男女主角的身世距离。可是真实的赵母名为吕葆贞，虽然也是姨太太，但是并没有过早去世。此外，历史上的赵父也被小说虚构成了陈祖望的患难之交，这也是为了门当户对，让周家与陈家在等级上相互接近，都是为了铺垫男女主角的恋情。

　　周四小姐虽然是一名本该天真烂漫的十三岁少女，但是在张爱玲的笔下也不要奢望突围，她和张爱玲作品中的其他女子一样，注定不会有太过完满的结局。周四小姐与麻油西施曹七巧、顾氏两姐妹，连同曼妙间谍王佳芝一样，任凭她们如何曲折反复，如何拼力挣扎，终究逃不开从属于父权意识的命运。

　　下面附 1946 年的 5 月 6 日，张爱玲写给友人的信件片段，从中可看出张爱玲对于《少帅》耗费的心血。

《少帅》故事写好的部分他和 Rodell 看了都不喜欢，说历史太混乱，Rodell 说许多人名完全记不清。我读到新出的一本中国近代史的书评，说许多人名完全把他搅糊涂了，直到蒋出现才感兴趣，所以我早有戒心，自以为特别简单化，结果仍旧一样，难道民初历史根本不能动？三年来我的一切行动都以这小说为中心，现在得要全盘推翻，但目前也仍旧这样过着，也仍旧往下写着。

（张爱玲：《少帅》，北京十月文艺出版社，2015）

"他"指的是理查德·麦卡锡（麦卡锡先生毕业于爱荷华大学，主修专业为美国文学）。他与张爱玲中期阶段的工作与创作息息相关。1947—1950 年，麦卡锡被派驻中国，任副领事，后转至美新处服务。1950—1956 年被派驻香港，历任资讯官、美新处副处长及处长等职。

新闻中铺天盖地地宣称这是张爱玲"最后一部遗作"引起了许多读者的误会，众人以为《少帅》未完成的原因是写到一半作者香消玉殒了，但其实是张爱玲基于各种原因放弃了对它的创作。

写作之初，张爱玲热情高涨，对于此小说的前景很是看好，所以翻阅了大量历史资料。这里不得不提到张爱玲

《少帅》中显露出来的弊端，那便是张爱玲可能真的是把握不住恢宏叙事的大局观，所以大量的历史资料在周四小姐与少帅的闲谈中过眼云烟一般迅速带过，除了因为主写爱情之外，也是对大局历史场面的把控力度较弱所致，虽然笔者是"张迷"，但是能够敢于就事论事也是张爱玲带给我的勇气，因为对她长久的热爱，我的故事才得以展开。而陈叔覃似乎没那么幸运，不知为何张爱玲对他失去了兴趣，随即搁笔了。

这种"未完成"让我们看到了张爱玲的写作心境与孤身一人闯荡异乡文坛的艰难处境，她的形象也因此更加立体丰满。这样一位跌宕起伏又力挽狂澜、处境两难又重拾信心的张爱玲更加可敬可爱，由此可见，"未完成"也是一种更好的完成。

《少帅》中的主要人物的疑似原型如下：

书中人物	疑似原型
陈祖望	张作霖
陈叔覃	张学良
周四小姐	赵四小姐
吴蟠湖	吴佩孚
冯以祥	冯玉祥

第四章

南朝细粉掩萧瑟，
金锈入锁自沉沦

北 风 把 胭 脂 吹 透

六月里的荷花，

黑暗一点点增加。

一点点淹上身来，

像蜜糖一样漫，

好像比空气浓厚，

比从前温柔。

四十六岁的银娣，二十三岁的曹七巧

张爱玲曾经一度沉醉玄妙之事，自碧玉年华就有些许神秘主义，当然她也意识到自己的文字完全可以称得上人生阶段的预言家。她迷恋自己的第六感，相信思维的直觉，也喜欢把玩牙签牌命书。

她不止一次地对友人提及1963年可能到来的"大运"转机，所以愿意压上半个筹码去赌一本酝酿已久的《少帅》。那是1945年的夏天，胡蕊生遭遇"危机"，还在热恋阶段的张爱玲自然是担心男友的人身安全，所以索性露出小女孩的一面，用带有玄妙色彩的方法替胡蕊生决定了逃离的方向——东面。胡蕊生已经六神无主，此时当然来不及多想，最主要的原因还是完全相信张爱玲的"鬼气"。胡蕊生牢记东方，在东关的朋友住处躲过一劫，神秘主义竟然没有辜负二人的信任。

宋淇先生的牙签牌命书也成功引起了张爱玲的注意，它在很长的时间曾为处于迷茫阶段的张爱玲消解烦恼和顾虑。求神问卜的传统由来已久，无须嗤之以鼻，若是求得"一帆风顺即时扬，稳渡鲸川万里航"的美妙寓意，更是不胜欢喜。

其实不难发现，张爱玲喜好占卜的时间点都呈现出了某些规律，庙宇内均是沉郁气滞的善男信女，卦摊前皆是愁怨难解的失措痴人。当一个人的人生遭遇不求甚解的打击后，尤其是从高处跌落谷底的迷茫，越是缺少生命的主题便越会把难解的愁怨与内心的纠结寄托于抽象的神秘主义。独在异国他乡，时间不听劝告，悄悄地流走，上帝不忘带走每一个曾是花信年华的女子。才女迟暮，张爱玲亦不能免俗。

和当年离开上海的心境一样，张爱玲意识到属于她的"黄金时代"已经一去不复返，这种时代远去的感觉也跟随她来到了美国。此前张爱玲倾注心血并抱有巨大希望的《粉泪》竟然遭到了出版方的残忍拒绝，卖文为生明明是她的全部经济来源，现在《粉泪》希望的覆灭面临的不只是要忍受巨大失落感的折磨，更重要的是基本的吃穿住行都出现了问题，和赖雅组成的家庭事实上全靠张爱玲一个人的收入，所以张爱玲也曾无奈地进入了"批量生产"创作阶段。

在人世间艰难生存的人类总是可以借着奇迹的光辉营造出他人可望而不可即的梦幻，习惯了欣赏精彩的观众容易忽略背后曾经声嘶力竭的呼喊，每一次疯狂后的失败看起来是那么大惊小怪，其实残忍的真相只会留给自己看，只有自己才知道梦想被现实击碎的微弱声音。

她这个南朝的金粉转移到北地的胭脂，虽然依旧是落花人独立，但"水土不服"的窘境不能幸免。时间冲淡了尖锐的笔调，1966年的张爱玲在起笔《怨女》的时候，更像是站在轮回路口处的一次人生回望，不得不联想现在的自身处境，多了对宿命的感叹与年华流逝的焦灼。虽然知道曲折起伏的异国生活对她身心的巨大考验，但是她似乎忘记了青春年少时对于命运的另一番解读——命运是结合体的诉说，"命"也许只能是由天而定，不可逆转，但是落入每一个个体的"运"却是可以通过自身意识与具体行为去改变的。显然，后来的张爱玲记了起来，所以有了对《金锁记》的四次表达。

《怨女》本是《金锁记》的"加强版"，不仅表现在字数由几万字扩充至十几万字，还加入许多细腻的情节推演，回忆插叙交替进行，主要角色的内心活动轨迹等改动。既然作为《金锁记》"加强版"，《怨女》的文本容量应该全方位地扩充，所有的元素本该增多增强，但是《怨女》中的一个关键情节却被消减，女主角曹七巧的女儿长安到了《怨女》中消失不见。何以曹七巧与女儿的纠葛可以作为《金锁记》的关键情节？因为母女之间的相互迫害与相互嫉恨更能凸显曹七巧的暗黑灵魂，这本是小说最惊人的悲痛。那么张爱玲为何在《怨女》中去掉了女儿这一角色？要知道去掉角色之后，原文中的母女相互较量的情节也会随之删除，这自然是张爱玲的故意为之。

二十三岁的曹七巧与四十六岁的银娣的表达并不是说明这是二人的具体年龄，而是创作者的年纪。《金锁记》创作于1943年，《怨女》创作于1966年左右。由女性人生阶段与生理发展来看，女子由二十三岁到四十六岁的转变通常加入了一个新的人生身份，便是"母亲"。这种社会与家庭身份的巨大转变给女性带来的各类影响与意义无须赘言，但是放在曹七巧与银娣这里倒是可以谈一谈。

宽恕，原谅曾经的不堪

这本是十年前的"隐痛"，1956 年，张爱玲距离成为母亲仅一步之遥。世人皆说是丈夫赖雅的一意孤行使得张爱玲与母亲的身份失之交臂，表面上看，赖雅与张爱玲结为夫妇的条件是不要孩子，似乎带有逼迫张爱玲的意味，事实上，这种选择也同样是张爱玲的期许，二人算是不谋而合。

除开两人的经济压力与赖雅身体状况不佳的原因之外，张爱玲对于母亲的身份始终带有警觉与恐惧。她不止一次地强调母爱是一个十分庞大的课题，解读起来尤其困难，在《小团圆》中她借盛九莉之口表达出生育与死亡的可怕联系。张爱玲与母亲黄逸梵之间的复杂情绪也一直无人能够说清，因为处于母女关系内部的当事人都处于剪不断、理还乱的崩溃边缘，我们无法得知细微之处的真相，只能无限地去接近真相。

放弃了母亲的身份，固然有些可惜，但张爱玲一点都不觉得多么遗憾，她对成为母亲毫无兴趣和打算，并不是寻求特立独行的风景，亦不是扮演高风亮节的独立女子。

没有人比她自己更了解自己，她对能否成为一名合格的母亲缺乏最基本的信心，她不信任自己的母亲，也不信任成为母亲之后的自己。

似乎在黄逸梵的人生信条里，过于出色的她其实是不适合成为母亲的，她曾谈及自己不习惯"妈妈"的称呼。母爱这个词，在某种程度上已经被戴上了厚重的"牺牲"的帽子，似乎只有牺牲了自己才可以成全孩子的一生，那些用自己的粗糙换来孩子精致的女人被从古至今的道德舆论强行加冕了圣洁王冠，因为已经忘了自己是谁，此时的荣耀倒是显得饱满起来。

终其一生，谁还不是谁的附庸？张爱玲是这样，黄逸梵也同样如此，但总归是母女，她们毕生追求的目标似乎有着相同的色彩。她们要的从来就不是权力与财富，甚至没有想过自己的名字可以惊艳后世，奔跑一生；而是为了自由可以抛弃所有，求一个自由，求一个可以拒绝的权利、一种可以选择的勇气。

也许我太任性，目光不会在站在顶峰的女人身上停留，却唯独对可以自我存在的女子情有独钟。武则天也不完全算作出色的女子，有时候皇权的牵绊才是最致命的。而在对自由的追求上，黄逸梵可以算作一个出色的女人，但她始终觉得过于标新立异的她是不适合做母亲的，即使自己的女儿是张爱玲。

张爱玲对女性的要求一直高于对男性的要求，按照普通人的眼光，新潮的母亲与封建的父亲相比较，张爱玲应该更依赖于能够带自己走向解放的母亲。但也许就是这种过高的罗曼蒂克式的崇拜让张爱玲不自觉地向父亲靠拢。伤自己最深的人总是最不敢提及的，那是真正心痛的感觉，即使写在纸面上，自己也是不忍再看的。

惧怕寂寞的人果然是最狼狈的人，此时心境空落落的，看见自己讨厌的人竟然都有几分好，比起毫无依存的情感，这种讨厌的情感也变得弥足珍贵，所以那种橙红色的烟雾此时变得亲切起来，父亲的鸦片气味也变得温和。张爱玲无限崇拜自己的母亲，渴望得到母亲的肯定，那不仅是一种自信心的满足，更是安全感的需要。但不幸的是，母亲太出色、太自我，她可以去爱全世界的人，就是不舍得分出百分之一的爱去关注自己的女儿。

黄逸梵对女儿的伤害完全不亚于胡蕊生对张爱玲的伤害。也许爱到极致变成了恨，爱恨总是在一瞬间就翻云覆雨。

记得黄逸梵在弥留之际希望见到自己女儿的时候，女儿却
"冷漠"拒绝了。想必这种近乎折磨的极致亲情，此时的
张爱玲，怕是再也没有勇气去碰触了。那些深夜里不敢碰
触的亲情早就变成了十年一觉的梦魇，她也是走过了半生
风雨的人。

在黄逸梵这里，张爱玲自始至终都在渴望一种索取的
权利，难道这不是一种与生俱来的权利吗？为什么到了母
亲这里就变得如此奢侈？在张爱玲的情感依恋期，黄逸梵
消失了四年。出色的女人甚至连时间的把握都那么恰如其
分，所以在张爱玲的记忆凝固期，黄逸梵又回到了女儿的
身边。

烽火连城的乱世，张公馆墙里的世界是被遗忘的花园
与洋房，这时的张爱玲可以谈论云片糕嚼起来是多么松软，
弟弟的眼睛是多么我见犹怜。新潮的母亲请来摄影师为自
己拍摄小像，张爱玲的脸上露出了久违的笑容，生平第一
次有了儿童该有的天真，她真的太享受这种母爱的围绕，
多希望时间就此停留在原地。

可是贤妻良母永远和黄逸梵不搭配，所以在张爱玲很
小的时候，母亲先是以一位师者的身份出现了。学英文、

弹钢琴等新世界的事物，母亲事无巨细地希望女儿全盘接受，那时候的母亲在女儿看来就是全世界，全世界都在那里。她希望母亲懂她，她渴望母亲欣赏她、肯定她，她太过于在意女神母亲的眼神。

这种短暂的安全感又再一次被无情地打破，黄逸梵与张志沂不堪忍受彼此的折磨，这对金童玉女的婚姻终于走到了尽头。时间一晃，又一个十年过去了，在一个波澜不惊的夜晚，张爱玲带着满身的风雨毫不犹豫地从张公馆逃了出来。可人生往往是梦逐渐破碎的过程，带着希望就预示着还会有更大的失望。母亲家的阳光再也不会柔和，亲情被迫成为一场考验，在考试中屡战屡败的张爱玲不敢再去奢求母亲的肯定，那种亲情般的金钱交易在她的心里根深蒂固。

嫉妒和不信任像是一道不长不短的河流，轻而易举就把张爱玲和黄逸梵分离了彼此的世界。在九莉眼里，蕊秋的男朋友可以组成一个联合国，母亲曾是心里最神圣的女神，此时却被一脸污秽的男人抢走了，女儿充满了嫉恨。

即使是把自我当成全世界的黄逸梵，面对不可避免的战争，也选择了堕落，因为此时的堕落比任何事情都简单。

战争的烽烟很快蔓延到了上海，物价飞涨，人心不古。自
认为人格独立、神圣不可侵犯的黄逸梵不得不意识到，这
种人格独立仅仅是靠着自己不可一世的勇气，这种人格独
立并没有社会环境和经济力量在支撑，所以她很快挥霍了
祖产，过上了沉迷打牌的日子。

因为敏感的天性，才女的情感需求是多于常人的，尤其
是对于焦灼脆弱、缺乏安全感的张爱玲而言。更多的时候，
张爱玲看到的并不是母爱的多少，而是母亲认为她是否值得
付出。还未成年的张爱玲是如此的惶恐不安，好似自己随时
要被抛弃，她甚至希望这种结果来得早一些，因为这种等待
结果的折磨早就超出了一个未成年人可以忍受的极限。

张爱玲仇母恋父的情感倾向让她把内心世界分成两半，
其实她并没有过多地留恋自己的父亲，这只是一种被母爱
抛弃的无奈选择。她从来没有对张志沂抱有惊天动地的希
望，而对于母亲则不同，在年少花未开的女儿心里，母亲
就是自己的全世界。父亲的所作所为与她并没有什么关系，
他墨守成规也好，挥霍祖业也罢，这些都不重要，因为自
己从来没有对父亲另眼相看过，既然没有要求，又有什么
恨意呢。

黄逸梵的所作所为，让幼小的张爱玲承受了无边无际的失落感，仿佛落入谷底，她日后所做的每一次努力都是为了填补这一次的空白。她最深爱的母亲，她最想爱的母亲，伤起她来才是最歇斯底里的。她后来没有那么恨自己的父亲，父亲本就模糊的形象在记忆中渐渐被强行抹去，但是母亲的影子则是静静地被她保留在了内心最不愿意让人看到的地方。

黄逸梵是一个典型的东方美女，又不同于一般传统意义上的中国女人，她身上独有的魅力让经过她的男人都忍不住投去钦羡的目光，所以在她的世界里，男友们的存在感远远大于女儿的内心感受。她是为了报复张志沂吗，还是为了宣示自己作为新时代女性的人格主权？

张爱玲是如此在意母亲，在意到甚至不惜用一生的时间和一群男人争夺母亲；她也是如此惧怕母亲，惧怕到自己都拒绝成为母亲。

据说赖雅在日记中记载了张爱玲得知母亲去世的瞬间，她独自面壁，痛哭一场，身体的健康也受到了影响。那位最勇敢的张小姐直到几个月之后才敢正视母亲的遗物，她依然深爱自己的母亲，依然心疼自己的母亲，傲然独立的张小姐这一生只把崇拜给了母亲。

时人评价她，说其没有感恩之心，不懂社交礼仪。其实一个没有得到正常的爱的人又怎么会具备爱人的能力？她并不是冷漠自私，她是一直想去爱的，奈何自己不会爱，不想和不会是无法混为一谈的。有谁甘心与痛苦为伍？没有人会忍心让她雪上加霜。

张爱玲太过坚强，坚强到没有勇气放弃自己的坚强。不肯原谅的人也许就是自己最在意的人。其实自己的孩子就是自己的来世，张爱玲不肯接纳自己的来世，唯一的重生机会就这样被她放走了。和母亲这种时远时近的关系赋予了母亲伤害她的权利，最大的伤害往往来自自己最在意的人——父母。如果可以，张小姐会张开温柔的双臂，给自己的童年一个大大的拥抱，原谅自己的过去，原谅曾经的不堪，因为她本就具备宽恕不堪的能力。

在情感上，张爱玲是不完整的。若真的要去怪谁，只能怪黄逸梵的过于自我。当然也不该去责问一位多么自我的母亲是怎样毁掉自己女儿的半生，因为一个人的人生只有她自己才可以毁掉。

张爱玲已经原谅了曾经的不堪，她曾迎接一切极端，也在尝试拥抱极端甚至消解极端。在与母亲隔空相拥之后，在与母亲的身份仓皇相见之后，她终于慢慢卸下武装，目光变得和缓明亮，不由得对曹七巧仁慈起来。

遥想年少时期的"传奇"演绎中，张爱玲是一位不折不扣的"观察者"，这在她自己设计的《传奇》封面中也可以看出。作者透过窗子轻轻探出头来，幽幽地观察深宅大院里发生的一切啼笑皆非与悲欢离合。经过二十余年的宿命冲刷，张爱玲无疑从一个单纯的观察者变为"半参与者"，此时她的身影距离她所描画的人物近了几步。酿酒的人，最是清醒，即使只饮了半杯酒，恐怕也是半梦半醒的状态，无法对自己如此残忍决绝，这也是人性使然。

吊诡，男性比女性更难脱离家庭的掌控

在《怨女》中，虽然曹七巧(银娣)的女儿长安消失不见，但是她的儿子长白依然存在，而且与之有关的情节不在少数。虽然化解了七巧与长安的母女残害，但是银娣对于儿媳的冷嘲热讽却一点都不少。除了"父权角色"必须存在于文本中间之外，笔者有一种猜想，保留母子冲突应该还

有一种可能，张爱玲意识到了，比起女性，男性更难脱离家庭的精神掌控。

首先来观察张爱玲与弟弟张子静的人生轨迹，比起弟弟，张爱玲更早远离父姓权威制度的家庭，即使仅仅是物理距离上的远离。张爱玲能够被母亲选中且带走有一个重要原因，黄逸梵认为张子静作为张家独生子，丈夫张志沂不会太过苛待于他，所以带走女儿、留下儿子的选择能让她心里的愧疚感减少，也更安心一些。

这也可以从侧面说明，男性与原生家庭的联系更加紧密。自农耕文明开始，女性在劳动力方面处于天然的劣势，而男性作为家庭的主要劳动力与内部生产积累的主要贡献者，渐渐形成了家庭、父母、其他成员三方关系的紧密利益共同结构。在利益捆绑的结构之中，儿子作为家庭所有财产继承人，要承担起为父母养老送终的责任。女儿因为被灌输"迟早是别人家的人"的观念，被排除在利益共同体结构之外而独立存在，因为不属于内部成员，所以根本不被期待，也不需要承担延续家族荣光与繁衍子孙后代的责任，反而更能脱离原生家庭的掌控而更加自由。

无论是在《金锁记》中还是在《怨女》中，儿子这个角色一方面受到来自父母的精神控制；另一方面也享受性别优势的天然既得利益，在巨大的既得利益面前，没有人会莫名其妙地选择放弃。但是人性使然，世间任何的好处都需要付出一定的代价去交换，儿子既然享受了得天独厚的家庭重视，就要无条件全盘接受家庭的精神钳制。所以在银娣的认知里，儿子不过是从自己的手里转移到了儿媳的手里，反正都在一个宅院里，儿子依然还是她的。

不知自由为何物的玉熹和长白当然没有属于自己的个人生活，他们的生活就是父母的生活，就是成亲之后和妻子的共同生活。他们日夜处于传宗接代的繁衍焦虑与精神空虚的交替折磨中，再加上母亲的自私阴鸷和对自己生活的横加干涉，这种无休止的恐惧与愤怒无处发泄，只好全盘发泄在更弱势的妻子身上。儿媳被迫接受来自婆婆与丈夫的双面围攻，痛苦不堪却又无力改变。

既然小说中的种种无奈与折磨都与母子冲突有关，张爱玲自然会保留长白（玉熹）这一形象。

如果说刚刚嫁入姚府的银娣还存有一丝少女的天真的话，那二十几年前的曹七巧早就习惯了在"麻油"里打转。人性这个大课题，曹七巧看得比银娣清楚。把人性看得太透的人是不会幸福的，当然可以练就一身自我欺骗的本领，但总归是寝食难安的。所以出身普通阶层的曹七巧阴差阳错地被大户人家选为了儿媳，虽然名义上是儿媳，但是和佣人无异，自然是一名买来的高级佣人。社会地位的悬殊加上家庭生活的压迫，按照正常的故事发展走向，曹七巧应该是一步步被迫害致死，但是这样的结局就太不"张爱玲"了。这世间的恩怨总不是无缘无故的，所以我受过的痛苦与尊重，现在要统统还给你们，这才符合等价交换的市场原则。

七巧的生活中没有自己的身影，幼时父母双亡，她由兄长抚养长大，当出落成风情泼辣的麻油西施的时候，却被无良贪财的兄嫂二人卖给姜家，出身卑微被姜家人欺辱，本是伺候自己的丫鬟也是一副趾高气扬的气势。夫家人无情冷漠，自己的丈夫也应该对自己付出哪怕一点点的真心，但姜家二少爷偏偏是一个先天的软骨病患者，七巧最后的避风港也不复存在。张爱玲笔下的女人很少是天真无邪的，所以七巧当然不是一个逆来顺受的黄毛丫头，她是一个隐藏在暗处的女阴谋家。哪有什么爱有多深，爱得再深也会被时间冲淡，抓得住金钱才是自己唯一的保障。

　　她深知所有看似美好的爱情都是骗人的游戏，虽然知道三少爷季泽对自己只是闲来无事的撩拨，或者说他是看上了自己的钱，但她依然愿意在这微妙虚假的情爱里沉醉。季泽的确是一个感情骗子，但七巧还是希望他能骗自己骗得再久一些，只要距离真相再远一些，一切都还过得去，七巧自己也不知道为什么变得这样轻贱自己。

　　七巧对金钱有着狂热的追求，但自己首先是一个女人，比起金钱来，她更加渴望情欲。丈夫是一个终日躺在床上的瘫子，虽然不知不觉地生下两个孩子，但丈夫给不了自己正常的夫妻生活，这种压抑在胸口的情欲更是渴望而不可说。当婆婆去世之后，七巧用自己的计策获得了些许家产，随之自立门户，但心中黄金牢笼的围墙被她越建越高，直到与三少爷感情的彻底幻灭，七巧她疯了。不在压抑中爆发，就在压抑中变态。人人是生而平等的，所以我忍受的痛苦不能就这么算了，我要还给这个社会。但是七巧却没有报复社会的能力，于是与她最亲近的人就成了她进行报复的第一批"试验品"。

　　世人总感叹七巧的命运悲剧是被旧日的男权社会压迫致疯，但是他们都忽略了一个重要问题，在男权社会中压迫女性的还有女性。因为毫无思考能力的无立场女性最容易完成由受害者到施暴者的角色转换，从而成为帮助男性统治社会的工具。这些由受害者变为施暴者的女性迫害起女性来并不亚于男性，因为她们最了解女性的致命弱点，往往可以一举击破，成功抽走更多女性受害者的灵魂，由此循环往复。

咒怨是来自地狱的声音，是比鸦片毒品还恐怖的东西，它就像一颗毒草在七巧的心里生根发芽。在七巧的眼中，亲情、友情及虚假的爱情都已经变得面目全非，金钱就是自己唯一想要的，金钱就是唯一真实存在的东西，有了钱就有了地位，有了钱就有了安全感。七巧成了一个不折不扣的心理变态者，她融合了旧时代所有恶女的暗黑灵魂，她就是口中一直念着咒语慢慢向我们走来的恐怖女人。她刻薄低俗、卖弄尊严、自私小气、善妒防人，最后更是破罐子破摔，竟然连自己生育的儿女都不肯放过。

婚姻曾是女人的全部，是女人一生价值的具体体现，但从一开始七巧就走入了一个个骗局。她不是一个懦弱无能的女人，她不甘于任人践踏的悲惨命运，所以她进行了反抗，但结局毫无意义。所以她选择在黄金的牢笼里做猛兽似的强烈反抗，她嫉恨儿媳的幸福，不愿看到女儿与童世舫甜蜜的恋爱。这些本该属于她的美好时光现在落入他人之手，不甘心的妒火熊熊燃烧。

张爱玲历来远离政治，所以她笔下的人物形象的悲剧多数还是自身性格缺陷所致。当然人不是独立于社会之外存在的个体，所以人物所处的社会环境还是值得一提，很难想象是怎样的原因把一个本是泼辣风情的少女变成了一个面目可憎的女魔头。

首先是曹家攀附权贵的陈旧观念。长期在社会底层挣扎的人总是有一种统治阶级的思想，他们渴望通过入仕或者婚姻来改变自己生活的轨迹，不能说七巧的婚姻完全是曹大年贪财的结果，但曹大年一定有"望妹成凤"的私心。两情相悦不过是生活的调味剂罢了，妹妹嫁入豪门也是对自己的肯定，说明这个兄长还是对妹妹负责的，况且还可以一人得道鸡犬升天。

其次是姜家居高临下的等级观念。无论是家世背景还是社会等级，可以说姜二少与曹七巧分明是两个世界的人，就像两条永不相交的平行线。已经处在末日的地主阶级仍然有居高临下的思想，而且这种思想比鼎盛时期更加强烈，他们阴鸷虚伪，不愿意看到阶级平等的那一天，所以在那场"浩劫"没有到来之前，他们要尽情狂热地享受这种高高在上的荣耀。所以出身贫民的七巧就成了姜家所有人的嘲讽对象，姜家人通过羞辱曹七巧来获得心灵上的满足，让自己不能忘记姜家还是大户人家的事实。

再次是情欲与金钱的相互较量。曹七巧无疑是深宅大院中的性压抑患者，张爱玲不否认性是爱情生活的重要支撑点，长期缺少正常的夫妻生活使曹七巧在情欲上得不到应有的满足，那个毫无生气的丈夫更像是压在自己胸口的石头，既不能无视，又无法割舍。性压抑造成了心理的失衡，七巧竟对曾经撩拨自己的小叔子季泽产生了不该有的好感。季泽虽然是一个堕落风流的少爷，却也知道家族伦理的规矩，无论怎样也是不会逾越雷池半步的。季泽与七巧之间似有若无的爱情游戏更是让七巧对爱情彻底不抱任何希望，只能建造黄金枷锁来掩盖卑微的灵魂，未到中年的女人就已经被岁月风干了。

最后是七巧自身的性格缺陷。未出嫁前的七巧曾是一个争强好胜的女孩子，她并不是一个温柔娴静的女子，所以在某种程度上此种性格的女性不适合嫁入深不可测的豪门。七巧性情泼辣，讲话口无遮拦，甚至热衷于煽风点火、寻衅找茬。七巧和姜家的任何一个人都显得格格不入，在姜家这个陌生的环境里，七巧感受到的只有深入骨髓的孤独，她只能靠着一张厚脸皮出卖尊严来靠近这里的每一个人。

嫉妒是一种循序渐进的心理变化过程，是人性中最丑恶的一面。前期表现为因自己不如别人而产生的失落感；随着时间的发展则渐渐变为无处发泄的心理挫败感；最后则演变为恐惧的怨恨心理。七巧对儿媳与女儿强烈的嫉妒心理让她失去了自己，自己守寡二十余年，承受巨大的孤独与痛苦，在姜家大院挣扎了半生，凭什么你们就可以得到真挚的感情和幸福稳定的婚姻？这不公平！命运给予我的爱情与尊重的缺失、卑微与不幸，这些我要统统还给你们，而且要加倍地还给你们。

文中有一幕是七巧不听劝告，强行给女儿长安裹脚的情节，尽管当时裹脚的时代已经过去，甚至三寸金莲还可能会成为嫁不出去的原因之一，但七巧仍然执意给女儿裹脚。在这里，裹脚是一个意象，它充当了男权社会中女性由受害者到施暴者转变的一个重要工具，或者说给她人裹脚是曾经的受害者发泄的途径之一。

裹脚这种行为除了可以很好地控制女性的人身自由，使其彻底臣服于男权思想之外，也是一种畸形的审美观念。这种畸形的审美观念让受害女性不知不觉地迎合奉承男性，甚至在迎合的过程中感受到自身的愉悦，这对女性来讲不得不说是一种人性的悲哀。

和解，让我们都做自己

七巧与银娣都有着世代相传而不自知的"厌女情结"，她们不仅厌恶女儿，也厌恶同为女性的自己。七巧拆散了长安本该幸福的姻缘，银娣也不忘时不时嘲讽儿媳的闺房秘事，她们要通过对女儿和儿媳的嬉笑怒骂激发其羞耻心。七巧与银娣对于过去的不幸毫无还手之力，就把满心的咒怨再度强加到备受控制的女儿与儿媳身上，对于这二人来说，女儿是自己的分身，自己的不幸她有义务分担；儿媳是来抢走儿子的敌人，自己对她的嫉恨天经地义。

在"女人何苦为难女人"的悲剧性中，女儿和儿媳越是幸福安稳，母亲就越是心绪复杂。那些人格缺失的母亲享受着女儿带给她们的价值，但是却不愿意肯定女儿对她们的意义，她们希望女儿的一生都完全依附于她们，但同时她们怀疑这一切。

回到张爱玲的"母爱"课题，她也认为母爱复杂难解，为了达到完美的和解，世间的母女都在做着属于她们的独特方式的努力。张爱玲与黄逸梵的和解也不是一朝一夕，这中间夹杂着宿命的感叹、时间的流逝、年华的焦虑，还伴随相互自责的愧疚。女儿不是母亲的来生，母亲亦不是女儿的前奏，各自独立绽放，让我们都做自己。

南朝的金粉，北地的胭脂

英文版的《北地胭脂》就是中文版的《怨女》，从"北地胭脂"这个名字能看出来是张爱玲用词的风格。胭脂自不必多谈，是敷于面颊的修容品，它的主要原料是红蓝花，又名红花，原产自埃及，大概在汉代经中亚传入我国，"胭脂"是红蓝花的匈奴语的音译。而"北地"指的是北方，是为了与南朝金粉对应，表明银娣的籍贯背景。

忽略其他人物的故事发展，只看银娣与七巧的几点区别。

首先就是出生地的差异。七巧是本地土著，而银娣是由南方嫁入北方。为了贴近相由心生，七巧的面相刻薄，银娣有胭脂作配，意为年轻貌美。

七巧与银娣在夫家的感受均是孤独寂寞，但是孤独的原因有所差别。七巧的孤独更多的是来自尊卑等级的隔阂，银娣则是来自身处异乡的孤寂。

七巧与银娣在夫家均有生育，七巧有一双儿女，长白与长安；但银娣只有儿子玉熹。

在人格特质上，银娣比七巧更"正常"一些。七巧是完全的性压抑患者；银娣对于情欲的展现比较明朗化，显得更加天经地义。

七巧的自卑意识极其严重；而银娣因为自持貌美，所以多了暗暗的自信。

在"疯人"的形象刻画上，张爱玲对七巧毫不掩饰，但对银娣的疯狂行为的刻画比较婉转。张爱玲也曾说银娣虽然也是疯子，但是到底疯得有分寸，没那么极端。

故事的结局，银娣得以存活下来，即使依旧过着癫狂的生活；但是《金锁记》中的七巧却殒命黄泉。

因为大量的心理描写，张爱玲似乎在为银娣的疯狂行为寻找理由，她把这种同情的氛围也带给了读者，读者在经过由曹七巧到银娣的变换中，对于故事中的女主角有了难得的谅解。虽然受众在很长一段时间内对于张爱玲的改写并不买账，他们认为张爱玲的《怨女》降低了《金锁记》的高度，但是张爱玲对于自己倾注的心血并未后悔过，她对于细节有着偏执的追求，无论是写作还是生活。

过于钟情细节的人，永远得不到快乐，推开旧窗棂旁的浮云，孤零零的残枝刺穿了月亮。对于张爱玲而言，故事里的冬夏太分明了，乍冷与乍烈的表情只怕是十分拙劣的表演，笔下只有春与秋，无论怎样挣扎，都注定覆水难收。

第五章

茉香吻绵雨，
残念声声落

许小寒向左，聂传庆向右

我追忆华灯初上，

旧日模样，年少时光。

长衣有风，

惊艳登场。

闪烁的霓虹和万丈星火，

觉得所有的一切，

都可以地久天长。

繁花绮丽，瞬世皆空；
二十余年，终成一梦

总说历经华灯精舍与繁靡鲜衣的人才配谈论淡泊名利，接近真正的宁静致远，但是真正拥有过风华荣光的人又怎能轻易就放下心中的不甘与留恋。好比身骑骏马，自烟柳画桥的十万人家行到地僻无音乐的郊城，心中的巨大落寞与失望可想而知。

20 世纪 60 年代的张爱玲带着旧日的故事试图打开新世界的文学大门，她的英文小说《易经》与《雷峰塔》成为斑驳墙上的泡影，结果变得如此虚幻，显得不真实。要知道这些新旧交替的气味曾经让二十岁的她在"孤岛"上冲决而起，那个时候的她少女气势极盛，如在浦江正中心生长的冷冽水仙子，顺风而生长，它的招展迎来万人的围观，好不热闹。

事实上，敏锐聪慧的张爱玲早就察觉到了属于她的独有的"黄金时代"正在一点点无情落幕。人都是时间的俘虏，她早就对时间的概念表现出常人没有的敏感。所以无论结果如何，以笔为生的她都要和流逝的时间争一个输赢。

20 世纪 60 年代，才女迟暮，"水土不服"的阴影时刻笼罩着张爱玲，繁华后的落寞如影随形，《易经》与《雷峰塔》就诞生于此期间，通过对故事的梳理可知，这两部作品均是她的"自传"。

《雷峰塔》的故事始于一个气氛沉郁、阴暗幽冷的旧式大家族中，以女主人公琵琶的童年成长经历为叙述主线。琵琶的母亲与姑姑在她四岁的时候留洋出走，只留下吞云吐雾的父亲和姨太太们陪着琵琶，父亲对琵琶漠不关心，琵琶的童年里只有一个个的佣人。终于期盼母亲回归家庭，但等来的却是父母宣布离婚的消息，琵琶的梦再一次破碎。

根据张爱玲自身的成长经历可知《雷峰塔》的自传性完全成立，至于为什么小说取名为"雷峰塔"，张爱玲也有透露。"塔"取自《白蛇传》里"永镇白娘子"的雷峰塔，如此可获得英美文坛及读者的好感。同时，"塔"象征着她对那个凋零、日趋残破家庭的反抗。自己幼年遭到父亲、继母囚禁，直到侥幸逃脱，投奔母亲的经历，就像塔中"白娘子"喜获新生后短暂的轻松。而《易经》算作《雷峰塔》的续作，故事的核心人物依旧叫"琵琶"，可是为什么张爱玲要把自己的化身取名为"琵琶"呢？熟悉张爱玲创作风格与心理倾向的人都知道，她取名字向来严谨，不会轻易随意为之，笔者猜测可能有以下几种原因。

张爱玲的文字完全脱胎于中国古典文学，而琵琶作为传世经典的乐器自不必多言，最早可以称为琵琶的乐器自秦时就已经出现，在《春江花月夜》以及《霸王卸甲》等古曲中作为主要伴奏乐器。用传统乐器作为女主角的名字可以作为张爱玲中晚期创作有意靠近和回归古典小说叙事传统的内心倾向。

琵琶作为乐器定是要供人弹奏的，大珠小珠落玉盘，也许象征人物对于命运发展的不确定性及不能把控当前自我处境的复杂心绪与身不由己的感叹。

当然，最可能的原因是，张爱玲在温习古典文学作品时，在白居易的《琵琶行》中突然找到了琵琶女与白居易互为知己且互生怜悯的真正原因。初看《琵琶行》中琵琶女的抱怨之语，世人皆以为年老色衰的她在表达对丈夫的失望；

复看《琵琶行》，关于琵琶女年少无知，误入风尘就应该
承受这样的婚姻和结局的言论不胫而走。大概是我们都没
有看清楚白居易为何如此重视与萍水相逢的落寞歌女的心
意相通，还特地为其作《琵琶行》。为何白居易自感与琵
琶女可以互相怜悯？"同是天涯沦落人"的感叹因何而起？
白居易与琵琶女的共通之处在哪里呢？

　　是因为琵琶女的"商人重利轻别离"的怨怼让白居易
想起了朝堂内外对他的贬谪与排挤吗？也许有这样的原因，
但最为主要的是"沦落"二字。先看白居易对琵琶女说的话。

　　　　我闻琵琶已叹息，又闻此语重唧唧。

　　　　同是天涯沦落人，相逢何必曾相识！

　　　　我从去年辞帝京，谪居卧病浔阳城。

　　　　浔阳地僻无音乐，终岁不闻丝竹声。

　　　　…………

　　　　今夜闻君琵琶语，如听仙乐耳暂明。

　　再比照一下琵琶女对白居易的身世诉说：

　　　　自言本是京城女，家在虾蟆陵下住。

十三学得琵琶成，名属教坊第一部。

....

今年欢笑复明年，秋月春风等闲度。

（白居易：《白氏长庆集》，吉林出版集团股份有限公司，2005 年）

二人对于"沦落"的共通感是因为他们都是自繁华的京城不得不来到偏僻的浔阳，琵琶女对于往昔的时光哪里存有后悔与歉疚？歌女本是她的谋生职业，更是她展示自身才华的工具，她根本无须为曾经的职业经历感到愧疚，更谈不上所谓的自作自受。她与白居易都是在怀念曾经在繁华之地的所见所感，怀念青春年少的骄傲时光。

白居易留恋"一日看尽长安花"的鲜衣怒马，琵琶女留恋"五陵年少争缠头"的高光时刻，可是令二人倍感孤寂的是，周围的看客们永远不知道曾经的他们有多么风光荣耀，更不知道这种风光褪去之后内心产生的巨大落差感。他们无法向身边的人谈起，终于一个偶然的机会，江州司马在音乐表达中听出了琵琶女的落寞感受，所以才有了"同是天涯沦落人"的感慨。能够读懂并看穿眼前的人，恰恰是因为那也是他的经历。

《易经》与《雷峰塔》中的"琵琶"文名很可能源自这里，

有借《琵琶行》中的琵琶女自喻之意。远在异乡，创作不易的张爱玲和琵琶女一样在无人问津的深夜不断追忆往昔的荣耀时刻，对比当下的艰难，她的落差心境又有谁能够体会？繁华与落寞都在张爱玲的身边走过，生命中不能承受之轻与不能承受之重她全都经历过，这样的极端演绎还能在生命的结尾处风一般地收梢，这世间唯有张爱玲一人。

寒霜天接水，星河影自怜

张爱玲十几岁的时候，以穆时英、刘呐鸥为代表的"新感觉派"已经很是盛行，一时间在小说中运用心理分析等技巧的人物内心独白描写成为创作的新时尚。丁玲的《莎菲女士的日记》中关于人物内心情欲苦闷的细致描写更是到了登峰造极的地步。张爱玲对丁玲也很推崇，所以她一定会受到"新感觉派"文风的些许影响。新感觉派文风的创作根基有弗洛伊德精神分析理论的存在，张爱玲也数次提到弗洛伊德理论在其作品中的呈现。

很多人没有注意到，在 1943 年，张爱玲创作欲望十分强烈的时候，她曾经接连创作了两部作品，这两部作品的发表仅仅相隔了一个月的时间。《心经》于 1943 年 8 月刊出，而此前的《茉莉香片》在同年 7 月发表。从故事的整体构建来看，这两部作品很有可能来自同一个灵感，甚至是同时起笔的，因为《茉莉香片》中的核心人物聂传庆与《心经》中的许小寒均是"不太正常"的病态人物。他们一个自卑到无以复加，一个自恋到觉得全上海只可以容纳自己。许小寒与聂传庆都有自怜自爱的情结，一个与父亲关系诡异扭曲，另一个拼命找寻母亲还未离去的痕迹。

先说自恋到一定境界的许小寒。女孩子自恋本没有什么错误，如果运用得当还可以增加自信心；若是自恋心理超出了正常的生活交际需求，发展至偏离正常轨道就会变得面目可憎了。

《心经》可以算作张爱玲早期作品中最为大胆的创作，小说中的父女恋情放到今天都让人十分震惊，众人也直接联想到张爱玲的恋父心理，觉得张爱玲是把自己对于父爱的极端追寻转嫁到了许小寒的身上。其实张爱玲本人的恋父心理并不强，她这样刻画人物只是用了一贯喜欢的"极端夸张笔法"，而她的"极端夸张笔法"不仅用在《心经》上，在《小团圆》中也有所体现，这在后文会有提及。

　　两人走到一张落地大镜前面照了一照。绫卿看上去凝重些，小寒仿佛是她立在水边倒映着的影子，处处比她短一点，流动闪烁。

（张爱玲：《传奇》，北京十月文艺出版社，2021年6月，初版复刻版）

　　这段文字本是用来说明许小寒的外貌与同学段绫卿十分相似，但是文字中出现了一个奇特的意象——镜子，要知道镜子是在女孩子的自恋情结中起到关键的证明作用的物品。沉浸在自我世界中的女子在镜子的魔力映衬下，她内心的自恋冲动会被放大数倍，此时呈现出两个人物，一个是现实中的她，一个是自我世界中的她。镜子中的她是如此的美妙动人，尤其是对于外貌条件本就很好的女子，她的自我欣赏情绪久久不能回到现实中来，她几乎要爱上自己。

　　许小寒的父亲许峰仪是一个事业有成又俊朗不凡的中年人，虽然他不爱自己的妻子，但是格外看重女儿，至少表面上他是温文尔雅的丈夫，即使时不时灵魂出轨，但一家三口到底是维持着表面的和谐太平。母亲许太太性格软弱温吞，甚至连名字也没有提及过，可知张爱玲要表达的就是这个母亲在家庭中形同虚设的尴尬境地。这也是造成小寒的情感天平逐渐倾斜甚至心理扭曲变态的原因之一。面对小寒的暗示挑逗，父亲许峰仪非但不加以制止，还顺水推舟享受起了这些暧昧的气氛。

小寒的母亲何尝没有意识到这对父女的奇异行为，敏感也是属于妻子的特性。母亲早就察觉到异常了，只是无力追寻逐渐走远的女儿，更不知道怎样正确表达爱意来迎合女儿的心理需求。母亲的问题可能就在于不清楚女儿想要的母爱究竟是怎样的，只以自己认为的母爱去关心女儿，但是女儿完全感受不到，因为那并不是她要的方式。

为何说小寒过度的自恋导致了家庭悲剧的产生呢？因为过度自恋的小寒在向母亲索求母爱的时候，她要的不是涓涓细流，而是汹涌波涛。小寒需要看见洋溢出来的甚至是夸张表达的母爱，可是温吞的许太太偏偏做不到。小寒不能忍受母亲不是很夸张地热爱她、关心她，她的"母爱燃点"比常人高得多，所以温柔的烛火在燃烧，她丝毫感受不到，转而偏执地认为她根本没有母爱的护佑。在小寒的信条里，感受不到就是没有。

母亲既然没有去爱她，她立刻觉得母亲很是反感她，甚至嫉妒、厌恶她。所以女人之间的嫉妒先行产生了，才有了后面小寒为了让许太太难堪去挑逗许峰仪的情节。

即使许太太还在做无声的告白，但是小寒感受不到，她只好把感受不到的那部分母爱强行安装到父亲身上。许峰仪同时扮演着两个角色，他是父爱与母爱的共同体，这种叠加的双重亲情是女儿小寒渴望的融合。

茉香吻绵雨，残念声声落

《茉莉香片》中聂传庆的原型是张爱玲的胞弟张子静，这一点早就被无数次证实。再来回忆一下二者的相似之处。

先看小说中对聂传庆家的气氛的描写：

满屋子雾腾腾的，是隔壁飘过来的鸦片烟香，他生在这空气里，长在这空气里，可是今天不知道为什么，闻了这气味就阵阵地发晕，只想呕。……客室里有着淡淡的太阳与灰尘，雾红花瓶里插着鸡毛帚子……头垂着，颈骨仿佛折断了似的。蓝夹袍的领子直竖着，太阳光暖烘烘地从领圈里一直晒进去，晒到颈窝里，可是他有一种奇异的感觉，好像天快黑了——已经黑了。他一人守在窗子跟前，他心里的天也跟着黑下去。说不出来的昏暗的哀愁……

再看对聂家的建筑景物与结构布局的描写：

> 他家是一座大宅。他们初从上海搬来的时候，满院子的花木，没两三年的工夫，枯的枯，死的死，砍掉的砍掉，太阳光晒着，满眼的荒凉。一个打杂的，在草地上拖翻了一张藤椅子，把一壶滚水浇了上去，杀臭虫。屋子里面，黑沉沉的穿堂，只看见那朱漆楼梯的扶手上，一线流光，回环曲折，远远地上去了。
>
> （张爱玲：《传奇》，北京十月文艺出版社，2021年6月，初版复刻版）

昏暗的哀愁与黑沉沉的穿堂像极了春日迟迟的张公馆。聂传庆在《茉莉香片》中的外貌近乎女性的柔美，张爱玲也曾说她嫉妒弟弟的相貌。

聂传庆身材消瘦，性格阴沉，常穿一件蓝色的袍子。张子静也是性格文弱，沉默寡言，也有一件蓝布罩衫。且聂传庆与张子静都被父亲施暴，同为母爱缺失的孩子。聂传庆和言丹朱的关系基本可以概括为，他羡慕言丹朱，羡慕到直到恋慕言丹朱，恋慕到想要成为言丹朱，最后不惜毁掉言丹朱。

聂传庆长期自卑自怜，他喜欢以受害者自居，直到变成"无良症"。精神萎靡不振，对言丹朱的伤害，他自始至终没有歉疚之感，因为他从来不觉得自己做错了。

作为张爱玲的早期作品，正如张子静所言，姐姐是通过她的作品来宣泄对周遭环境的不满。相信张爱玲无意伤害弟弟，而且聂传庆的身上也有张爱玲自己的影子，她的目的更多的是表达对父亲张志沂的不满及对很多同张志沂一样的遗少们的讽刺。

张子静与聂传庆同为被家庭放弃的孩子，但是比起聂传庆，张子静却正常太多，他随性安静，甚至安静得都有些不正常。他被父亲与母亲"踢皮球"，受到姑姑的冷遇，可是却从来没有抱怨过，对于唯一的亲姐姐表现出来的更多的是追忆思念。

张爱玲依旧追思上海，那个已是恍如隔世的名字，惦念自己的祖国。一生浸泡在传统文化气息中的张爱玲怎会不知道叶落归根的命运定数，只是几十年远离故土的灵魂再次归来的时候是否还记得原来的路？她明明是一个路痴，青春年少有炎樱做自己的向导，哀乐中年有赖雅做自己的引路人，如今这些生命中曾出现过并惊艳过她的人都已经如秋天的花瓣一样悉数凋零。不过不必过于忧心，因为在万籁俱寂的弄堂尽头始终站着一个瘦弱的身影，相信他此时也已经风烛残年，耗尽大半生的跌宕起伏，如梦一般的冷暖经历，没有怨念，也没有憎恶，有的只剩下思念。

张子静守着十四平方米的房间，反复翻看那些年有关张爱玲的记忆。虽然隔着遥远的星河，我们却可以欣赏同一个月亮，看见月亮就看见你，姐姐你还好吗？

生得一副好皮囊的张子静已经年老，姐姐口中没志气的弟弟终究是一个凡夫俗子，姐姐像一朵出淤泥而不染的莲花在黄浦江的对岸傲然绽放的往事仿佛也已经是前世的记忆，姐姐周身散发出来的万丈光芒照亮了古墓一般冷寂的张公馆。家族观念深重的世家子弟对延续自身风光有着急切的渴望，不幸的是命运之神随着祖父张佩纶的离世也已经远走，死气沉沉的张公馆里再也不会上演同样的传奇佳话，所以父亲选择堕落，而父不爱、母不念的张家独子竟然没有选择不堕落的权利。

也许因为有了姐姐张爱玲，张子静振兴家族的观念在一点点地改变，自己没有能力也没有勇气重振张家的荣光，在这风雨飘摇的年代，仅仅因为多了"张爱玲"这个名字就可以替自己抵挡周围指指点点的闲言碎语。这个名字足以照亮摇摇欲坠的张氏家族。"清末名臣张佩纶的孙女"这种说法已经慢慢消亡，诸如"张爱玲的祖父张佩纶"的说法将成为永恒。

张子静自小就知道姐姐的不平凡，这似乎是一种注定的命运，在姐姐的词典里，从来就没有普通二字。在张家的家族风气中，重男轻女的固有观念并不是家族的主题，比起张家未来的主人，张志沂更青睐才气斐然的女儿。张子静生得美丽，性情温和，他并不热衷于追求独一无二，甚至喜欢融入普通的人群中，生怕因为自己的标新立异而被其他人找出来。我想，在张爱玲的心里，至少在早期的思想中，她对这个唯一的弟弟是有着可怜又可恨的复杂感情的。她恨弟弟去选择成为一个普通人，她又心疼本是张家独子的弟弟得不到父母亲人一丝一毫的怜爱，这本不应该是弟弟可以承受的。

无人怜悯的张子静就像一个皮球一样，被父亲、母亲和姑姑踢来踢去。没有人自出生就是没有志气的人，张子静想过改变，他也为这种改变付出了实际行动。年幼之时想和姐姐一样逃离暗无天日的张公馆，手里抱着一双不新不旧的球鞋去姑姑张茂渊的家里看望母亲，黄逸梵理智得可怕，她像高高在上的法官，义正词严地宣判了儿子的命运。历史总是惊人的相似，多年以后，张子静再次来到姑姑张茂渊的住处寻找姐姐的下落，门缝里传来姑姑冷冷的答复："你姐姐已经走了。"那扇门既熟悉又陌生，还透着寒光，门一关便成了两个世界，姐姐招呼都不打一声就决绝地离开了，以她的个性必是永远不会再回来。被寒光围绕的张子静该是怎样的心酸？再也忍不住便泪如雨下，成年之后的他再一次被亲人抛弃，无论是孩童还是成年，他永远都是一个被人踢来踢去的皮球。

张志沂终日沉迷于鸦片，几年之后祖产就被他败光。于张志沂而言，就连自己都是泥菩萨过江自身难保，何况本就不重要的儿子，鸦片比儿子的婚姻重要，享乐比传宗接代重要。因为没有经济来源，张子静错过了自己的婚姻，此后更是再也没有过结婚的念头。至于张子静为什么终身未娶，除了经济状况之外，我想还有其他的原因。

张家女人的亲情洁癖让他畏惧女性。黄逸梵是一个特立独行的新时代女性，她理智得让人不寒而栗，本就不适合成为母亲却莫名其妙生下了两个孩子，婚姻无法套住她的自由，孩子更不会成为她的牵绊。黄逸梵私心想着张子静毕竟是张志沂唯一的儿子，即使他再自私也不会毁掉自己的儿子，所以她带走了女儿，留下张子静一人与父亲生活。谁知张志沂不但不考虑儿子的前途问题，他连基本的父亲意识都不具备，所以张子静被母亲弄丢了，又被父亲放弃了。

张爱玲与母亲和姑姑有着相同的洁癖，这种洁癖是畏惧世界，畏惧周围的一切，为了治好洁癖，她们都选择保持距离。对于亲情也一样，帮助是情分，是恩赐，不帮也并不是冷漠自私，只是基于人的本性而已。因为周围的女性都欠缺母性的光辉，也许张子静本能地认为这就是大多数女性的本来面目，本就胆怯懦弱的他此后更是不敢去追求应该有的感情。

张家女人的超凡脱俗像民国的一幅群芳图，生活在画卷中的小男孩自幼沐浴着她们出色的光辉。张家的几位传奇女子几乎可以融合当下所有传奇女子的生活阅历，她们太风光，太风华绝代。在张子静看来，母亲和姑姑及姐姐的存在让其他女人黯然失色，这世上再也没有任何一个女人可以和她们相媲美。既然自己曾经在画卷中生活过，那么少一个伴侣又有什么奇怪？这样的经历足以变成一摞摞厚厚的书，张子静就这么枕着，都可以过得半生。

张子静曾在中央银行扬州分行工作，中华人民共和国成立后，熟悉英文的张子静选择在上海浦东的黄楼中学任教，那时的上海浦东是一个郊区中的郊区，远不如现今发达，但张子静倒也不在意，对于他这样的"旧人"来说，有一份稳定的工作让自己活下去便好。

很多人抨击张爱玲对弟弟冷血无情，身后的遗产宁愿交给好友宋淇夫妇也不肯留一分钱让弟弟渡过难关。我想那时候的张爱玲自绝于世已经很多年，她有时聪明得万中无一，有时又糊涂得像个天真的小女孩，她应该是没有想到自己的遗稿竟然在去世以后可以发挥如此大的价值。张爱玲或许就是这样一个人，她永远不会去麻烦其他人，当然也不希望别人来麻烦她，这便是她晚年的人际相处模式。她的做法既不违反法律，也不违背道德，她对弟弟的冷漠态度也与自身疾病的轮番折磨有紧密的关系，也许疾病缠身的她有着许多无法宣之于口的苦衷，这在后文会简要分析。

张爱玲是需要追随者和倾听者的，在张公馆的儿童时期，她的倾听者就是弟弟张子静。张爱玲不会去拒绝一个懂她的人，虽然眼前的弟弟没有文学的天分，也从来没有强烈的作家梦。但不可否认的是，这个弟弟听得懂她的话，懂她的孤独和不甘，虽然他从来不发表看法，只是双手托着下巴静静地听着神坛上的姐姐讲述她的故事。

我曾说过，张爱玲的文字太强大，强大到即使再多的罗生门都无法改变我对孙用蕃的固有印象。无论如何，张子静可以和晚年的继母和平相处并且一起生活在十几平方米的狭小空间里很多年，也说明了母子二人都是可以容得下他人的人，当年和张爱玲发生的种种，因为太遥远无法说得太清楚。只能说张子静与姐姐一样都是通透的人，张子静面对姐姐的不辞而别，面对姐姐对自己的"冷血无情"，并没有自怜自哀的深重怨念，只剩下无边的思念。

1995 年，张爱玲在洛杉矶的一家汽车旅馆悄然离世，张子静于第二年追随姐姐而去，那是他唯一的亲人，虽然隔海相望很多年，姐姐可望而不可即的身影总是伴着弟弟的苍凉晚年。直到二人双双离世，他们也没有见过彼此，即便是这样，他们还可以欣赏同一片月光，姐姐若是累了回来便好，那个十四平方米的小房子因为有你的存在也变得温和起来。

思念你，我依然心疼你，月色太沉，我是那个永远站在巷口等你的人。

同学少年都不贱，相见不如怀念

《同学少年都不贱》与《相见欢》中出现了令人惊叹的"百合盛开"桥段，原来张爱玲对于女性之间的情谊还有这样婉转的表达。

张爱玲为数不多的好友叫作炎樱，《同学少年都不贱》中也有二人交往的友谊残影。在与炎樱交往的青春记忆中，我们看到了另一个张爱玲，原来她也喜欢吃不健康的甜食，她喜欢谈论身边人的趣事，她还可以抱着自己的照片入睡。但是世事沧桑，跨过太平洋的友情是否还经得住时间的洗礼，我们不得而知。后来的岁月，她不再拆开炎樱寄来的信件，也很少在友人来往的书信中提到炎樱的名字。遗憾的是炎樱的中文水平有限，抑或是生活实在忙碌不堪，我们没有看到关于她的回忆录，这让胡蕊生说的"结婚誓词"成为永远解不开的孤证。

　　小说开篇就展示出女主角赵钰的心理落差，她看见昔日的好友恩娟的丈夫飞黄腾达的新闻，回忆从这里开始。赵钰出身高贵，家世显赫，性格孤傲且才气逼人；恩娟的父亲是生意人，虽然生活无忧，但是比不上赵钰的贵族门庭。两人在学校里是密友，在生活中也互相扶持。后来的故事就是赵钰追求自由而逃婚，与家族决裂之后又遇人不淑，遭遇了感情的欺骗，流落到异国，孤苦无依，基本的生存都成了问题。而恩娟靠做生意完成了原始积累，还嫁得如意郎君，时不时接济老同学赵钰。这样的对比与落差实在让人五内郁结，愁怨难消。

　　这样的故事真的发生在了此时的张爱玲身上，她是如何应对的呢？小说的题目"同学少年都不贱"就是答案，张爱玲借用杜甫的感受回应与昔日好友的巨大落差。杜甫的原诗为"同学少年多不贱，五陵衣马自轻肥"，意为年少时期的同窗好友都已经飞黄腾达，前途光明，各自过着豪门巨富一般的生活。

　　张爱玲化用此句，有三层含义：其一是形容与昔日好友境遇上的落差；其二是回应两人虽然境遇不同，但她并没有轻贱自己，毕竟她从来就对"做得好不如嫁得好"这种论调不屑一顾，她也许会羡慕很多事情，但是这些事情里绝对没有婚姻的美满；其三是有"众人皆醉我独醒"的自警。

张爱玲在该小说中化身赵钰，表达的姿态依然是尊贵且独立的。用平淡救赎自己的灵魂，接受并原谅自己的青春年华，看透了人生百态的张爱玲自然也看得透生死，生亦何欢，死亦何惧。从前就喜欢波澜不惊，现在也习惯被寂寞包围，她本就是寂寞惯了的人。早就过了愤怒就高喊自杀的年龄，过了因无人欣赏就自怜自哀的年纪，骨折也可以不去看医生，牙痛就干脆拔掉，身外之物就是要丢得彻底。

干干净净地离开故土，干干净净地入住汽车旅馆，到最后干干净净地升入天堂。她完成了应该完成的人生任务，她的任何选择都该得到尊重，想要隐瞒的事情总那么清晰，千言万语都归于无语。她比较喜欢那样的收梢，离开的时候身边无一人陪伴，那是她一直喜欢的安静。

曾经迷恋自己，对自己深信不疑。当摆脱身不由己，我习惯波澜不惊。沉默可以埋葬过去，把经历化作无形，当生命趋近于零，我选择尘埃落定。

第六章

妆成每被秋娘妒

王佳芝的跌宕人生与情感博弈

我终于放下矜持，

配合你的出演。

满目琳琅画卷，

漫山遍野里都是今天，

在温柔里看见更深沉的温柔。

不知目的，纸落云烟，

我只是个演员。

前奏，也许只是无奈的自嘲

本是受过专业训练的女特工，怎么就沦陷在了刺杀目标的温柔乡里？原来美人计不会像历史上所记载的是屡试不爽的必杀技，也不会像传说中的那样唯美悲情，也许只是一次热血突然涌上心头的冲动选择，或者只是为博取爱人莞尔一笑。

世人不能原谅也无法接受王佳芝在刺杀易默成的瞬间做出的选择，在恋爱中，女人的智商果然降低为零，即使王佳芝是一位受过所谓"专业训练"的女特工。佳芝为什么放走易默成？显然不仅仅是因为爱情。也正是因为这次选择，导致了佳芝走向地狱的结局。佳芝在现实中苦苦挣扎，在内心与信仰之间不断纠结，究竟是什么原因将佳芝推向了深渊？

作为文学史上为数不多的"异类"，张爱玲的关注点始终都是以个人目光所及作为她作品的基本支撑点。同时作为女性作家，张爱玲追求天性解放，所以她并不否认性是爱情的一个重要构成因素。"性命"一词的构成，因为有性才有命。关于这一点，她是不会刻意去回避的。女子因爱而性，男子却是因性而爱的，无论他的学识地位如何，无论他是怎样的社会角色，这些外在的装饰都无法掩饰易默成是一个简单的视觉性动物。

对心理状态与人性的揣摩，是导演李安在作品中清楚地把握时代、历史、人物三维度的出发点，同时也是《色·戒》的原著作者张爱玲创作的意图归属。《色·戒》是李安自我情绪的一种释放，也是张爱玲一种无奈的自嘲。男女主人公在复杂脆弱的特殊历史舞台上演绎了各自的人生悲剧，无论是电影抑或是原著，都向我们展现了女性的自我意识与身处纷杂乱世的摇摆不定的男性的扭曲空虚。

帷幕，好似晚唐的春光

原生家庭这个话题基本已是老生常谈。一个人，来到世间，最先接触的无疑都是父母。自身的安全感、归属感、信任感及正确合理的情感认知，都是从父母那里首先获得。正常良好、稳定和谐的家庭关系，会让我们获得这一切，并自觉或不自觉地将这种温暖的福泽通过自身传递给身边的人。反之，就会让我们出现明显的性格缺陷，并且终其一生难以得到弥补，由此进入恶性循环，伤己误人。

在影片及原著中，并没有过多提及佳芝的母亲，而是侧面强调了父亲抛弃女儿前往英国再婚的事情。在影片开始的四分钟至九分钟，导演采用中近景的定格镜头，直视跟拍了在暗色调的影院中，佳芝躲在漆黑的角落里，在密不透风的人群中，佳芝流下了祭奠亲情的泪水。佳芝在给父亲寄信的过程中，压抑住几乎快要爆发的情绪，因为父亲陈旧的宗族观念，抛弃了同样是自身血脉的女儿，在她和弟弟中选择了后者，佳芝失去了生活与情感的所有依靠，失去了父爱的保护，自己也沦为选择的牺牲品。

风云变幻的乱世，缺失母爱的女儿自然会把全部的期许和依赖倾注在父亲的身上，但佳芝的父亲显然不具备一位真正有担当的父亲应该拥有的家庭责任感。由于张爱玲与黄逸梵的复杂情感，张爱玲所有作品中的母亲角色都毫无温暖的亲情感。而在《色·戒》中，王佳芝的母亲的去向不知所云，是去世，还是离家出走，没有过多的笔墨提及。值得注意的是佳芝的姑母，父亲再娶后，佳芝无家可归，只能寄宿在父亲的家人家中，姑母冷漠的眼神与尖酸刻薄的调侃语气都让佳芝感受到深入骨髓的孤独，寄人篱下的感觉如影随形，所以只身一人离家出走是她唯一的选择。

王佳芝原本是岭南大学的女学生，因战争随学校辗转至香港。战火纷飞，硝烟四起，热血激进的爱国学生借表演话剧的外衣来表达自己救国救民的强烈愿望。于是学生们制订了周密的刺杀计划，用老生常谈的美人计诱惑易默成放松警惕，在珠宝店行动，但却因为佳芝的选择，这场热血而又幼稚的刺杀行动宣告失败。张爱玲笔下的人物是很少存在完美人格的，《色·戒》也同样着眼于人性的弱点与缺憾来展开故事的走向。佳芝的毁灭仅仅是因为易默成的冷酷无情吗？显然并不是。

佳芝的悲剧不仅是挚爱与遗恨的交织，任务与爱情、个人与团体之间的矛盾。诸如此类的矛盾显然不在李安的视线之内，李安的镜头聚焦的是王佳芝"一人世界"的孤独和绝望。

亲情缺失的佳芝急需安全感和认同感，所以她很珍惜与话剧团队员之间的友谊；讽刺的是，当她下定决心接受刺杀任务后，眼睁睁地看着队员对自己渐渐疏离，挚爱男人的抛弃。在糊里糊涂与梁润生"练习"后，她满眼看到的都是队友的鄙夷与嫌弃。

七人暗杀小组的上线便是吴先生，吴先生的出场地点及穿戴、语气，都可以显示出他不可一世的官腔，居高临下的气势理所应当地给七人暗杀小组下达任务，并且不停地强调自己家破人亡的悲惨经历，用自己的家仇训斥暗杀小组的优柔寡断与心智不成熟。

这无疑是最冠冕堂皇的"革命道德绑架"。在吴先生的眼中，既然自己付出了所有，别人就有同样的义务万劫不复，这些学生根本未曾受过特工的具体训练，甚至不具有特工的潜质，他们的身份只是吴先生复仇的无脑工具，他们的唯一才能就是一腔热血。更让人无法接受的是吴先生在佳芝执行任务之前便销毁了佳芝寄给父亲的绝笔信件，他早就料想到这是伸手不见五指的地狱，他堵死了佳芝所有生还的可能，这个"以爱之名"参加暗杀任务的少女已经被逼到悬崖旁，再无退路。

张爱玲在撕开人性丑恶一面的时候总是所向披靡，所以暗恋邝裕民，嫉恨王佳芝的赖秀金出现了。其实暗恋邝裕民与执行暗杀任务之间可能并无联系，但是赖秀金熊熊燃起的妒火不允许佳芝可以置身事外。极度缺爱的天真少女为了拉近与暗恋对象的距离，她选择相信这个团体，她选择相信邝裕民。在这场女人与男人的情欲交锋中，悲剧的种子往往是由一个女人埋下的，这个女人便是赖秀金，在影片与原著中都没有太大存在感的角色。

赖秀金认为自己已经是暗杀小组中的灵魂人物，她暗恋喜欢王佳芝的邝裕民，本就依靠国难发财的她从来是以自私作为自己的最高生活准则。加上她嫉妒佳芝的美貌，嫉妒佳芝的"男人缘"，所以赖秀金毫不犹豫地设计了一场夺走佳芝贞洁的阴谋。最让赖秀金骄傲的是她可以扛起道德的大旗，将这场不能宣之于口的诡计进行得如此光明磊落。前期的佳芝可以算是一名毫无心机的女学生，一个不折不扣的傻女人，莫名其妙地与梁润生翻云覆雨，然后在荒唐的暑假还未结束时却接到了易先生将要离开的电话，佳芝流下绝望无奈的泪水。

而此时的队友们呢？这些本该安慰和陪伴她的队友都已经和赖秀金不约而同走进了同一个战壕，他们对眼前丢掉圣洁的王佳芝流露出嫌弃的眼神。什么家国大义，佳芝本就是一名为爱献身的少女，真相是她没有那么多崇高的理想情怀，只可惜年少所爱的男人可以成为团队的灵魂，可以不顾一切振臂一挥，但竟然没有勇气面对自己的内心。一个不敢接纳自己真实想法的人，何谈家国大义？

高潮，一切总该有个目的

在漂泊不定、跌宕起伏的生活中，佳芝情无所属，心无所依。她不想结束易默成的生命，也不敢结束他的生命，因为在这地狱一般的生活中，佳芝不知道易默成消失以后还有谁可以让她活。只有和易先生在一起的时候，佳芝才觉得自己是有生命的，她何尝不知道队友们失败的必然结果，她是清醒的人，但却不得不和队友一起装疯卖傻。

易默成心属政治，王佳芝意在情感。李安利用了五场情戏，将易默成不曾外露的隐秘内心活动变得具体化，在影片的中间部分，李安用固化场景的中近景镜头，以叙事性的跟拍方式，重点特写了王佳芝与易默成相互交织的肢体语言。与王佳芝的情欲交锋体现了易默成的恐惧、脆弱、挫败感和愤怒。

王佳芝在话剧团队中有多单纯，她在易先生身边就有

多真实。旗袍，在普遍的审美意识中代表着诱惑，所以佳
芝与易默成的首次交锋，是以一身湖蓝色的旗袍现身，这
便成功地吸引了易默成的注意。王佳芝从一名单纯的女学
生变成了训练有素的女特工，再由特工，摇身一变成了易
默成的情妇。在一次次的交锋、一次次的缠绕之后，佳芝
产生了作为家庭主妇的意识错觉，出于感性的心理，佳芝
流连于单纯的家庭生活，从而淡化了自己所承载的使命。

　　在易默成来之前，她会下意识地涂抹香水，极力营造
出一种虚无缥缈的诱惑氛围。后来她开始学会抱怨，抱怨
易默成的行踪不定，抱怨他对自己忽远忽近，佳芝开始在
这种忽明忽暗的情感关系中寻找自己的位置。虚伪的人际
关系、遥远的理想信念、可望而不可即的浪漫主义、战争
的残酷，这一切的一切早就令佳芝疲惫不堪。看似佳芝的
身后是一支满怀理想抱负的团队，其实她心里十分清楚自
己不过是单刀赴会而已，一群人的热血纯真背后仅仅是佳
芝一个人的奋不顾身。

　　在与易默成相识之后，从一开始的"虐爱"，到第二
次神色淡漠身体却很诚实的反应，再到第三次的相互交织，
疯狂释放，其实这所有的情欲交锋都体现了佳芝内心的情

感变化。佳芝何尝不曾明白这场情欲的结局是彻底的毁灭，但她依然选择义无反顾，她无法忍受虚伪的情怀，所以她选择易默成这个至少让自己真实存在的男人。

朝不保夕的枪炮年代，人类在战火的侵袭下惶惶不可终日，一些人选择堕落，把自己由受害者变为施暴者去麻痹自己；另一些人给自己营造幻想，幻想自己的崇高伟大。人性之间充斥着虚伪，感情不是两极对立，更不是非忠即奸，它恰恰是在这种无奈压抑的环境中最直观、最真实的反应。

易默成同样厌恶自己的职业与工作环境，他说："你确定要去那里看嘛。"李安用了2分50秒的特写镜头，集中反映了易默成脸上的苦笑表情。所以易默成总会对佳芝说："你和别人不一样，你不怕是不是。"也许只有在王佳芝这里，易默成才可以放松做回真正的自己。

在这场心智交锋中，王佳芝与易默成更像是两个瑟瑟发抖的人在相互取暖，甚至惺惺相惜。易默成需要宣泄情绪，以至于会对佳芝表现出疯癫的一面，他在折磨佳芝，但同时也是一种考验。二人在镜中花、水中月的关系中坦诚相见，裸露释放，忘记彼此的身份与仇恨，忽略人性的残酷与虚伪，就做一次登峰造极的欲，就演一场忘乎所以的情。

不过梦幻终究是泡影，它总有被击碎的一天。到底是"无毒不丈夫"，佳芝的那句"快走"表达了自己情感的归属，也挽救了易默成的生命，但同时成为自己迈向地狱的宣言。易先生这种终日患得患失，像惊弓之鸟一般的男人自然不会有多少温情，当然在女人与生命之间，他选择后者。他曾视王佳芝为不可多得的红颜知己，这种野心家恨透了背叛，恨透了碌碌无为与平凡可贵；佳芝只是他的过路风景，往日的风花雪月所剩无几，倒是如今逃出生天的惊魂未定占据了他的全部思绪。

由原生家庭的冷漠造成的极度缺爱是终其一生无法修补的伤口，王佳芝无疑是这样的人。极度缺爱会造成三种状况：单一主观情感，渴求安全感，奢求认同感。而在爱情中，陷入其中的人的主观情绪都是放在对方身上，在被消磨得所剩无几的时候才会在客观上找回自己。佳芝暗恋邝裕民，一方面是寻找自小缺失的安全感，同时也是希望通过寻找邝裕民得到认同，来证明自己存在的价值。

佳芝与邝裕民的第一次相遇，场景设置在了空阔的话剧院。镜头再次采用半身影的近景画面对佳芝的脸部进行了特写，佳芝眼中发出了迷人的光芒，因为她猛然一回头就看见了玉树临风的邝裕民。紧接着用扫摇的镜头，俯拍整个话剧院的整体面貌，用对比的镜头语言展现了佳芝内心的孤独，突出"一人世界"的拍摄意图。最后以闪回的方式，用短暂的回忆插入二人的再次相遇场景，简洁明快地表达了佳芝的茫然失措。"王佳芝，上来啊"，这是来自地狱的召唤。

后来，幼稚的刺杀计划宣告流产，佳芝离开团队，是对他们的失望和对邝裕民的遗恨。时光流转，当佳芝与邝裕民再次相遇街头，不想等待她的非但不是解开谜团的钥匙，而是再一次的迷失自我。她用拙劣的演技扮演麦太太和易默成的情妇，她自然是不情愿，但是佳芝不允许自己的失贞变得毫无意义，所以在这场别人精心策划却只有她一个人出演的情欲大戏中，她只能强迫自己相信一切是有意义的，一切是为了正义。她只有欺骗自己，不断地下沉。

她与邝裕民的纠结是被动，但与易默成的交锋却是主动。"三年前，你明明可以的，为什么不！"佳芝推开向她索吻的邝裕民，声泪俱下地痛斥他的懦弱。邝裕民对佳芝是有好感的，无论是三年前还是现在，赖秀金策划的阴谋里的主角可以是邝裕民而不是梁润生。但是邝裕民觉得热血大义就不该掺杂任何杂质，兄长被无端杀害，他愤怒，作为这个团队名义上的领导，他要维持自己纯净的风度。作为团队的领导，是不可以被其他队员认为自己假公济私的，权衡利弊之下，他选择牺牲王佳芝。

邝裕民对佳芝说"上来"，佳芝就上去了；邝裕民说你是女一号，佳芝是我们这个社团的中流砥柱，佳芝就接受了女一号的身份。佳芝在邝裕民自编自导的暑假闹剧中扮演了女主角，然后丢掉了贞洁。三年后，邝裕民仅仅用"幼稚"两个字就将这件事轻描淡写地一语带过。佳芝自嘲她是傻子，三年前的佳芝的确是纯真的少女，但是现在已经大不同。

她绝顶聪慧，在戏里戏外游走自如，扮演麦太太时从容不迫；在与其他太太斗智斗勇中审时度势，察言观色；扮演易先生情妇时风情万种，风雅多情，微微一笑的娇弱，似有若无的挑逗神情。而后还原为真正的王佳芝，脸上依然是敦厚温情，情感依然无处可依。

在公车上与邝裕民相遇，她抽了一口烟，皱一皱眉头，两人只是相视一笑，邝裕民开始仰望佳芝，但这种关系不是佳芝内心想要的结果。当佳芝被推上舞台，她也曾茫然无助，她拙劣的演技，不能获得认可的表演，佳芝心慌意乱，回过头寻找屏障，不幸的是，邝裕民此刻只是振臂一挥，怎会注意到佳芝的无助。

　　与邝裕民的相遇，只是在一次次迷失自己，是纠结与拉扯。这个年少所爱将她拉进了旋涡，本是并肩作战的甜蜜感情，真相却是佳芝一个人的独角戏。每次相遇，邝裕民总可以燃起佳芝的自救希望，然后便是再一次的沦陷，让自己在地狱里越沉越深。

博弈，情感是升华沉浮人生的最佳武器

　　《色·戒》在某种程度上，可以说是全面失控的，它的出现打破了李安惯有的中庸思维方式。"色·戒"带有一种强烈的探讨魅力，直击李安内心深处的爆发力与情感表达。而在故事结尾处的艺术化处理，更是能够体现出李安的个人温情。

　　李安在遵循原著的同时，做了颠覆性的改编。在结尾处，梁朝伟饰演的易先生抚摸空荡荡的床沿，双眼布满了泪水，此情此景，我们有理由相信，易先生是爱过王佳芝的。"性"

在特殊的历史环境下，带有强烈的复杂性，它不会作为一种单纯的事物吸引人，影片中的迷人之处就在于它的复杂极端。单一的性与独特的时代气息巧妙融合起来，就会迸发出惊人的震撼力，这是李安的个人天赋。

在李安的《色·戒》里，故事的主题绝不是错误的时间爱上错误的人，易默成与王佳芝之间的交锋既不关乎民族大义，也不会与社会历史原因出现多少联系，所有的悲剧都源于人性。所以李安不可能站在审判的角度上塑造王佳芝，王佳芝自己读不懂自己，但作为局外人的导演似乎更加懂她。

尾声，入戏颇深的稚拙演员

> 他觉得她的影子会永远依傍他，安慰他。虽然她恨他，她最后对他的感情强烈到是什么感情都不相干，只是有感情。他们是原始的猎人与猎物的关系，虎与伥的关系，最终极的占有。她这才生是他的人，死是他的鬼。
>
> （《色·戒》，北京十月文艺出版社，2007年）

在小分队的成员纷纷煽风点火后，王佳芝毅然决然走向舞台的中央。成为"演员"后的她虽然把握不住真实的人际关系，但是无疑造就了一批想象中的观众，更不要说还有易默成这种重量级角色的加盟来演对手戏。戏里戏外的真情投射到真实的人物身上又有多少呢？在《色·戒》的原文中已经透露，无论电影里的男女主角是如何演绎错综复杂的感情的，原著中的易默成绝对谈不上对王佳芝有多少爱意。

易默成在惊魂未定之后的行为就可以证明，他来不及思考事情的前因后果，只是要以最快的速度处决王佳芝。当王佳芝还在思考手中戒指的寓意时，易默成估计早就靠在软软的沙发上对着空气说："王小姐，你不过是一个蹩脚的女演员，好的演员不会分不清戏里和戏外。"

在他的内心中是充满对王佳芝的恨意的，所以背叛者的死亡会让他扬扬得意。易默成与王佳芝的交往仅仅是占有而已，对王佳芝的疯狂折磨是易默成压抑情绪的发泄和扭曲心理的集中反映。

字里行间未曾察觉易默成一丝丝的爱意，至于王佳芝对易默成的感情，张爱玲在原著中也有表达："她最后对他的感情强烈到是什么感情都不相干，只是有感情。"这也是张爱玲自始至终的冷酷与残忍，张爱玲对男性从来不抱有任何希望，也永远都不会信任，这种结局是张派文风固有的苍凉。

张爱玲是勇敢的女子，敢于把女性生理上的享受写入如此父权、如此男性化的战争为背景的故事里。张爱玲的世界里，崇高与伟大、光荣与使命的话题是不能激发她创作的兴趣的，她总是会把目光投向那些不被人察觉的，那些大部分人无法宣之于口的"黑洞"上，她的文风危险而又沉默，她会把一滴水洒向巨大的画布，水滴溅起的涟漪就足以让所有人惊叹。

如果说《喜宴》是一段发生在天堂里的爱情，那《色·戒》就是来自地狱的爱情。

下面附上张爱玲部分小说作品（1932—1944年）发表情况：

作品名称	发表刊物
《不幸的她》	上海圣玛利亚女校年刊《凤藻》总第12期
《牛》	上海圣玛利亚女校《国光》创刊号
《霸王别姬》	《国光》第9期

续表

作品名称	发表刊物
《沉香屑·第一炉香》	上海《紫罗兰》杂志
《沉香屑·第二炉香》	上海《紫罗兰》杂志
《茉莉香片》	上海《杂志》月刊第 11 卷 4 期
《心经》	上海《万象》月刊第 2-3 期
《倾城之恋》	《杂志》第 11 卷 6-7 期
《琉璃瓦》	《万象》第 5 期
《封锁》	上海《天地》月刊第 2 期
《连环套》	《万象》7-10 期

Eileen Chang

两个在深层次并不同频的人,终究完成不了灵魂共振,彼时的张爱玲更多的沉郁还是明丽的**忧伤**,而少年时代的胡蕊生早就经历了嶙峋的困苦了。他们的**忧伤**也许并没有处在同样的级别。

相遇之初的相似价值观如电光石火一般炽烈,胡蕊生对于自己与张爱玲结识的乍喜和风雨中的短暂宁定感到诧异,张爱玲的自我小世界在见到老道的"前辈"之后有了匪夷所思的灿烂。

第二卷

错遇 · 情叹

我 喜 欢 圆 脸 。

下世投胎，假如不能太美，我愿意有张圆脸。

第一章

流绪微梦，
爱情中的误解有千万重

他的过去里没有我，

曲折的流年，

深深的庭院。

空房里晒着太阳，

已经成为古代的太阳了，

我要一直跑进去，

大喊："我在这儿！

我在这儿呀！"

——张爱玲

整个上海打了一个盹

比比对九莉似笑非笑着说，他成了第一个突破她防线的男人。九莉到底是没有把自己"封锁"住，吴翠远和吕宗桢这一对"临时情人"倒很是称职，解除了封锁后，二人也切断了姻缘线，替月老做了主，默契散场，回到最初的位置，居然也落得有始有终。

一段只可能发生在空间静止、时间凝驻的"临时调情"，是吕宗桢的艳遇演习，是吴翠远的难得放任。故事中的突然"封锁"，是战时城市独有的一种现象，与空袭经常交替出现。当警报拉响，车水马龙的街道如同进入另一个平行时空，巷弄小桥中，饭馆酒庄里穿梭的人群似乎集体穿越，全都变了一个样子，是如此的陌生，也是如此的自然。

一个中年男子的艳遇念头总是从想要向眼前的女人表达对妻子的种种不满开始的。因为正在行驶的电车突然停住，电车的运行不得不进入非常态化状态，车上的男男女女也自然地进入了非常态化状态，脑海中跃跃欲试的心思也进入了非常态化状态。

这种临时的恋爱实在谈得太舒服，太轻松，尤其对于吕宗桢而言。在车上的男男女女有一个统一的身份——路人，不必在乎谈情的结果，更不必在乎对方是否会遗憾地成为他生命中的过客，因为路人的身份本就是一个个过客，没什么可惜。对于吴翠远来说，眼前的男人因为要外出的缘故穿着还算是得体大方、干干净净，总之视觉上是过得去的，因为是行人，所以不用考虑社会地位、阶层出身，也无须过问经济收入，甚至可以不问婚配。

总之都是临时的。

吕宗桢与吴翠远恰好上了同一辆电车，起初的时候两人的座位相隔很远，是因为吕宗桢为了躲避熟人才突然坐到了吴翠远的身边。坐到一起的两人之间气氛略显尴尬，拥挤的车厢还有令人不舒服的眼神，所以吕宗桢无处安放的手臂居然搭在了吴翠远的肩上，这分明是属于公车"咸猪手"行为。但是一向做惯了好人，甚至都有些厌倦的吴翠远竟默契地配合了起来，反正只是一时的"封锁"，难得放任。

吕宗桢对眼前的吴翠远并不感兴趣，文中明显看出来吴翠远根本不符合他的审美标准，吴翠远相貌平整，肤色甚白，气质太过安静，言语行为过于拘谨，一眼望去就知道是标准的"好女生"。

可就是这种看起来非常文雅娴静又青瓷似水的书生气才是吕宗桢敢于冒犯的深层次原因，因为电车上毫无存在感的标准"好女生"给了他一种"可得性"。这种可得性让他放松了心理防线，增强了艳遇的自信心。吕宗桢的身份背景设定是一名有家室的银行普通职员，没有令人过目不忘的相貌，也不具备令人羡慕的社会身份，他就是生活中常见的标准普通人。

类似吕宗桢类型的人物，他们关注的恰恰不是那些气质妖艳，看起来花枝招展的女子，因为那样耀眼的脂粉气会让他们觉得不可驾驭，甚至经济能力无法支持。而清秀的书生气质的女子因为素质较高，气质文雅又举止大方，外表给人一种柔弱单纯，容易把控的感觉，往往成为"猎物"的备选。最重要的原因是，这种女子不会挫伤对方的自尊，因为防守者的更高级别自尊使她对于进攻者的热情出击无法拒绝，而过分的礼貌和素养也使这类女子不忍心拒绝对方，这就呈现出了整体的可得性。

那些过分的礼貌落在猎人眼中都成了一定程度的回应。

接下来的故事顺理成章地发展，吕宗桢开始抱怨起生活中的种种不尽如人意，同事的钩心斗角，妻子的不知冷热。二人彼此注视着对方的双眼，竟然看出一丝丝诚恳和坦然来。吴翠远也渐渐敞开心扉，用同样的委屈和抱怨来回应吕宗桢，她的生活和她的相貌一样平淡如水，激发不起任何的波澜，日子总要过下去，像印刷错误的书，每一页都是相同的内容。

吴翠远的无聊寂寞、吕宗桢的空虚猎奇在静止狭小的空间巧妙地融合着。就在双方即将交换电话号码的时候，警报再次拉响，封锁突然解除了。

吕宗桢一改之前的温情，在封锁解除的一瞬间完全变了个人，变得和之前一样漠然，他迅速回到了刚上电车时的座位。吴翠远还沉浸在刚刚二人目光交汇的梦幻里久久不愿醒来，她幻想下车之后的故事。但是抬头望去，吕宗桢惺惺作态的样子、那板正的身影和与路人无异的面庞，使她也连忙切断了遐想。

双方都无比清楚刚才的一切仅仅是属于"封锁"时的演戏，两人只是客串。吕宗桢是电车上的佟振保，下了车是一定要做个好人的，和从前一样，生活中不能有一点破绽，他现实却也利用这种现实。因为同为好人的吴翠远太懂得这种现实，所以她根本找不到任何不解与抱怨的理由，吴翠远唯一的选择就是同意这些情况顺其自然地发生。

戏台都搭好了，戏不唱了。

寂静的森林需要一阵狂风

《天地》月刊第2期与冯和仪（苏青）大概不会想到他们在这场错恋中起到了怎样至关重要的作用，"张胡恋"的"媒人"出奇地和他们的身份相配。张爱玲赖以生存的土壤是文学创作，坊间曾有过她是被杂志捧红的说法，这篇充满预兆的《封锁》就发表在《天地》月刊的第2期。胡蕊生一生的最佳注释大概是感情，似乎他的任何生命活动都和女人息息相关，他也是在苏青那里听到的关于张爱玲的最初印象。

但是起初阅读《封锁》的时候，胡蕊生并不知道作者的性别，之所以能够引起他的激赏，只怕是和故事中的人物有关。那个空虚的吕宗桢走入了他的内心世界，隔着纸面与此时的胡蕊生来了一次精神共鸣。

《小团圆》中的邵之雍曾说过，四十岁的人多少是有些惰性的。骨子里不安分的荡子，人至中年，过着淡而无味的生活，这似乎是对胡蕊生精神的摧残。他需要翻江倒海，想要在风云变幻的乱世里大展拳脚甚至名留青史，同时也意识到那只是不切实际的幻想，他对自己的分量到底还是知道的。眼看事业心被不可逆转的岁月渐渐覆盖，可是荡子又怎么会听之任之，还是要在自己最擅长的领域翻云覆雨一番。比起半真不假的事业，胡蕊生最擅长的是拨弄红尘，和世间的饮食男女打交道。

胡蕊生突然羡慕起吕宗桢来，毕竟他也是一个无论走到哪个花园都要看到花开的人，撩拨与挑逗是他的习惯，已经完全渗透在血液里。

长期沉浸在自我狂欢中的人，狂热地膜拜虚无，却也被虚无所困。首先要说明的是，自小生活无忧，被各种高级情感围绕的人是不会轻易划向虚无的牢笼的。他们对于上帝的偏爱与周身的温暖都能够切实地感受到，所以这些幸福与无忧就是真实的，并构建了属于他们的世界。生活在这个被保护的世界里，一切触手可及，所有的东西都是能够抓得住的，所有的梦想都是有机会一一实现的。所以对于这些人，一切都是真实且有意义的存在。

很多人对胡蕊生的误解之一是浪漫才子的身份。当然，胡蕊生的确算作传统意义上的才子，但他绝对不是众人所想象的单纯地只知道追求风花雪月与浪漫情怀的才子。他与罗曼蒂克式的才子徐志摩有着本质的区别，比起胡蕊生，徐志摩似乎可以算作上述文字中的人。在纷扰的烟火尘间，徐志摩因家庭的护佑，始终以旁观者的眼光远望现实生活。他的父亲又比其他人更加重视对子女的培养，徐志摩的才子之路与父亲的扶持分不开，望子成龙的父亲是有意识且有准备地实施儿子的"才子养成计划"的。与"家养"的徐才子不同，胡蕊生是完全意义上的野生放养式才子。

这一年，胡蕊生三十八岁。此前凭借不服输的荡子情怀和善于审时度势的技能得到了许多伯乐给予的机会，再加上他一流的夸赞人的能力，渐渐脱离原有阶层，完成了经济资本的原始积累。在完成了物质满足之后，喜欢思考的胡蕊生开始关注起自身，随着知识的丰富和积累，以他沉醉精神狂欢的生活姿态，不由得对周边的一切产生怀疑和批判。

他开始关注古籍金石，研究起了字画花鸟和乡间趣事，还进入了禅学领域，把自己包装出新的身份，试图用这些看似与之无关的事物来获得精神的慰藉，填补百无聊赖的空虚。

这就有一个疑问产生，按照常理推测，张爱玲早就比胡蕊生先行一步达到了物质上的满足，但是却没有物质满足之后精神上的空虚。其核心原因大概是张爱玲比胡蕊生多了一份对生活的信仰，这里的信仰与宗教无关，也和意识形态无关，而是在于对生活的期待。写作就是张爱玲的信仰，写作中带来的愉悦和创作完成之后的小小成就感与读者的反馈就是张爱玲对生活的期待。

胡蕊生对信仰这个词语似乎并没有过高的崇拜，虽然他一度沉迷禅学和宗教，但是他关注宗教学的目的大部分是转嫁精神痛苦和生活的不如意，这与信仰和神圣无关。他信仰的始终是不安分的欲望，而他克制欲望的方式也许就是产生更大的欲望。但这也无可厚非，以胡蕊生所处的环境，欲望与生存相互交织，追求一种生存舒适度，无须口诛笔伐。况且家中还有嗷嗷待哺的孩子，传统的责任意识他到底还是有的。

　　苦涩的咖啡需要加上一颗糖，寂静的森林需要一阵风。
生活如此无趣，这怎么可以？人至中年的惰性需要刺激才
得以消除，轰轰烈烈的感情才配得上这荡子游侠的一生，
有没有结果根本不是胡蕊生在张爱玲这里考虑的问题，他
要的就是翻手为云、覆手为雨的传奇经历，好让这段传奇
经历化作此生最值得炫耀的标本，陈列在永不衰竭的生命
长河里。他要成为她的"独家代言"，成为她感情经历的
唯一"收藏人"，这是他扬扬得意的重量级勋章。但是不
得不说，初见时的胡蕊生的确是张爱玲再好不过的文学知
音，他的赞美之语伴随着恰到好处的生动表白让张爱玲四
周的空气变得缱绻而温柔。

《今生今世》的四重迷雾

　　在《今生今世》的个人情感历程的叙述中，张爱玲是
完全的"三低人群"：姿态低，爱情燃点低，生活能力低。
不过要解释的是，胡蕊生这样乐此不疲地刻画张爱玲的"低"
大概还是为了要衬托自己的"高"。他说张爱玲在面对他
的时候将自己的姿态放得很低，更有那句被消费了数万次

的"尘埃"言论作为证据；爱情燃点低的表现是面对他的追求，张爱玲一点就着，迅速沉醉其中，这恐怕也是为了暗示胡蕊生的魅力无穷；生活能力低的刻画就更值得玩味，胡蕊生把张爱玲的生活能力低下进行如此细腻的描写，不是真的讽刺批评她，而是为了显示张爱玲十指不沾阳春水的生活状态，与贵族身份更加相配，进一步衬托叙述者的高级。

《今生今世》的群芳图可以说是争奇斗艳，百花齐放，胡蕊生俨然一副万绿丛中一点红的高傲姿态。他的文字一派花草气息，清丽悠扬，温暖缠绵。不了解真相的人是真的会被他浓浓的抒情主义感染，进而被蒙骗。事实真相是胡蕊生的文字是披着华丽的袍子，补着内衣的破洞，他叙述的事情乍一看毫无破绽，顺理成章，仔细对照却是逻辑离奇，不可思议。笔者试图叙述《今生今世》中的四件小事来说明文字中距离真相甚远的迷雾。

第一件事便是匪夷所思的"求情风波"。在《今生今世》中，胡蕊生自述他因触怒汪精卫被投入了监狱，张爱玲获知消息后，和苏青一同出入周公馆为他开脱求情的事情。这件事情一直被胡蕊生的追随者引以为傲，更是言称胡张二人缘分匪浅，以张爱玲如此高傲孤绝的个性竟然肯屈尊为心上人做这种事情，实在难得。那么，事实的真相有可能是什么情况呢？

张爱玲是和苏青一同前往的，苏青求情的动机倒是很合理，因为此前胡蕊生与苏青认识多年，彼此之间很是熟悉，这从《今生今世》中的"蛋炒饭"事件便可以推测出来。胡蕊生请许久未见的老友苏青吃了一份蛋炒饭，这里没有鄙夷蛋炒饭的意思，只是通过普通的蛋炒饭来接风洗尘，至少可以说明苏青与胡蕊生二人的熟悉程度已经无须额外的客套来进行交往了。

熟悉张爱玲的人都该清楚她的社交恐惧症和待人接物的原则，为了素未谋面的陌生男子屈尊求情实在难以想象，所以很多人猜测她是被苏青强行劝说才同意去的，可是问题就在于她此时与苏青的交往程度可以达到这个层面了吗？其实未必。

炎樱与苏青在张爱玲的女性情谊中占据了较为重要的角色这个毋庸置疑，可是由普通朋友发展到闺中密友是要经过一定时间的磨合和彼此了解的。胡蕊生下狱的时间大概是1943年年底到1944年年初，张爱玲与苏青的交往差不多也是这个时间段开始的。张爱玲与苏青之所以被上海的大众看作双生姐妹花，主要得益于当时报刊对于二人的宣传策划。不妨看一下张爱玲与苏青的几点交集。

1944 年 3 月 16 日这一天，张爱玲与苏青共同参加了由《杂志月刊》策划的女作家聚会，共同出席聚会的还有潘柳黛、关露及汪丽玲等人。

1945 年 5 月的《杂志月刊》登出以苏青、张爱玲及潘柳黛三人形象为主的漫画，漫画创作者为文享，这幅漫画被人称作《钢笔与口红》。漫画中张爱玲是时尚与才女的代言人，苏青则是以一身职业装出现的女编辑形象，而潘柳黛的妖媚气质与自信感也被读者津津乐道。

1945 年 3 月到 5 月，《杂志月刊》策划了关于女作家的一系列特辑，内容多半和苏青与张爱玲有关，还有《苏青张爱玲对谈记》等文章刊登。随着张苏二人频繁被一同提起，各种评论文章随之出现。其实早在 1944 年 12 月谭正璧的张苏评论就出现在了《风雨谈》月刊上。

在记者招待会与读者座谈会上，苏青毫不掩饰对张爱玲的夸赞，张爱玲也给了苏青同样的回应，二人彼此欣赏，彼此评论对方的作品，成为上海文坛 1945 年的女性友谊奇观。其实二人互动如此频繁还有一个原因，苏青的职业是编辑，张爱玲的职业是作者，作者与编辑关系的重要性不言而喻。

我们也许忽略了一点，报纸杂志的报道属于官方报道，张爱玲与苏青可以被一同提起，但是并不代表她们二人生活中的关系也和杂志上一样如胶似漆。后来的友情发展另当别论，主要是此时张爱玲与苏青虽然频繁互动，但上述文字也可以看出她们的互动多是工作关系，她们的友谊也才开始不久。以张爱玲冷僻分明的性格，她会把工作的人际交往和生活的人际关系整理得特别清楚。

从交往时间与交往目的及性格特征来看，苏青不太可能向张爱玲提出这种比较私人化的要求，刚刚才认识苏青不太久的张爱玲也不太可能去陪她为一个素未谋面的陌生男子求情，更不要说还是有关政治的事情。而且当时胡蕊生的身份与张爱玲的写作事业毫无关系，她仅仅知道胡蕊生是一个政客而已。

另外一个时间错乱之处是胡蕊生写信给苏青来赞扬张爱玲的《封锁》不是在1944年年初之前，而是在他出狱之后。很多人说张爱玲因为看到胡蕊生大书特书地在杂志上发表对她的欣赏而感动得要去求情，也是没有的事情。

胡蕊生写的第一篇评论张爱玲的文章《评张爱玲》发表在《杂志月刊》的五号到六号上面，时间是 1944 年的五六月，这时胡蕊生早已出狱，而且已经和张爱玲碰面了。张爱玲不可能因为对陌生男子的欣赏就去周公馆求情。

《今生今世》中这样的描述很可能是胡蕊生要么自作聪明，要表现和张爱玲的天定缘分，表现自身的魅力对张爱玲的吸引，更是为了告诉喜欢张爱玲的读者，张爱玲对他曾经是如此推心置腹；要么就是苏青也许向他表达过想要劝说张爱玲一同前去的想法，被胡蕊生听了一半，掺杂了进去。

"求情风波"因为只是胡蕊生的一家之言，苏青从未记录只言片语，张爱玲更是在《小团圆》中说盛九莉是白日做梦的女作家等细微证据都能说明此事似乎不足为信。

四重迷雾的第二件事是众所周知的两姓之好。胡蕊生在回忆中隐约告诉读者他与张爱玲结婚的时间是 1944 年的七八月间，而且为了证明对张爱玲的尊重，他还先行与应英娣登报离婚再迎娶张爱玲。

《小团圆》中，盛九莉看见了邵之雍在报纸上的两份《离婚启事》，一个妻子，一个妾室。然后上海的各报纸就开始纷纷猜测邵之雍与盛九莉要结婚了。也就是说，张爱玲在向我们传达的是在《离婚启事》刊登出来之后，两人才有可能结婚。问题的关键是真实的《离婚启事》是在什么时间段刊登出来的？答案是1945年5月26日的《申报》，《申报》上称"胡蕊生与应英娣经过双方同意解除夫妻关系"。

所以《今生今世》中的二人结婚时间完全是胡蕊生自己臆造的，甚至还有可能连同众所周知的结婚仪式都不一定是真实存在的。因为见证人炎樱并没有关于此事的回忆，所以这段经历同样是胡蕊生的一家之言。

至于报纸上的启事背后的意义也是模棱两可，因为与胡蕊生解除夫妻关系的是应英娣，并非胡蕊生的原配妻子全慧文。这种启事刊登的目的难道是胡蕊生的权宜之计？一方面是为了镇压应英娣，另一方面是为了安抚张爱玲，让他在复杂的三角关系里得以暂时休养生息，当然胡蕊生的安抚目的也还是能够体现出此刻他对张爱玲的善意。全慧文因为生育五个子女又在香港得了精神疾病，胡蕊生自称无法忍心抛弃，在文字游戏之后又给自己塑造了一个念及旧情的好丈夫形象。

事实上，他的离婚行为像是对三个人的自欺欺人，聪敏冷静的张爱玲又怎么会看不出来呢？所以她在《小团圆》里委婉地回击了一次。令人遗憾的是，因为胡蕊生的登报行为给人一种他要恢复单身以便"正式迎娶"张爱玲的决心，使他们二人的恋情被冠上了正式夫妻的色彩，结果胡蕊生在如今的文字描写中成了张爱玲的"前夫"而不是前男友。

无论如何，这都掩盖不了胡蕊生在《今生今世》中关于结婚时间的臆造行为，张胡二人不可能在1944年的七八月结为夫妻。

迷雾三便是胡蕊生对于张爱玲居住环境的感受。记得日本汉学家池上贞子曾经写过一本《张爱玲：爱·人生·文学》的研究性图书，书中收录了二十余篇文章，其中一篇文章透露她对张爱玲居住环境的印象。文中提及张爱玲的生活很苦，她和炎樱及张爱玲三个人一起坐在毫无暖气的房间里。但是胡蕊生不止一次在回忆录中描述张爱玲的居住格调是多么高级典雅。两种相距甚远的视觉感受就很令人生疑。而且无论是爱丁顿公寓还是后来的重华公寓，都是面积不大的房间，爱丁顿公寓的居住成员还不止张爱玲一个人，所以胡蕊生自温州回到上海居住在张爱玲的家中过夜也令人怀疑。

迷雾四是关于胡蕊生的"给过一点钱"的说法，表示他也曾对于张爱玲有经济方面的支持和关怀。根据《小团圆》的描述，九莉说邵之雍给她的那些钱都是"放在她那"，这就有寄存的意思，表明这些钱有他用，没有完全指的是给九莉花费的，可见邵之雍在盛九莉这里对于金钱还是算得很清楚，这和胡蕊生逃难中将身上所有的钱都给了周训德进行对比，谁的分量更重要显而易见。

很多人已经隐约发现十八万字的《小团圆》是张爱玲对"群芳图"的一次回击，两本书中不同之处还有很多，只不过很是细微、不易发现。这些都能说明胡蕊生的《今生今世》虽然写得温暖动人又烟云浩荡，但是内容似有渲染之嫌，不可作为严格史料尽信。

价值取向与精神共鸣的假性融合

胡蕊生初见张爱玲的时候是在胡蕊生自己的家中，也许是因为那是属于自己的领地，更有安全感，也许是因为张爱玲盛装出席又主动拜访，所以胡蕊生的自信增加了不少。他在张爱玲面前侃侃而谈，完全忘了时间已经过了四五个小时。他的职业与写社论有关，两人的谈话内容估计多半是胡蕊生对于一些事物的看法和评价，从上下五千年谈到当下，从经史子集谈到文化艺术，估计连同身边的文人都大谈特谈了一些。看过胡蕊生文集后，笔者能感受到他的发散式思维着实值得赞赏，恐怕这也是张胡二人初见，张爱玲就被其吸引的原因之一。

胡蕊生奋力地展示他过人的洞察力与真知灼见，即使那只是他眼中的自己，此时两人之间的空气升起万丈光芒，照亮了胡蕊生。温柔而昏暗的灯光再加上一言不发只顾微笑听着的张爱玲给了他更大的错觉，他眼中的自己更加遗世而独立了。

以张爱玲的性格，初次见面就给了自我感觉良好的中年男人在自己面前展示四五个小时的机会显得有点奇怪，这说不定与谈话内容有关。女性作家非常重视自己的幼年经历，尤其对于敏感早慧的张爱玲而言，那些不咸不淡的回忆都变得惆怅，更何况本就不愿回首的凄凉经历呢？诉说痛苦的事情往往比分享愉悦的经历更能拉近两个陌生人的内心距离。胡蕊生实在擅长粉饰过往的经历，他的确具备把一段残忍的往事修饰成美好记忆的能力。

相谈甚欢四五个小时，说到无话可说的时候免不了谈论彼此的童年往事，张爱玲对于孤寂的童年尤其记得清晰，胡蕊生照实说他的曲折贫瘠的童年经历。虽然是完全不同的童年，但是经由两个文字大师修饰之后再说出来的语言就有了魔力，不一样的童年，却是类似的痛苦感受。

但是面对同样的事情，历经沧桑的胡蕊生谈的是他的真实经历，因为自己是事情的参与者，所以不由得加上不少浓厚的感情。而张爱玲谈论的却是逻辑，她谈论的是文学世界中的经历，与现实层面毫无关系。胡蕊生的憔悴许是因为年少历尽坎坷好不容易完成原始积累，张爱玲的憔悴却是属于一种"文学抑郁"，只不过大体表现相似。

张爱玲对待胡蕊生的感情有一种"爱屋及乌"的倾向，但这种"爱屋及乌"不是常规意义上的"爱屋及乌"。普通男女的情谊流动，是具体的对象先行，然后扩展至爱意，上升到爱情。也就是说，处于恋爱中的双方先对眼前的对象产生了兴趣，然后认知爱情，而张爱玲的顺序刚好相反。

在"张胡恋"中，张爱玲无疑是被动的（至少在未见到胡蕊生之前是这样的，她作为追求者选中的倾心对象当然是被动者），是接受的一方。她通过胡蕊生学习恋爱，聪慧的她拥有寻常女子不曾具备的"以点带面"的能力，在二人交往之初，张爱玲便迅速了解了所谓爱情的全貌，然后为了让爱情这门课程顺利结业，她与胡蕊生"合作"，希望获得双赢的局面。她先将个人情感投入爱情之中，然后又将胡蕊生这个具体的对象融入其中，先沉醉于爱情，然后与胡蕊生相互恋慕。

但两个在深层次并不同频的人，终究完成不了灵魂共振，彼时的张爱玲更多的沉郁还是明丽的忧伤，而少年时代的胡蕊生早就经历了嶙峋的困苦了。他们的忧伤也许并没有处在同样的级别。

相遇之初的相似价值观如电光石火一般炽烈，胡蕊生对于自己与张爱玲结识的乍喜和风雨中的短暂宁定感到诧异，张爱玲的自我小世界在见到老道的"前辈"之后有了匪夷所思的灿烂。

这种宿命般的灿烂与惊喜巧妙地碰撞在了一起，让本来属于错误相遇的感情演变成了相见恨晚的奇异情缘。看来文字游戏中的高手是真的容易三言两语便有了推杯换盏、谈笑彻夜的冲动。

很遗憾，是错觉，仅仅只是错觉罢了。

心灵堡垒的建造与自鸣得意的欲拒还迎

这里简单叙述一下张爱玲与胡蕊生见面的前奏。胡蕊生出狱之后在苏青那里要到了张爱玲的家庭住址，随即前往拜访，但是第一次见面的愿望意料之中落空了，因为张爱玲不轻易见陌生人的习惯他也是听说过的。

孽缘的奇异之处就在于第二天张爱玲居然主动电话联系说要登门拜访，胡蕊生震惊之余大喜，同时自我崇拜的他有了一种居高临下的感觉。多半那时张爱玲恰好处于创作空窗期，抑或是脑海中的灵感需要一个听众来倾听，总之就是鬼使神差一般地要求主动拜访。一场错遇就在眼前，孽缘是想躲也躲不开的情劫。

胡蕊生自然也是视觉动物，张爱玲给他的第一印象并不好，因为张爱玲的相貌气质其实并不符合他的审美要求，这就和吴翠远不符合吕宗桢的要求类似。胡蕊生倾向那种传统意义上的带有江南气息的柔美小女子，脸一定要小小的，眉毛一定要画得媚气，这在《今生今世》中有所提及，张爱玲显然不是这种美。那又如何，反正是如此欣赏自己的知名女作家，就算是发展不了一段被世人祝福的天定情缘，但是也要在看起来宛若女高中生的天才作家这里展示自己傲人的天赋。

通过对张爱玲晚年与友人往来信件的阅读及她在各类作品中的自我演出，笔者猜测张爱玲似乎具有那种不常见的"三层人格体系"，大概可以理解为"三明治"。她给人的初见印象是清冷寡淡，不易接触甚至清高孤傲的。但是一旦破冰接触，她给人中间一层的印象却又是敏感自卑的。了解到第二层的印象，依然不是了解张爱玲的终点，张爱玲内里的终极特点是自恋的，她其实是极度的自信派，自信到迷恋自己，自恋到要拥着自己的美丽照入睡（炎樱语）。可是大部分人只了解到她的第二层人格就开始发挥对她的评价了，好像很懂得的样子，当然也包括胡蕊生。

原以为拥有贵族血统的知名女作家外表是多么珠光宝气，谁知道俨然一副女学生的稚嫩模样，胡蕊生由起初的自卑与恐慌马上变得自信高大起来，还一度问到对方的收入，这在《今生今世》中均有所体现。要知道询问个人财务状况可是交往的大忌，许是因为眼前的张爱玲太过极端化，反差感强，激起了胡蕊生的好奇心；许是此时双方对彼此的欣赏都已经扩展至浓烈的爱意，沉醉于爱情中的胡蕊生的情商也在此刻降低为零。

胡蕊生侃侃而谈后送张爱玲出门，嘴角微扬地说了句："你的身材这样高，这怎么可以？"估计张爱玲听到这样挑逗的话语很是反感，但是高素质且有教养的她许是给对方留足了尊严，没有反驳罢了。

既然胡蕊生不喜欢张爱玲这样的女孩子，那么又为何向她表达倾慕之意呢？原因其实特别简单，无论和眼前的对象是否能有长久的关系，眼前人的性别总是女子，胡蕊生曾数次自比贾宝玉，以他的想法，只要是女子就是可以怜惜的，胡蕊生这么大的花园也不差这一朵花，放进去亦是好的。

桃花劫总是和百无聊赖同时产生，无聊的男女越发深情不已。胡蕊生的心思不在事业上，因为底色是文人的思维构建，所以在报社里并不受待见，权力不见得握在手里，所以空虚寂寞的感觉又一次袭来。恰好此时张爱玲误打误撞地送上门来，于是就有了一次又一次的互相来往，他几乎每天都去张爱玲的公寓探望。那段时间，胡蕊生也是真的仰慕张爱玲的才华，两人每日评析芸芸众生，犹如并坐仙台。张爱玲的感情花园肆意绽放，美不胜收。

见到张爱玲闺房的胡蕊生很是震惊，因为这和他的料想完全不同。他觉得张爱玲的文字和屋内装饰都和贵族两个字完全相符，胡蕊生自小对贵族阶级有偏执的追求和向往，他的早期文章曾有相关语句显现。现在这些物件连同眼前这个人都真实地存在于他的面前，他又有些自卑心慌了。若说初见的侃侃而谈是为了展示自身的荣光与魅力，那么当自卑心理渐渐生成的时刻，感情高手胡蕊生也嗅到了爱情的丝丝味道。在搜罗张爱玲的周边资料和各种新闻之后，他证实了张爱玲的贵族身份，越发好奇，有想亲近的冲动。

越是靠近自小膜拜的贵族，胡蕊生的内心越发空虚，此前高谈阔论的勇气立刻被张爱玲与生俱来的雍容大方所击溃。现在思之，此前的一箩筐言论也许是漏洞百出，只是张爱玲有修养，没有取笑他而已。越想越是自卑，不得已谦虚自省起来。

张爱玲喜欢"油浮在水上"的感受，她喜欢看见对方因为自己的高光而变得坐立不安的窘态，那样的话她就可以站在水边尽情欣赏自己的倒影。油可以浮在水上漂动，只是张爱玲忘记了若是油与水搅在一起，只能让自己散落。

一开始胡蕊生也许只是不求结果地热切追逐，试探一下对方的反应，他的期待阈值应该很低，没有奢求对方的回应，没想到张爱玲不可思议的重视变成了他的意外惊喜，震惊之余开始拼命填充一瓶子不满、半瓶子晃荡的知识储备，强打起十二分的精神，高度集中注意力，以最佳状态迎接张爱玲的二次回复。

渐渐熟悉之后，两人之间的交往状态有了变化。在中期交往的暧昧状态，张爱玲扮演了一名主动者。她也把难得的激赏之语给予了自卑的胡蕊生，从羡慕到倾慕的一墙之隔、一桨之水，是双方距离的拉近。是张爱玲的"欣赏"和"肯定"给了胡蕊生欲拉近距离的底气和自信。其实在笔者看来，张爱玲言语中的欣赏也不一定就是发自内心的欣赏，因为她尊重对方，只是对胡蕊生表达的欣赏进行回应，有互相夸赞的意思，这些言论落在胡蕊生的眼中可就变成了沉醉于爱情的证据了。

接下来就换成张爱玲恐慌了，她意识到了自己的心理防线在一点点降低，出于本能保护意识，她不得不写信告诉胡蕊生不要再来看她，她不愿意见到他。若是以玄学角度来猜测，张爱玲感受到了孽缘的异样气氛，要知道她有极强的第六感，她预感自己将要失控，所以要狠心斩断这段关系。

两人都以为是对方先行沉醉，都以为自己才是这段关系的主动推进者。但女人的天空是稀薄的，翅膀是柔弱的，这段孽缘只怕真的是逃也逃不掉。

胡蕊生可不是只会描摹风花雪月的少年，他精于世故，高风亮节的绅士形象虽然是他为自己打造的目标形象，即使他饱读诗书，察言观色，不断靠近理想中的状态，但是自幼在烟火人间摸爬滚打的社会青年还是有着"莽撞"的进取精神，越是艰险越向前。在收到张爱玲的暂别信后的胡蕊生有了难得的自信，他觉得他的努力将要看到结果了，因为张爱玲的自我包裹就是爱情的最好证明。

你眼中的光辉给他的身上镀了一层金粉

因为那句"因为懂得，所以慈悲"，张胡二人被看作最佳的灵魂伴侣，先不管慈不慈悲，他们真的彼此懂得吗？

是胡蕊生真的懂得还是张爱玲情迷之时表达的情绪之语？
不妨来猜测一番。

　　九莉给之雍信上说，她梦见告诉她的老女佣关于他，
同时看见他在大太阳里微笑的脸，不知道为什么是深红色
的脸，刻满了约有一寸见方的字浮雕，有两三分深，阴影
明晰。她觉得奇怪，怎么一直没注意到，用指尖轻轻地抚
摸着，想着不知道是不是还有点疼。

　　他信上说不知道为什么刻着卐字。其实她有点知道是
充军刺字，卐字代表轴心国。

　　她写了首诗：

　　"他的过去里没有我，

　　寂寂的流年，

　　深深的庭院，

　　空房里晒着太阳，

　　已经是古代的太阳了。

　　我要一直跑进去

　　大喊'我在这儿，

　　我在这儿呀！'"

　　他没说，**但是显然不喜欢**。他的过去有声有色，不是那

么空。

[张爱玲：《小团圆》，2012 年 6 月，北京十月文艺出版社，张爱玲全集（2012—2015 版）]

以上文字出现在《小团圆》中，两人在情迷之际根本无暇顾及这些细微之处的不合拍，直到后来逐渐清醒，本就横在他们之间的裂缝才得以显现。这些文字表达显然是张爱玲借盛九莉之口来暗示二人之间的"不懂得"，是张爱玲多年以后重新审视这段感情时的冷静心声。

除此之外，还有张爱玲对于"干净和不干净"的谈论。张爱玲有中度的精神洁癖，曾和胡蕊生谈及哪种人看起来干净，哪种人看起来不干净。这里的"干净"应该不是清洁的意思，而是气质的干净。两人也有谈论阶级出身的时候，胡蕊生极力迎合张爱玲的所有想法，但是底子里是有些心虚的。张爱玲对于出身和气质不干净的鄙薄言论多少有点伤及他，因为胡蕊生的原生阶级实在谈不上门庭显赫，而且气质上也不一定多么高贵脱俗。

胡蕊生在个人情感经历中回忆与张爱玲一起阅读《聊斋志异》的情景，张爱玲说她不喜欢"香玉吾爱妻，绛雪吾良友"这类自鸣得意的语气，胡蕊生听罢隐约不安。在《聊斋志异》中，出现"香玉吾爱妻，绛雪吾良友"的故事其实涉及些许老爷教导姨太太读书识字的情节，这类带有旧式文人向往的"举案齐眉"的唯美氛围恰恰是张爱玲所鄙夷的。

张爱玲不喜欢自吹自擂的人，可胡蕊生的《今生今世》中有明显的涂脂抹粉之嫌；张爱玲不喜欢旧时的老爷教导姨太太读书识字，可胡蕊生曾经在武汉与小周护士红袖添香；张爱玲不喜欢无中生有的人、借别人光环照耀自己的人，不喜欢故作姿态的人，可胡蕊生偏偏都有这些嫌疑。情路的末尾，爱的热潮渐渐退去，沙滩上显现出残破的碎石，她眼中的光芒消失，再也不见，她心带后悔和怜惜跟着落日一样沉了下去。笔者找出这些细碎的信息并不是要对胡蕊生全盘否定，口诛笔伐，而是想表达看似传奇梦幻的"倾城之恋"并非如坊间所想象的那般唯美浪漫，洁白无瑕。史实镜像也许有千万种言说，而这千万种的个人感性解读层出不穷，似乎也是张胡二人的故事能够如此热度不减的原因之一。

神话的官职地位与夸大其词的乌托邦

说起故作高姿态，不如谈谈胡蕊生的"高姿态"。其一是被他神话的身份，其二是夸大其词的理想世界。

坊间盛传张胡二人是名副其实的倾城之恋，是高官配才女的天作之合。关于高官的传闻主要见于"宣传部部长""宣传部副部长""报社主笔"等官职。根据汪伪政府的新闻团体构成可知，当时的宣传部长是陈璧君的义子林柏生，包括李士群在内的 17 名理事，此团体的核心成员名单中并未显示胡蕊生的名字。而且胡蕊生所在的《中华日报》并非盛传的唯一机关报刊，除《中华日报》之外，汪伪政府还有《民国日报》，胡蕊生所在的《中华日报》只是上海分区的主要报刊。另外，"主笔"的意思不是众人想象的权力极大的主编、社长之类的职位，而是指报刊编辑部中负责撰写评论的人，也是编辑部主要负责人，主笔上面还有更高的职位。

胡蕊生是浙江绍兴嵊州北乡胡村人，父亲是卖茶的帮工，母亲是一名普通村妇，他在家中排行第六。胡家的孩子很多，生活难免拮据，谈不上给子女提供很好的教育，所以胡蕊生基本上是自学，他的自学能力和资质的确不错。长大成人后，他在离家不远的杭州找到了一份能够支持自己开销的工作，但他不满足于此，所以辞掉了工作，从杭州奔至上海和北京，在燕京大学谋了职业，不久之后又南下广西，辗转南宁与柳州等地做中学教员。他的奋斗经历也有逆袭的传奇色彩。

胡蕊生不甘平凡的心性似乎可以预见其前方命运轨迹的走向。因为数篇出色的社论，他被《中华日报》邀请做主笔，但妻子全慧文又在哺乳期，此前胡蕊生经历了妻子和女儿双双离世的创痛，经由介绍和全慧文结了婚，生活条件也谈不上好，只能说刚进入温饱阶段。刚投奔汪精卫的时候，胡蕊生的月薪是 60 元左右，60 元在 1940—1945 年是什么概念有必要提一下。

当时发行的货币叫作中储券，1941 年左右的 50 元中储券可以兑换 100 元法币。根据《大众晚报》的相关资料，在不同年代 100 元法币可以买到：

1937 年两头大牛，1938 年一头大牛一头小牛，1939 年一头大牛，1940 年一头小牛，1941 年一头猪，1942 年一条火腿，1943 年一只母鸡，1944 年半只母鸡，1945 年一条鱼，1946 年一个蛋，1947 年一只煤球或三分之一根油条，1948 年 4 粒大米。

根据以上信息大致可以估算出胡蕊生当时的经济水平。经济水平容易推测，但是胡蕊生一向重视阶层概念，他属于什么阶层呢？无须他人臆测，他自己早就给出了结论。

在 1944 年 8 月的《天地》上，他曾表达"我倒喜欢自己是属于小资产阶级的"及"艺术毋宁是属于小资产阶级的"。可是通篇看下来，胡蕊生所理解的小资产阶级与马克思主义思想体系中提到的概念毫无关系，他表达的想法主要集中在生活方式和艺术情调上，和生产关系及经济消费联系不紧密。也就是说，胡蕊生所享受的小资情调，他所沉浸的小资意义是情感领域里的自我主义，他的小资不是向内的追求，本质上是一种表演，为了展示给其他人看的。包括追求张爱玲这样的女孩子，在他心里就是与小资情调的靠近。

他是否真正喜欢张爱玲也许根本无关紧要，但是他要别人知道他喜欢张爱玲，他要强迫自己喜欢张爱玲。他不断强调张爱玲的特殊性，难道喜欢张爱玲是一种思想价值的体现，是他向往的小资世界及上流社会的标准配置？滑稽的是，张爱玲都没有注意到自己还有这个意义。

胡蕊生的"女人哲学"的确是独树一帜，在他的笔下，他交往的女人就没有不好的。年轻的有活力，纯真善良；稍微年长的有阅历，踏实勤劳；经济独立的，坚强勇敢还不忘接济他。管她们是什么身份性格，总之就是各有各的好，他的赞赏之语随处可见，信手拈来，忙得不亦乐乎。

在刚刚和胡蕊生恋爱的时候，张爱玲也的确如沐春风，因为她这株水仙子终于不用孤芳自赏。有了胡蕊生这么好的观众，夸赞迎合填满了生活的每个角落，就连她随意泡的茶、买的书，甚至是胡乱讲的话都能被胡蕊生找出最美的一面，赋予特别的含义。人类实在是无法讨厌和拒绝一个狂热欣赏他的人。

邵之雍谈天的时候也不断给九莉洗脑，他总是把女性抬得很高很高，这让女性意识很强的九莉大为欢喜，不由得认为眼前的恋人是如此尊重女性。而且无论是邵之雍还是胡蕊生，他们总是有意无意去表达一种性开放的态度，随意一听好像有女性身体解放的意味，但是仔细思之就知道这多半是一种自我臆想的"阴谋论"。

胡蕊生的性开放态度似乎是为了方便自己的行为，与其说是让女性大胆解放身体，不如说是女性在解放身体之后能够更顺畅地服务于他。除了这些，胡蕊生的夸赞也是有前提的，那就是这些女人在他的控制范围内。在他的包围圈里，他确定包围圈里的安全感的方法是这些女人是否给他回应，是否配合他，至于那些对他完全不屑一顾的女人们，他恨不得把对方贬低到尘埃里之后，再扬上一把土。因为在做中学教员的时候，他对女性同事的鄙夷态度与后来怜香惜玉的精神理论有些自相矛盾，许是经历过一些不为人知的内心创痛也很难说。

胡蕊生喜欢把女人比喻为太阳神，但是却需要男人去照亮，这相当于女人是朵圣洁高雅的芙蓉花，但男人是浇灌养育花的水。实在忍不住说一句，就算不浇灌，芙蓉花也是芙蓉花，没有这些虚假的乌托邦言论，花还会开得更好。可就是凭借这些亦真亦假的美妙句子，胡蕊生打造了一个又一个"大观园"。

恋情的进展远远超出"权衡利弊"的速度

恋爱好似赌博，任你盘算得怎样好，一上场就会发昏。

（胡兰成：《无所归上：胡兰成外集》，中国长安出版社，2016 年）

　　这应该是胡蕊生三十五岁之前对初恋心理分析的一篇文章，这句话用到张爱玲身上真是再恰当不过。张爱玲在自己的小说里写男女爱情战争，表达双方调情的技巧大部分是采用情感借鉴的方法移植进去的，但是她自己的恋爱经历可以说是一片空白。任她在书里盘算得再好，一碰到现实中的真刀真枪势必发昏，而且张胡二人的恋情进展实在太快速，张爱玲只是暧昧期的主动者，在进入真正恋爱关系之后，所有的环节均由胡蕊生把控，情感经验完全不对等的他们根本由不得张爱玲仔细权衡利弊。

　　她的腿倒不瘦，袜子上端露出的一块更白腻。

　　他抚摸着这块腿。"这样好的人，可以让我这样亲近。"

　　微风中棕榈叶的手指。沙滩上的潮水，一道蜿蜒的白线往上爬，又往后退，几乎是静止的。她要它永远继续下去，让她在这金色的永生里再沉浸一会儿。

有一天又是这样坐在他身上，忽然有什么东西在座下鞭打她。她无法相信——狮子老虎掸苍蝇的尾巴、包着绒布的警棍。看过的两本淫书上也没有，而且一时也联系不起来。应当立刻笑着跳起来，不予理会。但是还没想到这一着，已经不打了。她也没马上从他膝盖上溜下来，那太明显。

……结果她找楚娣帮她写，回了向璟一封客气而不着边际的信。

之雍回南京去了，来信说他照常看朋友，下棋，在清凉山上散步，但是"一切都不对了……生命在你手里像一条蹦跳的鱼，你又想抓住它又嫌腥气。"

她不怎么喜欢这比喻，也许朦胧的联想到那只赶苍蝇的老虎尾巴。

但是他这封长信写得很得体，她拿给楚娣看，免得以为他们有什么。

[张爱玲：《小团圆》，2012 年 6 月，北京十月文艺出版社，张爱玲全集（2012—2015 版）]

从《小团圆》中的两段九莉内心独白来看，九莉对邵之雍的冒犯感到反感和不安，但是出于礼貌和身体上的僵硬，她来不及立刻就显露出不悦的神情。而且她十分不喜欢邵之雍对她直接露骨的情感表达，因为就九莉此时的状态而言，他们之间的发展还没有到这一步。《小团圆》的类似情节描写还有很多，邵之雍对于恋慕对象的渴望已经快从纸面上溢出来，看得让人心里阵阵发慌。

先不看张胡二人的相恋速度，很多读者不免留下疑问，为何一向社交恐惧又独来独往的张爱玲会被胡蕊生选中呢？问题可能恰恰出在独来独往上。独来独往的张爱玲往往容易被百无聊赖且孤注一掷的多情胡蕊生选中，因为性格孤僻的张爱玲长期封闭自己，没有社会性的参考对象，在情感交际的平面世界里，缺乏一个可信度较高的参考系，所以容易陷入孤立无援的处境之中。她的社会关系被胡蕊生隔绝起来更加得心应手，这样的张爱玲很快被划进胡蕊生的阵营内，且短时间内，本是"长颈鹿式"性格的张爱玲不会有明显的察觉。换句话说，胡蕊生觉得张爱玲比较容易掌控，又不会轻易寻求身边人的帮助。

张爱玲想得很美妙，她期待的爱情模式是《红楼梦》里贾宝玉与林黛玉一般的心意相通。但是胡蕊生谈的更多的则是欲望，张爱玲谈的是感情，两人似乎不是一路人，也许从来都不是。他们的确有好多话可以谈，但是张爱玲谈论的往往是爱情本身，恰好胡蕊生成为爱情的代言人，而胡蕊生谈论这些的目的起初当然是为了取悦恋慕对象，为了贴近她的三观，使二人的关系更加亲密。若是以第三方视角来审视胡蕊生可能的恋爱心理动态的话，恋爱关系进行时，运用一些交往技巧也不能完全说是他的阴谋诡计。

受害者的脆弱，无处安放的深情

胡蕊生在讲述过往感情经历的时候好像永远都是受害者，永远都在等一个能够治愈他的贴心佳人出现。他凄惨的感情经历中的"老演员"是第一任妻子唐玉凤，唐玉凤是父母之命、媒妁之言式的妻子，胡蕊生虽然是心怀大志的荡子，但是传统意识不曾缺少，即先成家后立业。

胡蕊生满腹经纶且相貌也算比较出众，唐玉凤只是一个再普通不过的乡野女子，除了全身心地爱慕丈夫，她别无选择。结婚之后的唐玉凤与萧军的原配妻子许素凡的命运轨迹重合了起来，她独自在家照顾公婆和女儿，一心想着外出闯荡的丈夫早日平安归来。一年又一年，望穿秋水，等来的却不是丈夫的荣归故里，而是一场夺走了她生命的疾病。

　　每每讲到这些，胡蕊生都落下热泪，他不断强调自己深爱唐玉凤。本就母性泛滥的女孩子们看到如此脆弱不堪的心上人，她们的同情心就升华成了圣母之心，何况胡蕊生还是一位年轻有为的风华才子呢，她们也就不断包容胡蕊生的错误和缺点。那么他真的深爱唐玉凤吗？恐怕也不见得。唐玉凤临终之前急需寻医问药，那时的胡蕊生自身难保，他四处借钱，却在借钱的途中还不忘挑逗朋友的妹妹，这和萧军寄宿在朋友家却恋上了朋友的女儿如出一辙，真是"有缘千里来相会"。展示完脆弱的一面，胡蕊生还向张爱玲谈起他很多有始无终的恋爱故事，眉目间充满遗憾，引得张爱玲都连连感叹，替其感到惋惜。

　　和多数情史丰富的人要极力掩盖过往不一样，胡蕊生要完全表露给张爱玲看。原因之一是要坦白，表现出对张爱玲态度的诚恳。我们以善意的眼光来看，也许与张爱玲恋爱时的胡蕊生真的产生过浪子回头的想法。原因之二是他看出来张爱玲的作家特性，就是极容易将自身代入故事的角色中去，这些个人感受在胡蕊生的回忆录中依然有所体现。他要营造过往令人感到遗憾的悲情故事，使张爱玲沉醉在故事的情节中，通过爱上这段故事进而爱上故事中的人物。

当然，作为"永恒少女"状态的张爱玲，她在亲密关系中暴露出来的性格缺点却也不能完全无视。

才华的浸染与"灵力"的瓦解

谈了这么多胡兰生的高超恋爱手段，难道在这段恋爱关系里他就完全是赢家吗？他的体验永远是美好的？其实不仅不美好、不愉悦，相反，他还可能感到严重的身心俱疲。

这是一段在云端里拨弄尘世的婚姻，两人谈的是"天庭爱情"。

张爱玲与胡兰生恋爱关系的表演性太强，就像一对时刻要紧绷神经的舞台剧演员，与其说是在谈情，不如说是在扮演一对才子佳人、金童玉女。张爱玲太过才气逼人，胡兰生知道的事物她清楚，胡兰生不知道的事物她也同样清楚，东方文学她了如指掌，西方文学她也信手拈来。胡兰生那半路出家的知识储备在张爱玲这里捉襟见肘，他只有当学生的资格，胡兰生明明就是自恋式人格，他的发挥余地十分有限。而且张爱玲的一些极端性格在亲密关系中会暴露得更加明显，所以在与张爱玲的相处中，胡蕊生想必也是十分压抑的。

相遇之初的思维碰撞让张爱玲喜难自禁，自觉找到了人生的灵魂伴侣、最好的倾听者。其实胡蕊生配合得十分吃力，已是身心俱疲。每天为了配合张爱玲的思维，他劳心费力，从内到外都要被迫出演文学最佳拍档，甚至表情与肢体语言都要对着自家的镜子练习几遍，有时候也不免叫苦连天。但是为了削减生活的空虚，为了增加自身的荣耀，他不得不继续把戏演下去。

如此压抑，不如就此散场，但是胡蕊生不能轻易放弃这个炫耀的资本。就像欧米茄手表的经典款，很多人不觉得它多么好看，但它还是保持长期稳定的高销量。也许张爱玲之于胡蕊生就像一块欧米茄手表，胡蕊生不一定喜欢这样的款式，可是毕竟是经典品牌，可以拿来炫耀，可以搭配自己的身份，因此即使再不喜欢也要坚持戴在手腕上。

在这里想引入日本作家上野千鹤子提到的"性弱者"与"无人气男"的概念。感情之所以在胡蕊生的生命里占有如此重要的位置，可能源于他早期经历带给他的自卑。性弱者和无人气男会把拥有女人当成成年男性的唯一目标，当然三十五岁之后的胡蕊生不能算作完全意义上的性弱者与无人气男。他们把情绪中的所有依赖都放在异性身上，他们的生存渴望都取决于异性对他的重视程度，更有甚者会把全部的生命价值都化为不断地征服恋慕对象。

胡蕊生的早期经历和奋斗历程使他的灵魂一分为二，一部分已经接近上流社会，另一部分隐藏在不为人知的隐秘角落里。永远不要招惹地狱里的人，因为一束光一般的爱意对他们来说不是调味品，而是必需品。被太多数人当成灵丹仙药的人，最终的结局恐怕是血肉横飞，死无葬身之所。大概是因为他们太擅长展示脆弱，收割同情心。

那么胡蕊生是从什么时候开始反感张爱玲的呢？他逃难至温州，张爱玲千里寻人，以张爱玲的性格，肯这样去做可以说是她生命中绝无仅有的一次奇观。可是这样的"奇观"落在胡蕊生的眼中居然倍感失望，仅仅是因为张爱玲撞破了他和新欢范秀美的好事吗？大概是因为张爱玲的反常行为太像一个妻子了，胡蕊生一点都不希望张爱玲具备"妻性"，他觉得妻性是任何普通女人都具备的，张爱玲可不是凡夫俗子，她只能在云端里漫步，怎么可以形同其他女子呢？这样的张爱玲和普通女人有什么区别？她竟然也会千里寻人，还会吃醋。而且这样的张爱玲还不如周训德年轻有活力，也不如范秀美任劳任怨。胡蕊生立刻大失所望，自温州寻夫事件发生之后，胡蕊生的回忆文字也变得理性起来。

不过胡蕊生这个"张迷"倒是真的很用功。

> **胡蕊生的文字：**这时有人吹横笛，直吹得溪山月色与屋瓦变成笛声，而笛声亦即是溪山月色屋瓦，那嘹亮悠扬，把一切都打开了，连不是思心徘徊，而是天上地下，星辰人物皆正经起来、本色起来了，而天下世界古往今来，就如同"银汉无声转玉盘"，没有生死成毁，亦没有英雄圣贤，此时若有恩爱夫妻，亦只能相敬如宾。
>
> （胡兰成：《今生今世》，中国长安出版社，2013 年 4 月）
>
> **张爱玲的文字：**这又是一个月夜，山外的海上浮着黑色的岛屿，岛屿上的山，山外又是海，海外又是山。海上、山上、树叶子上，到处都是呜呜咽咽笛子似的清辉。
>
> ［张爱玲：《张爱玲典藏全集5》（短篇小说卷一），皇冠文化，2001 年 4 月］

以上两段文字经常被读者拿来进行对比，似乎在佐证张爱玲与胡蕊生的互相影响。这样的高度相似却不止这一点，张爱玲在给友人写信的时候曾说胡蕊生模仿她的许多文字片段，例如关于《红楼梦魇》的。胡蕊生也说他的才华因为张爱玲有了进一步飞跃。面对这种事情的发生，张爱玲是不满的，从前关系内的"浸染"是无奈之举，可是后面胡蕊生屡次借用张爱玲的光环加持自己的行为令她无比愤怒。

反观张爱玲在恋爱期间的作品发表情况，不能说没有，但是佳作减少，生活化的散文居多，且多是短小散乱的文章。投入的恋爱还是影响了她的头脑，她也一度沉浸在胡蕊生的赞美中迷乱了心窍。胡蕊生的赞美加重了她的自恋情结，她在那段时间太过于关注自己，以至于其他什么也看不见。对于为写作而生的女作家，这段恋情无疑在一定程度上消解了她，甚至削弱了她。

《小团圆》曾写道，九莉听到邵之雍对外称他们恋爱了，心里很高兴，她恨不得全天下人都知道，因为那也是宣传。不知道为何当时的张爱玲会有这种想法，也许是因为胡蕊生一向喜好高谈阔论，擅长用婉转诡异的语言评论及挖苦他看不惯的人，而且他还有一个思维诡异之处，他觉得他看见的繁华就可以算作自己已经拥有的繁华，就像很多人见过了高级的场所就开始瞧不上以前的窘迫。他经历了旁人未经历的高级就开始讽刺他人的低级，但那只是他看见的，不得不承认他只是其中一个过客，这些繁华从来不会属于他。

好像他和张爱玲交往之后就觉得自己也是贵族了，所以他经常在张爱玲的面前贬低穷人的俗气。这些思想，当时的张爱玲不一定能看出端倪，她会错误地认为胡蕊生真的很高贵脱俗。因为在她的思维里，只有自己拥有的才可以有资格批判，她根本不会了解胡蕊生的诡异心思，所以错误估计了胡蕊生的社会身份与知识阅历也说不定。

隔海相望中热情的幻灭，张爱玲不是沈韶华

女性作家总喜欢把张爱玲塑造成一位沉浸在恋爱幻想中的少女，去满足胡蕊生们的精神自恋与狂欢，这是对张爱玲最大的误解。

1976 年，胡蕊生受邀前往我国台湾的朱西宁家中讲学，为了给大批文艺青年提供更好的创作平台，胡蕊生与朱西宁等作家创办了《三三集刊》，后来这些青年群体被称作

"三三文学集团"。三三文学集团中的成员学习胡蕊生倡导的中华礼乐文化，还将张爱玲作为主要模仿对象，他们听导师胡蕊生讲述与张爱玲的爱情往事，在"胡言胡语"的浸染下，他们在脑海中构建出了理想幻境中的"倾城之恋"，甚至期盼张爱玲能重新接受胡蕊生并且加入他们的集团中。三三文学集团中的作家，尤其是女作家们，大多喜欢山河日月的浩荡，喜欢浪漫迷幻的爱情，所以她们眼中的"张胡恋"完全带有《今生今世》的浓重味道。

毕竟同是台湾作家，文风又十分接近，电影《滚滚红尘》的编剧三毛也许就受到了三三文学集团里文艺青年们的影响，所以写出了美化了十倍的章能才和一心为爱情奋不顾身的沈韶华。电影中映射张胡二人的地方不胜枚举，章能才身份敏感且多情，沈韶华不计前嫌、一副痴心不改的样子。

可是《滚滚红尘》中的女作家沈韶华只是借用了张爱玲的部分经历，外壳依旧是属于三毛的，而且进入故事后半段，章能才与沈韶华在乡间分手之后的电影情节就与张爱玲和胡蕊生的心路历程相距甚远了，后期沈韶华的各种选择分明是作家三毛的做派。

温州寻夫，张爱玲得到的只有苦闷和心酸，回到上海后，张胡二人还是偶有书信往来，毕竟二人曾在热恋期达到过情深似海的程度，所以此时的互相理解依然是存在的。直到一年多后，胡蕊生才接到张爱玲的分手信。张爱玲是果敢的人，决定分手的事情却拖了如此长的时间，可见她真的为这段初恋付出太多。

若是分离之初，张爱玲还对逝去的感情时而留恋的话，后来胡蕊生的所作所为便让她一步步看清了这段感情的真正面目。他明知道张爱玲恐惧坊间传闻的风吹草动，却大书特书，放肆渲染二人的过往情史。在张爱玲决心隐没人海后，他依然写信数次挑逗，纠缠不已，引得张爱玲多次向友人抱怨此事。

难怪盛九莉看见邵之雍的背影竟然起了杀心。相识最初的美妙与欣赏已经面目全非，只剩下无边的失望和后悔。

她的"必出恶声"大概不是因为爱而不得的遗憾，而是对胡蕊生后来所作所为的斥责和对那段岁月空负年华的痛惜。

所以若是胡蕊生和章能才一样，在拿到沈韶华换给自己的船票后，永远消失于人海，也是很好的结局。但是荡子偏偏要在最后颠倒几番，他的价值取向难道贯穿了一生？

胡蕊生的数次来信与故作深情打破了张爱玲最后的平衡和感觉。

似乎真正优质爱情的背后都含有难得的疼惜,章能才对沈韶华有疼惜,可惜后期的胡蕊生对张爱玲只剩下榨取。胡蕊生爱慕着与他恋爱时的张爱玲,爱慕着众人眼中的神仙眷侣,爱慕着为他和张爱玲感到惋惜的人的语言,他爱慕所有和张爱玲相关的情绪和感受,唯独不再拥有真挚的爱情。

张爱玲不是为爱赴死的沈韶华,在感情残破不堪的时候还要欺骗自己,她更不会在轮船离港的时候把唯一的船票送给章能才。

在百转千回里不断幻灭的故事已经再也没有重新拼凑的必要。

赤水旋涡中消逝的婴灵,
张爱玲与盛九莉的距离

相信大部分读者看到《小团圆》中盛九莉堕胎的经历都是会惊讶的,他们惊讶为何盛九莉面对死胎的时候能如此冷漠决然，还会不由自主联系到张爱玲本人的身上，对于张爱玲的行为和感受颇有微词。

这实在冤枉，因为这段无法宣之于口的堕胎经历并非完全复制了张爱玲的经历，尤其是其中的细节处理，马桶中冲走的婴儿是盛九莉剧烈疼痛和恐惧心理的夸张式幻觉。文中出现了《歇浦潮》的名字，更是提到了"老娘的药线"等文本之外的声音，张爱玲本人也曾关注到《歇浦潮》，盛九莉的经历和朱瘦菊的作品有什么关系呢？

　　"这里没人，"她说。那是他的条件之一。汝狄避出去了。

　　她领他进卧室，在床上检验。他脱下上衣，穿着短袖衬衫，取出许多器皿洗手消毒。

　　原来是用药线。《歇浦潮》里也是"老娘的药线"。身死异域，而死在民初上海**收生婆**的药线上，时空远近的交叠太滑稽突梯了。"万一打不下来怎么办？"她着急地问。

　　"你宁愿我割切你？"他说。

[张爱玲：《小团圆》，2012 年 6 月，北京十月文艺出版社，张爱玲全集（2012—2015 版）]

　　王老娘的意思，不过想敲二十四块钱的竹杠，听她忽肯出三十块钱，真是睡梦中不曾想到的，一时倒反难为情答应起来，对着贾少奶，嗤嗤只顾发笑。贾少奶道："现在你可是答应了？"王老娘道："少奶奶的吩咐，我也没有什么答应不答应，倘使好留的还是留着，如其不好留，那就只得打咧。"贾少奶笑道："你大约是痴的，人家好留的，自然要留。只为不好留，才请教你打呢。"王老娘道："不瞒少奶奶说，我老太婆果然有点儿痴病，但不知这身子有几个月了？"贾少奶道："大约四五个月。"王老娘道："**究竟四个月还是五个月？不是我老太婆多说话，喜欢唠唠叨叨，皆因打身子的药线**，大有轻重，月份小的，药头轻些。月份大的，药头重些。就为这个缘故。"贾少奶道："这句话不错，但我也不大仔细，请你等一等，我梳好了头，同你去看看那人的肚皮便了。"

（朱瘦菊：《歇浦潮》，上海古籍出版社，1991 年 5 月）

以上片段出自《歇浦潮》的第七十八回《孽海猛回清绮障，春江小住扫情魔》，对照来看可获知盛九莉与三小姐的胎儿月份均是四五个月，而且都有关键词"药线"出现，只是《歇浦潮》中的稳婆王老娘变成了《小团圆》中矮墩墩、平头整脸的男医生。要知道张爱玲的丈夫赖雅是七月份左右收到了张爱玲告知身孕的信件，而两人最后一次共处一室是同年的五月份（赖雅日记中清楚地记载了首次亲密接触时间为五月末），按照常理推测，此时孕期是两三个月，这与盛九莉的四五个月就产生了距离。

> 她在浴室灯下看见抽水马桶里的**男胎**，在她惊恐的眼里**足有十尺长**，笔直的欹立在白磁壁上与水中，**肌肉上抹上一层淡淡的血水**，成为新刨的木头的淡橙色。凹处凝聚的鲜血勾画出它的轮廓来，线条分明，一双环眼大得不合比例，双睛突出，挼着翅膀，是从前站在门头上的木雕的鸟。
>
> [张爱玲：《小团圆》，2012 年 6 月，北京十月文艺出版社，张爱玲全集（2012—2015 版）]

> "……老娘教我休怕，我哪有不怕之理，怕只怕三小姐血晕过去，我做做好人，反遭一场飞来人命，那时非但三小姐的叔父向我要人，还逃不了少爷的一头臭骂，真是几面受轧，自惹其灾。因此我越想越怕，不敢再看，逃往楼上，吸了几筒鸦片烟，再到楼下，岂知这孽障已出窠了，丢在薄包内，**足有一尺来长**，周身鲜红，倒是滚壮的一个**男孩子**，你想肉麻不肉麻？想必你出世以来，没都见过呢。"
>
> （朱瘦菊：《歇浦潮》，上海古籍出版社，1991 年 5 月）

张爱玲在描述的时候无疑采用了极致夸张的书写方式，《小团圆》中胎儿身高有十尺长，确实是夸张的表达。

文中出现的"四个月"的字样，由孕妇妊娠期推测婴儿为15~18厘米，而一尺的长度约为16.95厘米，看来《歇浦潮》所言不虚。

这段惊恐的过往无疑是张爱玲不可触及的心理阴影，《少帅》中"木雕的鸟"也再次出现，这个词语在张爱玲的文章里几乎是固定的意象，代表繁殖与性暗示。木雕鸟出现的地方，故事的气氛总是带有恐怖诡异的失措感。

《小团圆》的高度自传性毋庸置疑，但是似乎也不能将小说主角与真实人物完全复刻，还要仔细思量张爱玲表达的暗示性意义与太多的弦外之音。

抽刀断水水更流

谈及"张胡恋"，很快就明白这是一个说也说不清的丰富话题，想表达的内心感受绝不仅限于寥寥几笔，因相隔半个世纪的光阴而无法看清楚每一个细节，但人性到底还是相通的。不如回到故事的最开始，看看张爱玲的"盛装出席"。

这里的"盛装出席"恐怕依旧和要见面的人没什么关

系。张爱玲极其注重自己的形象，她要保证每时每刻都以最佳的状态出现在众人面前，她追逐闪耀的自己，是服饰设计这场大戏里的最佳女主角，至于和她搭戏的人的状态，她不会去格外注意。

张爱玲只是太沉醉于奉献自己的戏剧精神，恰好胡蕊生参演了这个桥段。当自我崇拜的胡蕊生遇到了自我迷恋的张爱玲，他们所产生的孽缘也算作奇缘吧。

张爱玲也有过碎念胡蕊生的时候。笔者梳理张爱玲谈及初恋男友的文字后发现，张爱玲对初恋男友的感情浓度呈现直线下降趋势，所以当张爱玲回忆起后期阶段的胡蕊生的时候，更多的只能是墙角处遗落的紫苏干的恶臭，她的悔恨大于情意，似乎缺少爱情的成分。舌根里泛起的苦水难以下咽，又不能堂而皇之地倾吐出来。含在口中的遗恨，让回忆变得理性，情节变得清晰，她像侦探一样精细地挑着杂碎而又一派仙草气息的过往。原来竟然是万般不值得？彼时眼前的他从来不是自己想要的港湾，甚至是最不值得的，是自己应该最鄙视的一类人。当然，张爱玲对胡蕊生态度的极端反弹更有可能的原因是对自我奉献的悔恨，她的骄傲也曾经备受煎熬，回忆煎熬实在不是太舒服的事情，碧玉年华的她曾真真切切地爱过他。

若是不曾遇见胡蕊生，张爱玲大概依旧是张爱玲，而且还是被上帝加以照料的精致艺术品。缺少了张爱玲的胡蕊生，似乎不再是现在纸笔交谈、坊间争论的胡蕊生了。

把你刻画成仙女的人，是不会对凡尘中的你动心的。如此聪慧的张爱玲挣脱牢笼后重新审视自己的时候，大概比谁都清醒冷静。

是一场真实的梦，她梦见十月的秋天，紫铜色的细楼房，晓雾缠缠里的半绿叶子有计划地落下来。爱丁顿后窗下的小径隔着荫浓广阔的溪水，错把野田荒芜处当成一涧清泉，只因听到似曾相识的幽幽绝响。门外是寂静的松林路，不想看见的两条手臂拉成直线，她不得不跑向半红半棕的木房子里，他在后面追着，真像一幅艳俗的风景明信片，她根本不喜欢。

烦乱的翻书声音，许是翻杂志，吱吱的藤椅，半碗茶旁边的一棵歪脖子老树。他跳到电车上也躲起来，秋风把胡须吹得倒着卷起，一大片煮烂的荷叶顺着车窗游进来，车外两三报童结伴而行。

戏唱完了，该散场了。

第二章

小团圆，
破碎与成全的完整归一

高楼的后阳台上望出去，城市成了旷野，苍苍的
无数的红的灰的屋脊，都是些后院子、后窗、后
巷堂，连天也背过脸去了，无面目的阴阴的一片，
过了八月节还这么热，也不知它是什么心思。下
面浮起许多声音，各样的车，拍拍打地毯……但
都恍惚得很，似乎都不在上帝心上，只是耳旁风。

——张爱玲《桂花蒸·阿小悲秋》

回忆是樟脑的气味，难言的惆怅

经历了《小团圆》的玉石俱焚后，是不是心也随书中的人物死了一次？张爱玲一生未能释怀的往事当然不是与胡蕊生恋情的无疾而终，而是与卞蕊秋（疑似原型：黄逸梵）之间难以言说的复杂情感。可以说九莉一直未能走出蕊秋的精神旋涡。如果说到蕊秋，就必须了解她的前世今生，现在不妨对《小团圆》进行一次历史的大起底，也来翻一翻盛家与卞家的陈年旧账，请允许我做一次不太彻底的生命历程回望的"清算"。

在做《小团圆》人物关系整理之前，先来看一下书中人物与疑似历史原型之间的对照：

书中人物	疑似历史原型
盛九莉（本书灵魂人物，出身名门的上海女作家）	张爱玲
卞蕊秋（盛九莉生母，因将九莉过继伯父，故书中称"二婶"）	黄逸梵（黄素琼）
盛楚娣（盛九莉的三姑）	张茂渊

续表

书中人物	疑似历史原型
邵之雍 （盛九莉前夫，风流文人）	胡蕊生
燕山 （电影工作者，盛九莉的情人）	导演桑弧
汝狄（盛九莉的美国丈夫）	美国剧作家赖雅
比比（盛九莉的闺中密友）	炎樱
盛乃德 （盛九莉生父，书中称其为"二叔"）	张志沂
小康（邵之雍的情人）	胡蕊生的情人周训德
辛巧玉（邵之雍的情人）	胡蕊生的情人范秀美
汤孤鹜（鸳鸯蝴蝶派作家）	周瘦鹃
云志（盛九莉舅舅）	张爱玲的舅舅黄定柱
绪哥哥 （盛楚娣的侄子，盛楚娣的初恋情人）	李国杰（李经述长子） 与张氏所生之子
文姬（杂志女编辑）	作家苏青
苟桦（杂志男编辑）	柯灵
韩妈（盛家女佣）	张爱玲的佣人何干
荒木（日军顾问）	胡蕊生的好友池田
向璟（文人）	邵洵美
老太太	李鸿章之女李菊耦
翠华（盛乃德第二任妻子）	孙用蕃
二大爷（书中称"十一爷"）	张人骏 （曾任山西巡抚、河南 巡抚等）
天津十三爷	张志潭 （北洋政府交通总长）

续表

书中人物	疑似历史原型
书中竺家	李鸿章家族
书中盛家	张佩纶家族
书中卞家	黄翼升（清末长江七省水师提督）家族
书中耿家	孙宝琦（北洋军阀时期国务总理）家族

首先，梳理一下李鸿章家族的人物关系。李鸿章膝下共有七子，包括原配夫人周氏所生的李经毓（夭折），六弟过继之子李经方、次子李经述（承袭李鸿章爵位）、三子李经迈以及早夭的李经远与李经进。生女二人，分别是李菊耦（张爱玲的祖母，李经述与李菊耦为兄妹）与李经溥。为了清晰简洁，结合《小团圆》中的人物关系，下面用图表的方式进行表达：

李家部分人物关系	张家部分人物关系
李经述（李鸿章次子）	李菊耦（李鸿章长女）
长子：李国杰（书中表大爷）	长子：张志潜
次子：李国燕	次子：张志沂（盛九莉父亲盛乃德）
三子：李国煦	女儿：张茂渊（三姑盛楚娣）
四子：李国熊	

其次，梳理一下《小团圆》的大小事件，根据书中及真实历史对照，按照时间顺序与书中发生的情节依次对应。

1915—1921年，张志沂与黄逸梵结为夫妻，其间黄逸梵生下长女张爱玲与长子张子静。

1923年，张家辗转于上海与天津两地，因为张志沂与兄长张志潜共同生活感到有压力和束缚，为了摆脱管制，张志沂一家迁至天津。

1924年，黄逸梵与张茂渊出国游学，张爱玲与母亲分离。

1928年，张志沂因生活放荡影响仕途，于是全家搬回上海，同年黄逸梵返回国内。

1930年，黄逸梵与张志沂解除婚姻，黄逸梵二度出国。

1934年，张志沂与孙用蕃结为夫妻。

1936年，黄逸梵再次回到上海。

1937年，张爱玲被张志沂家暴并囚禁。

1938年，张爱玲逃离张公馆，投奔黄逸梵。

1939年，张爱玲赴香港求学。

1942年，张爱玲因港战返回上海。

1943—1944年，张爱玲陆续发表文学作品，在文坛崭露头角，并与胡蕊生渐生情愫。

1946年，张爱玲与胡蕊生缘尽，并与导演桑弧发生微妙的感情。

1952 年，张爱玲以继续完成学业为名离开中国内地。

1955 年，张爱玲由香港前往美国。

1956 年，张爱玲与美国剧作家赖雅结为夫妻。

以上便是《小团圆》中疑似原型的主要事件，由此可以看出该书的自传性并没有争议，书中出现的人物与真实历史中出现的人物高度吻合。现在将目光重新聚焦到蕊秋身上，不难发现，蕊秋的形象几乎贯穿全书各个章节。现在通过几个片段分析一下九莉对母亲蕊秋的感情。

《小团圆》最后一章写道："她从来不想要孩子，也许一部分原因也是觉得她如果有小孩，一定会对她坏，替她母亲报仇。"记得张爱玲说过她与母亲在学校门前分别的场景，张爱玲猜测母亲的心理活动说"现在的年轻人心真狠啊"，她太渴望母亲世俗的爱意，仿佛中了弗洛伊德的精神诅咒，但对母亲只是越来越辽远陌生。

九莉现在画小人，画中唯一的成人永远像蕊秋。纤瘦、尖脸，铅笔画的八字眉，眼睛像地平线上的太阳，射出的光芒是睫毛。那年才九岁。去了几个部门之后出来，站在街边等着过马路。蕊秋正说："跟着我走：要当心，两头都看了没车子——"忽然来了个空隙，正要走，又踌躇了一下，仿佛觉得有牵着她手的必要，一咬牙，方才抓住她的手。

她替九莉把额前的头发梳成却尔斯王子的横云度岭式。直头发不持久，回到学校里早已塌下来了，她舍不得去碰它，由它在眼前披拂，微风一样轻柔。

她给母亲买花：

"我给二婶的，"她递给蕊秋。蕊秋卸去白纸绿纸卷，露出花蒂，原来这朵花太沉重，蒂子断了，用根铁丝支撑着。"不要紧，插在水里还可以开好些天。"蕊秋的声音意外的柔和。她亲自去拿一只大玻璃杯装了水插花，搁在她床头桌上。花居然开了一两个星期才谢。

她收集母亲对自己不经意的夸奖：

九莉有次洗澡，刚巧她们俩都在浴室里，正有点窘，楚娣不由得扑哧一笑道："细高细高的——！"蕊秋说："美术俱乐部也有这种模特儿。"九莉是第一次听见她母亲卫护的口吻，竭力不露出喜色来。

（张爱玲：《小团圆》，北京十月文艺出版社，2012 年）

"踌躇""意外""咬牙"几个普通的词语看得我声泪俱下。黄逸梵是如何有魅力不用多谈，仅仅知道小姑子楚娣（原型张茂渊）都对其产生爱慕之情，她的光芒就可见一斑。要知道所有的女人都是同性，人性是善妒的，若是能为同性所倾倒，其万里挑一的程度就可想而知。

在面对黄逸梵的时候，也许张志沂是极度自卑的，他当然爱慕自己的妻子，同时也有自身光芒被掩盖的苦闷，他既自卑又恐慌，他的安全感一点一点地消失不见，好像随时有一种妻子会远走高飞的错觉。张爱玲和父亲一样崇拜黄逸梵，母亲的美貌是让学生时代的张爱玲无比骄傲的事情，母亲来学校看望她的时候，她还为学校无人，没见到母亲的美貌而怅然若失。张爱玲崇拜母亲，迷恋母亲，越在乎母亲就越不敢表达爱意，越渴望母爱就越小心翼翼。直到母亲带给她无限的幻灭之后，那种爱更是一点点地不在了。

《小团圆》中的九莉比现实中的张爱玲要更辛苦，蕊秋的情人穿插于书中的大小段落，九莉争不过这些优质男人，只能选择假装不在意，并且练就一身自我欺骗的本领。现在就来整理一下九莉的"情敌"——蕊秋的情人们。

书中人物	与蕊秋产生的交集
范斯坦医生	九莉病重时免费为她看病的医生（后据楚娣所言，范斯坦医生意在九莉）
布丹军官	法国大佐，书中说其与蕊秋约会并一起喝下午茶
诚大侄子	家族中的一个小辈
马寿	英国教员（不同意蕊秋为九莉及其他人付出，后来与别人结婚）
意大利人	家中教授唱歌的外国人
劳以德	英国商人，比蕊秋年龄小
英国军官	向香港当局举报蕊秋是间谍
雷克	香港大学病理学教授
毕大使	曾帮九莉办理护照
简炜	蕊秋比较在意的情人，还曾为其堕胎
菲力	蕊秋回国后二人依然保持联系，后渐渐疏离
麻风病医院的英国医生	在马来西亚曾与蕊秋在一起

九莉与形形色色的男人们争夺蕊秋时的无能为力可想而知，前面已经对母女二人的关系做了解读，此处不再多言。因身边材料有限，故无法对《小团圆》的"陈年旧账"做一次彻底的"清算"。读过此书的人普遍反映书中人物关系混乱纷杂，现在对人物关系做一个不太彻底的整理，希望对读者有益。

《小团圆》自 2009 年问世以来，便受到社会各界的广泛关注，评论者研究的是本书的创作手法及思想内涵等，围观群众更多的是满足自己对张小姐的好奇心理。无论如何，从《小团圆》中可以看见张爱玲对于中国语言文字的超凡驾驭能力，书中不乏古典文学《红楼梦》与《金瓶梅》的蛛丝马迹，类似于意识流的时空转换写作手法也无不体现了张小姐文学造诣的炉火纯青。

若教眼底无离恨，不许人间见团圆。十几万字的作品好似把时间都拉长了几个世纪，她真的是一座孤岛，还未成熟，就已经苍老。

最深知的材料就是最好的材料，每位作家终有一天都会记录一下自己的真实生活。张爱玲对她笔下的人物从来都是冷眼刻薄，到她决定刻画自己的时候，当然也不会手软。她在 1976 年 4 月 4 日寄给宋淇的信中写道："我写《小团圆》并不是为了发泄出气，我一直认为最好的材料就是你最深知的材料，但是为了国家主义的制裁，一直无法写。"但到底是张小姐，面对人生她从来不会认输，即使数次搁浅，她还是有勇气把《小团圆》写出来。

这一次，张爱玲决定把一切都放下，这一次也许就是最后一次，是她的终极作品，所以她会把所有都坦诚相见。起初，阅读《小团圆》的读者表示其中露骨的性描写有碍观瞻，因为那些文字太过于真实，简直就是张爱玲自己的亲身体验，"张迷"们有些无法接受张爱玲在书中大跳脱衣舞，好像要与全世界同归于尽一般。有评论称《小团圆》中的云雨描写并不出格，而且共享男人也算是有情。《小团圆》中几乎每一章都能看到"云雨"的影子，对于早慧的张爱玲而言，她的比较直接的云雨描写最早可以追溯至《沉香屑·第二炉香》之中，作为天才女作家，她对此的刻画也十分老道绝伦。这一次我也与她的读者坦诚相见，请原谅我揭开盛九莉最私密的面纱。

也曾在金色的永生里沉醉

　　其实在《小团圆》之前，张爱玲对于云雨的描写是比较少的，即使尺度极大的《色·戒》也是行文暧昧含蓄。而对于《小团圆》来说，她的笔力就开始"直见性命"，其中涉及盛九莉与邵之雍的片段更是明目张胆，毫不留情，大有"玉石俱焚"之势。这似乎是在与《今生今世》分庭抗礼？胡蕊生的文字朦胧缥缈，只见灵却不见肉，张爱玲似乎是要反着来一样。但是张爱玲对于此类场景的刻画还是有别于其他作家，书中的某些片段虽然略显不冷静，但还是与"俗"有着本质的区别，《小团圆》中的描写显得更加明净纯粹。张爱玲这次是"俗"了一些，但是俗得如此精致，俗得如此张扬的，恐怕也就只有她了。

> 有天晚上他临走，她站起来送他出去，他掐灭了烟蒂，双手按在她手臂上笑道："眼镜拿掉它好不好？"她笑着摘下眼镜。他一吻她，一阵强有力的痉挛在他胳膊上流下去，可以感觉到他袖子里的手臂很粗。九莉想道："这个人是真爱我的。"但是一只方方舌尖立刻伸到他嘴唇里，一个干燥的软木塞，因为话说多了口干。他马上觉得她的反感，也就微笑着放了手。

> （张爱玲：《小团圆》，北京十月文艺出版社，2012 年）

盛九莉是一个冷漠孤傲并且有着精神洁癖的女子，她对于周围的一切都有着高度的戒心，这段文字中的"摘下眼镜"在某种程度上而言便等于放下警戒之心，甚至是"脱掉衣服"，说明九莉对邵之雍的防备开始松懈。但是面对如此陌生的突如其来，九莉还是表现得"不解风情"，邵之雍明显是感觉得到的，所以本书的第一吻到此戛然而止。

　　他送了她几本日本版画，坐在她旁边一块看画册，看完了又拉着她的手看。

　　她忽然注意到她孔雀蓝喇叭袖里的手腕十分瘦削。见他也在看，不禁自卫地说："其实我平常不是这么瘦。"

　　他略怔了怔，方道："是为了我吗？"

　　她红了脸低下头去，立刻想起旧小说里那句滥调："怎么样也是抬不起头来，有千斤重。"也是抬不起头来，是真的还是在演戏？

　　他注视了她一会儿之后吻她。两只孔雀蓝袍袖软弱地溜上他肩膀，围在他颈项上。

　　"你仿佛很有经验。"

　　九莉笑道："电影上看来的。"

　　这次与此后他都是像电影上一样只吻嘴唇。

　　他揽着她坐在他膝盖上，脸贴着脸，他的眼睛在她面颊旁边亮晶晶的像个钻石耳坠子。

　　…………

　　他们在沙发上拥抱着，门框上站着一只木雕的鸟。对掩着的黄褐色双扉与墙平齐，上面又没有门楣之类，怎么有空地可以站一只尺来高的鸟？但是她背对着门也知道它是立体的，不是平面的画在墙上的。雕刻得非常原始，也没加油漆，是远祖祀奉的偶像？它在看着她。她随时可以站起来走开。

…………

他作势一把捉住她，两人都笑了。他忘了手指上夹着香烟，发现他烫了她的手臂一下，轻声笑着叫了声嗳哟。

他吻她，她像蜡烛上的火苗，一阵风吹着往后一飘，倒折过去。但是那热风也是烛焰，热烘烘地贴上来。

"是真的吗？"她说。

"是真的，两个人都是真的。"

……依偎着，她又想念他遥坐的半侧面，忽道："我好像只喜欢你某一个角度。"

之雍脸色动了一动，因为她的确有时候忽然意兴阑珊起来。但是他眼睛里随即有轻蔑的神气，俯身撬灭了香烟，微笑道："你十分爱我，我也十分知道。"别过头来吻她，像山的阴影，黑下来的天，直罩下来，额前垂着一绺子头发。他讲几句话又心不在焉地别过头来吻她一下，像只小兽在溪边顾盼着，时而低下头去啜口水。

（张爱玲：《小团圆》，北京十月文艺出版社，2012 年）

这几段文字中，盛九莉开始完成了角色的转换，由一个被动者转变成为主动者，她会试着主动碰触邵之雍，盛九莉的心理防线进一步松懈，开始进入半梦半醒的迷离阶段。

> 晚饭后她洗完了碗回到客室的时候，他迎上来吻她，她直溜下去跪在他跟前抱着他的腿，脸贴在他腿上。他有点窘，笑着双手拉她起来，就势把她高举在空中，笑道："崇拜自己的老婆——！"
>
> （张爱玲：《小团圆》，北京十月文艺出版社，2012年）

笔者曾一度认为这个片段是全书最梦幻的时光，想必这是九莉从未有过的温暖，在原生家庭中未曾感受过的亲情在此刻变得真实起来。九莉不想去考虑明天，她太沉醉其中，仿佛自己的心愿意和周围的一切一起沉下去。房间内的灯光开始变得不清晰，窗外的一切更是模糊起来，是不是儿时在天津的橙红色时光再一次回到身边？每次和之雍在一起的下午都能让她想到多年前父亲书房的下午吧。我想，人世间最唯美的事情也不过如此，更何况这是在乱世。

> 她的腿倒不瘦，袜子上端露出的一块更白腻。

他抚摸着这块腿。"这样好的人，可以让我这样亲近。"

微风中棕榈叶的手指。沙滩上的潮水，一道蜿蜒的白线往上爬，又往后退，几乎是静止的。她要它永远继续下去，让她在这金色的永生里再沉浸一会儿。

有一天又是这样坐在他身上，忽然有什么东西在座下鞭打她。她无法相信——狮子老虎掸苍蝇的尾巴，包着绒布的警棍。看过的两本淫书上也没有，而且一时也联系不起来。应当立刻笑着跳起来，不予理会。但是还没想到这一着，已经不打了。她也没马上从他膝盖上溜下来，那太明显。

木干的床不大，珠罗纱帐子灰白色，有灰尘的气味。褥单似乎是新换的。她有点害怕，到了这里像做了俘虏一样。他解衣上床也像有点不好意思。

但是不疼了，平常她总叫他不要关灯，"因为我要看见你的脸，不然不知道是什么人。"

他微红的微笑的脸俯向她，是苦海里长着的一朵赤金莲花。

"怎么今天不痛了？因为是你的生日？"他说。

他眼睛里闪着兴奋的光，像鱼摆尾一样在她里面荡漾了一下，望着她一笑。

他忽然退出，爬到脚头去。

"你在做什么？"她恐惧地笑着问。他的头发拂在她大腿上，毛戟戟的不知道什么野兽的头。

　　兽在幽暗的岩洞里的一线黄泉就饮，泊泊的用舌头卷起来。她是洞口倒挂着的蝙蝠，深山中藏匿的遗民，被侵犯了，被发现了，无助，无告的，有只动物在小口小口地啜着她的核心。暴露的恐怖糅合在难忍的愿望里：要他回来，马上回来——回到她的怀抱里，回到她眼底。

　　（张爱玲：《小团圆》，北京十月文艺出版社，2012 年）

　　这无疑是书中最大胆露骨的描写，张爱玲的自我解剖笔力在此处达到巅峰。不知道此时已经年过半百的张爱玲在回忆此片段的时候内心是怎样的感受，她面对自己的身体的时候自然是无所畏惧，这意乱情迷的描写竟感受不到一丝丝的欢悦，而是一阵阵的寒风刺骨。

　　隐约地感受到这种不计明天的忘情挚爱终有陷落的一天，而经过梦幻的欢娱又覆灭的感情就更加凄凉无奈。邵之雍的身体与心灵是一分为二的，他的本性及他的野心本就注定了身心无法结合，他可以用心灵去爱几个情人，也会用身体去回忆很多女子。但九莉不同，她无法割裂身体与心灵的联系，在这场感情较量中，她的身心达到忘情的高峰，她无法欺骗自己，所以做出最诚实的反应，那一刻对于九莉而言便是永恒。我读到此处更是心疼九莉，哪有什么忘我欢悦？
分明是肝肠寸断，可怜她就这样沉醉了下去。

> 他笑着坐起来点上根香烟。
>
> "今天无论如何要搞好它。"
>
> 他不断地吻她，让她放心。
>
> 越发荒唐可笑了，一只黄泥坛子有节奏的撞击。
>
> "不行的，办不到的，"她想笑着说，但是知道说也
> 是白说。
>
> …………
>
> 他注意地看了看她的脸，仿佛看她断了气没有。
>
> （张爱玲：《小团圆》，北京十月文艺出版社，2012年）

果不其然，九莉和之雍的感情开始按照抛物线的走向
由高潮转向低落，九莉不再投入其中，那种机械化的生理
需求让她感到无比恶心。两人不再有任何唯美温存，竟有
一种情感交易的错觉，此后九莉更是厌恶不已，甚至想到
了杀人的凶器。对于盛九莉而言，她因爱而性，爱情幻灭
之后，即使再独一无二的鱼水之欢也不会再唤起她的欢悦，
只有说不尽的侮辱和心酸。

所爱之人每每显得比实际有深度，看对方如水面阳光

闪闪，增加了深度——也许别人真有深度。但不爱时，则一切都以心理学简化方式对待。这些文字太真实，让人不知不觉联想到张爱玲与胡蕊生的往事，不过这些描写无论怎样明目张胆也是无可厚非，这些是属于张爱玲的隐私，也是她难以忘怀的记忆。她想写她最深知的材料，最后一次她要诚实，自然也包括对身体的诚实，当然不是泄愤，更不是哗众取宠。她要给自己的生命补上一个缺，这才是完整的张爱玲。

我们都是被压抑很久的人，我们的悔恨和绝望重于泰山。张小姐，我要告诉你，你的所有渴望都是天经地义。

送给幻灭的青春一个完整的交代

离奔赴地狱的时间越来越近，又是子夜醒来，虽然不愿意醒来，大口呼吸寻找台灯的痕迹。墙边的灯光很是微弱，原来台灯是开着的，这屋子为什么越来越黑？不过，对于这种暗淡无光，她倒是淡然了，古稀之年的老奶奶依然保留着不甘的勇气，写了一生的红男绿女、感情游戏。现在那些在红尘中挣扎的人物都已经死去，到了审判自己的时候，知道你们不愿意也不忍心接受，但我总要给幻灭的青春一个最后的交代。

真的猛士，敢于直面惨淡的人生，敢于正视淋漓的鲜血，张爱玲是这样的人。若非强者，不敢读懂她的孤独。她是泡在冷水中的人，冷是冷惯了，疼也是疼惯了，她知道周围的一切都是热情似火，但只能保持冷若冰霜。因为《滚滚红尘》，身边的朋友总喜欢将三毛和张爱玲进行比较，三毛无疑是一位热情的人，赤着双脚行走在炙热的沙漠上也不觉得痛。在一望无际的撒哈拉沙漠里，她是一朵自由行走的花，内心纯净且乐观真诚的少女热情地书写对自然山川的无限热爱。经历过荷西溘然长逝的痛苦挣扎，当年很多人庆幸三毛熬了过来，后来三毛又猝不及防地告别人间，这又是所有人没有想到的。据说当时身在海外的张爱玲也说了一句："她怎么就死了呢？"爱情理想主义者又把这件事情的原因归结到了荷西身上，这当然过于武断。对才女来说，感情并不是唯一的归宿。每一种极端行为的背后都有一段不为人知的挣扎，可能每个自杀者的内心都偷偷建造了人间炼狱。书中的三毛永远展现了对生活高度的热情，在我的理解里，她更多的时候是一位幻想型少女。

她怕心里那个多年前就已经竣工的人间炼狱，她极力营造天然纯净的世界，但最终却发现再华丽的美梦总有醒来的一天，她的理智已经不足以维系她崩塌的世界，努力了这么多年，依然没有骗过自己。

张爱玲本就是一个活在古墓里的人，生活已经残破不堪，生来就发现自己在枯井最底下，即使再大的苦难又能如何？已经降到了最底层，无论世界以怎样的速度崩塌，她还是撑得过去，不仅撑到了终点，还要用最后一丝力气表达爱情的百转千回。幻灭了之后还能留下什么？现在就把自己套上刑具，押送到法场里，请枪毙我七天七夜，五马分尸的方式也不够彻底，那就赐我一把锋利的刀，我是最了解自己的人，在身体的任何一个部位砍一下，都可以刀刀见血。这血溅在围观群众的衣服上竟是这般酣畅淋漓。

第一次阅读《小团圆》是因为新闻媒体上那些狂轰滥炸的宣传，什么张爱玲遗作首次问世，什么自传性小说之类的宣传语，那时候我还不是十分迷恋张爱玲，于是跟风买了《小团圆》。阅读之前已经将书中人物对号入座，知道盛九莉就是张爱玲，也知道邵之雍也许就是胡蕴生，那些了解、不了解的人物在本书中悉数登场。翻了几次就仿佛看到张爱玲把自己脱得一丝不挂，傻傻地站在众人眼前，不停地在千军万马中裸奔，她对自己怎么可以下手这么狠？就这样赤身裸体地给世人看，难道借着主人公盛九莉的虚拟外衣就可以肆无忌惮？就可以毫不留情地把自己生吞活剥？

如今感叹读懂已非昨日少年，一位离群索居多年的老奶奶在昏黄的灯光下整理着自己曾经的故事，那好像是别人的故事。她知道当年悄无声息地离开大陆会留下太多的疑问，她离开之后，她所在的时空仿佛出现一个陨石坑，无论怎样都要填上这个黑洞。没有为什么，因为她是张爱玲，总要给青春的弯路一个交代，她最后勇敢了一次，把一个完整的张小姐交给大众。

我想，张爱玲生命的最后几年，最悲苦的事情就是她所出现的任何地方都要打上胡蕊生的标签。胡蕊生在《今生今世》中把张爱玲描写成了一朵圣洁的白莲花，极力渲染他们好像至死不渝的感情是多么惊天地泣鬼神，最无奈的可能就是他笔下的张爱玲终其一生都没有走出这段感情的阴影。胡蕊生构建了一个理想世界，他以张爱玲的"自将萎谢"，把自己的伟岸发挥到了登峰造极的地步，在晚年更是以学者的身份出现在一群文艺女青年中，一些文艺女青年更是不知不觉中以张爱玲自居，好像要与胡蕊生继续谱写这段未完成的旷世情缘一般。

与《今生今世》不同的是，邵之雍只是整段故事中的一个小插曲，张爱玲把大量的文字都奉献给了童年时光，这好像也在向"无赖人"宣示着不要再继续自作多情，你也只是我的过路风景。其实不仅是邵之雍，她把参与她人生的人几乎都描写得面目全非。盛九莉不断以残花败柳自喻，凄婉绝伦恋情中的男主角邵之雍也不过是个插曲；世人普遍认为温实敦厚的燕山居然是一个自私怯懦的投机男人；而在电车上企图轻薄九莉的荀桦更是彻彻底底地让所有人大跌眼镜；还有蕊秋与楚娣之间说不清、道不明的暧昧情愫以及九林与继母之间剪不断、理还乱的畸形迷离。看过此书的人心中充满了相同的感叹：原来他们是这样的人。

张小姐真的是一个言出必行的人，自向胡蕊生寄出分手信的那一刻，她就真的不再爱了。胡蕊生在《今生今世》出版之后便毕恭毕敬地将书寄给了张爱玲，内心毫无波澜的她也不过是陪着周围的人演了一场戏，她静静地欣赏一个自我崇拜主义者的独自狂欢。胡蕊生言语之间流露出张爱玲一生未能释怀与他的婚姻的暗示，但依我看，一生未能走出这场婚姻的并不是张爱玲。根据《小团圆》的描写，一生未能从自我幻想王国中走出来的人恰恰是胡蕊生。

面对"无赖人"的大肆宣扬，张爱玲依然选择沉默，她并不想和胡蕊生辩解什么，因为她加入这种论调的氛围才是胡蕊生所希望的。张小姐绝顶聪明，胡蕊生能想到的，她也一定想得到。想必男人都是自恋的生物，他们总是期待着与过往恋人们的江湖重逢，尤其是曾经被自己抛弃的恋人，他们总是偏执地认为那些傻女人一直念着自己。

难道这样傲气的女子面对自己被人无端消费就会置之不理吗？当然不是这样。张爱玲有她独特的方式，她历来擅长以沉默对抗热烈，于是决定通过回忆录的方式记录自己的一生。胡蕊生把这些脂粉轶事写得这样彬彬有礼、山风浩荡，不了解的人是真的会被这样的文字吸引的。既然你和风细雨，那么请恕我丑态百出，什么临水照花人，我盛九莉就是一个残花败柳，朱天心不是说我简直把自己赶进了猪圈吗？不，我觉得那样的方式依然不够彻底，我要下地狱，不仅我自己慷慨赴死，我也要拉着你一起下地狱！请不要再自作多情，不是偏要两个人捆绑在一起才能过一生，你对生命里出现的每个女孩子说的词汇都不屑更换，给你当头一棒，醒醒吧，你虚伪得连自己都相信了。

回忆总是不好的，心酸的是曾经快乐的事情已经不存在了，而那些不好的事情想起来还是伤心。经过不断的演绎推理，这两个人的往事已经成了众人比较的资本，在恋爱中的双方无论谁败下阵来都可以用他们的事情作为解释，女人再愚蠢都想着幸好前任不是胡蕊生，而男人即使取得胜利也会感叹幸好前任不是张爱玲，真真作孽。

最完美的离开其实便是两不相欠，邵之雍确实以自己的方式陪九莉度过了一段难忘的时光，但是九莉面对他的出轨并未表现出自己有多么暴跳如雷，她会给他寄钱，这已经在表示对他的偿还，她对他仁至义尽。你以为我念念不忘，其实我尊贵如往常。

她对童年的回忆是那么深刻清晰，对乃德的同情，对蕊秋的失望，也许她太想念九林，或者说她嫉妒九林可以和乃德的继室夫人和平相处，所以不知不觉扭曲了他们母子之间的感情。盛家的冰冷代代相传，在《小团圆》中哪里看得见那是她的亲人？竟不如一个旁观者来得真实。所有的男性都是自作多情，所有的女性都是竞争对手。小姑子楚娣爱慕嫂子蕊秋，楚娣的异性朋友心属九莉，蕊秋的外国男医生朋友也意在九莉，蕊秋与楚娣谈论九莉的身材，犀利的眼光是在审视自己的亲人吗？那似乎更像是两个女人对情敌的指指点点。

张爱玲好像在书中扮演了一个法官的角色，她义正词严地对每个人进行了宣判。真是"小团圆"，所有的人均登上法场，所有的人都被扒了皮。倾城之恋不是花好月圆，真相往往让人无法接受，我曾在泥潭中芙蓉出水，疾风一过也只剩下残片被水冲走。一个五内俱焚的女子偏偏要把自己铸成钢铁，我这一生绝不是惹人怜爱的小女子。

这只是一本简单的回忆录而已，一位老奶奶对自己人生的整理。若真的爱她，她的每一段故事都是绽放；若真的懂她，就请用宽容之心原谅她。真的勇士不做戏中人，她最后真的是跳了出来，张爱玲给世界，同时也给自己做了一个完整的交代。

记忆里的童年永远都是潺潺的雨季，油漆的崭新气味，雪白的粉墙，豆绿糯米糍，茶碗放在金漆桌子上。在没有人与人交接的场所里享受微风中的藤椅，我还是想要一间属于自己的、中国风格的房子……

这一次，我会把一切都放下。

小城三月，
幻想是渴望的无休止轮回

我爱诗人又怕害了诗人，

因为诗人的心，

是那么美丽，

水一般的，

花一般的，

我只是舍不得摧残它，

但又怕别人摧残，

那么我何妨爱他。

——萧红《春曲》

暗恋是一场盛大的欢喜

　　传奇色彩过于浓厚的弊端也许是局外人只关注传奇本身，却很少注意到浪漫背后的千疮百孔，因为要发现隐藏在奇幻之下的冷酷，一层层地拨开，不情愿地拨开，这种发现是令人扫兴的，甚至是残忍的。

　　任凭曲折婉转的思绪不断轮回和缠绕在无尽的幻想里，其实是对现实绝望的一种本能性补偿。那些因为宿命与内因带来的缺失，终究要荡出身体的灵魂在天边再一次偿还。

　　作为天真少女的萧红与风霜女人的萧红分属于《小城三月》中的翠姨与《生死场》里的金枝。《小城三月》写于 1941 年的夏天，可以说是萧红所有作品中最特别、最私人化的一篇。温暖开明的父亲形象是如此的突兀，在这个家族里，上学成为天经地义的选择，性别得到无差别的对待。可是隐忍娇羞的翠姨还是陷在缄默的精神旋涡中送了命，缠绵病榻时用尽最后的力气撕扯心上人的衣袖，终究还是没能说出隐藏太多年的记忆，她的暗恋成为最深远、最心酸的秘密。

包办婚姻的封建意识固然也是导致翠姨生命凋零的原因，但却不是最致命的原因，自然也不是萧红想要传达的原因。《小城三月》与此前的《生死场》都是萧红的私人化书写，抛开特定的思想潮流影响之外，二者距离风起云涌的宏大叙事是存在一定距离的。

翠姨的内心存在天然的自卑感，因为她是再婚寡妇的女儿，无论其他人如何看待她，她自己就已经给自身设定了寄人篱下的生存阴影。她就是要把恋上富贵人家的少爷的事情带到坟墓里去，纵然周围细心的人都已经察觉到了她的异样，翠姨依然维持缄默的性格，在心上人及家族中的其他人这里维护最后的一点自尊。

在习惯了听天由命的死水生命里，心上人堂哥的出现曾给孤寂沉默的翠姨带来一场盛大的欢喜，那种感觉是静候花开的春意，是含苞待放的花朵里可能会产生的奇迹，是小城逢三月，郎骑竹马来的期盼。蒲公英发芽了，桃李年华装满了一寸一寸的悠扬日子，姑娘啊，春天好像到了。

在生命的最后时光，萧红依旧化身故事中的"我"被迫围观了一段苦涩无果的暗恋，"我"无疑是未经人世磨难的张廼莹，而翠姨才是 1932 年 5 月以后的萧红。

萧红将自己化为翠姨的猜想并非空穴来风、无端臆测，笔者试图找寻二者的些许共通之处。

首先是外貌性格的相似。萧红肤色白皙，纤瘦沉静。萧红的挚友，作家白朗曾说她不大喜欢萧红那太能忍让的"美德"，这也许正是她的弱点。萧红很少会把内心的隐痛向周围人诉说，她的温柔与忍让并没有换来更好的体贴与关爱，在强势的人的面前就会显得无能与懦弱。

> 翠姨生得并不是十分漂亮，但是她长得窈窕，**走起路来沉静而且漂亮**，讲起话来清楚的**带着一种平静的感情**。她伸手拿樱桃吃的时候，好像她的手指尖对那樱桃十分可怜的样子，她怕把它触坏了似的轻轻地捏着。
>
> （萧红：《小城三月——萧红小说集》，安徽文艺出版社，2015 年 10 月）

> 那天，吴似鸿到白薇家去，看到萧红正站着，在与白薇说话。只见她穿了短裙子和短上衣，说话时，手也动着，脸上无笑容，**"神情分着你我，与外界保持了相当的距离"**。给吴似鸿的印象是**"她有一股寒冷的气质"**。她看到有人来，即告

辞回去，白薇也没有向她介绍：这是萧红。

（丁言昭：《他们曾遇见萧红》，《新文学史料》，2021 年 11 月
第四期）

其次是鬼使神差一般的"生命预测"。

雪下得更大了，街上什么人都没有了，只有我们两个人，
催着车夫，跑来路去。一直到天都很晚了，鞋子没有买到。
翠姨深深地看到我的眼里说："**我的命，不会好的。**"我很
想装出大人的样子，来安慰她，但是没有等到找出什么适
当的话来，泪便流出来了。

（萧红：《小城三月——萧红小说集》，安徽文艺出版社，2015
年 10 月）

她不愿意讲，我也不忍去触她的隐痛，直到我们最后
握别时，她才凄然地对我说：

"莉，我愿你永久幸福。"

"我也愿你永久幸福。"

"我吗？"她惊问着，接着是一声苦笑，"我会幸福吗？
莉，未来的远景已经摆在我的面前了，我将孤寞忧悒以终生！"

（白朗：《白朗文集》，春风文艺出版社，1986 年）

念了书，不多日子，人就开始咳嗽，而且整天的闷闷
不乐。她的母亲问她，有什么不如意？陪嫁的东西买得不

顺心吗？或者是想到我们家去玩吗？什么事都问到了。

翠姨摇着头不说什么。

过了一些日子，我的母亲去看翠姨，带着我的哥哥，他们一看见她，第一个印象，就觉得她苍白了不少。**而且母亲断言地说，她活不久了。**

（萧红：《小城三月——萧红小说集》，安徽文艺出版社，2015年10月）

关于萧红缠绵病态时对自我化身的生命长度的预测，还可以比照几年前丁玲的预测。

我们分手后，就没有通过一封信。端木曾来过几次信，在最后的一封信上（香港失陷约一星期前收到）告诉我，萧红因病始由皇后医院迁出。**不知为什么我就有一种预感，觉得有种可怕的东西会来似的。有一次我同白朗说："萧红决不会长寿的。"**当我说这话的时候，我是曾把眼睛扫遍了中国我所认识的或知道的女性朋友，而感到一种无言的寂寞。能够耐苦的，不依赖于别的力量，有才智、有气节而从事于写作的女友，是如此其寥寥啊！

（丁玲：《风雨中忆萧红》，人民文学出版社，2019，《丁玲散文》）

除了性格气质与诡异玄妙的生命长度预测等有共通之

处以外，就连翠姨的暗恋情结也与萧红的暗恋情殇有重叠之处。1932 年的春天，22 岁的张廼莹因为拖欠食宿费 400余元被东兴旅馆的老板软禁在一间霉气扑鼻的阴暗客房里。这 400 余元本是和未婚夫汪恩甲一同欠下的，旅馆老板因为知道两家人的经济状况，所以同意二人赊账住房。同年6 月份，汪恩甲因旅馆催债被迫回家要钱，但被汪家人禁锢在家中，汪家因为此前的"离婚官司风波"拒绝认下这个儿媳，也禁止自家儿子再与其来往，汪恩甲暂时失去了人身自由。身怀六甲、艰难度日的张廼莹等不到未婚夫的任何消息，在彷徨等待中被旅馆老板软禁了起来。

　　就在一个月前，《东三省商报》的编辑林郎收到了一首名为《春曲》的小诗，作者随稿件还附带了一篇短笺，短笺上说明了自身正在遭遇的生活苦难，困顿于旅馆，几乎失去了自由，希望编辑听到她的心声。但是林郎并没有觉得张廼莹寄来的诗歌有多么出彩，所以未能发表。时间到了 1932 年 7 月初，张廼莹因面临被旅馆老板卖入妓院抵债的风险，不得不写信给《国际协报》求助。

　　收到求救信的编辑裴馨园带领其他编辑来到东兴旅馆探望张廼莹，并向旅馆老板说明了情况，算是暂时解除了

萧红的危机。值得注意的是，当裴馨园初见萧红的时候，
萧军并没有出现，萧军是在裴馨园与舒群探望之后才自行
前去的。至于第三次的见面，萧军的身后还跟了一位编辑，
就是笔名林郎的方未艾。

方未艾与萧军相识多年，同为辽宁人，是萧军的结拜
大哥。我们都知道二萧相恋的传说，那是一段完全可以编
成戏文连唱几天的真实传奇，却很少愿意拨开传奇背后的
迷雾去窥见二人相恋之前的小小插曲。而从这个几乎被人
遗忘、不曾提起的小插曲才知，萧红在选择萧军之前，她
的内心经历了怎样曲折艰难、翻江倒海般的挣扎。从这段
插曲的浮出水面才知，一见钟情的传奇真的只是戏文，"狂
恋"的背后暗藏迫于生存压力的窘迫，浪漫的背后显现的
是情感的千疮百孔和永远无法宣之于口的难堪。

2020 年的冬天，笔者来到哈尔滨市南岗区邮政街 135
号，找寻萧红的母校——东特女一中。该校的校规校纪可
以说与巴洛克式的欧洲建筑不甚相配，虽然实行的是全方
位发展的教育理念，但是近乎苛刻的校规却与最古老的儒
家传统一脉相承。同行人中有人提及萧红并非正常毕业而
是被东特女一中开除出校的，其实这个说法一直存在。关

于萧红非正常毕业的说法来自两个人，一个是萧红的小姨，另外一个就是作家孙陵。可是也有说法佐证了萧红正常毕业的事实，消息来源是与萧红同校的同学沈玉贤与徐微。

如果说第一种说法成立，那么萧红究竟是因为什么原因被迫离校的呢？因为年代久远，多位相关人士均语焉不详，笔者只好试图在东特女一中的校规校纪中猜想线索。若是校方开除学生必定要以学生违反相关规定而具体实施，那么东特女一中的校规校纪最为显著的是什么？

东特女一中的校歌这样唱道："从德兮，松江滨，广厦宏开，气象新，学子莘莘，先生淳淳。莫道女儿身，亦是国家民，养成了勤朴敏捷高尚德，方为一个完全人。"这样的校歌徘徊在推陈出新与墨守成规之间，发展到极致的时候，势必会出现压制学生个性发展的事情。此时处于青春叛逆期的萧红初涉自由思潮之后，很可能会出现让校方不能容忍的个性化行为，比如参与游行示威等活动。

另外，笔者还注意到这样的规定："学生们除节假日一概不许外出；未经批准一概不许会客；外来电话必须由工友传达；学校有权拆阅学生信件（家人及未婚夫发送的除外）……"。这样醒目的规定体现的核心思想其实是限制女学生们自由恋爱的风气。萧红在东特女一中学习期间与之交往甚密的就只有汪恩甲，汪恩甲作为未婚夫，他们的交往应该不会违反相关校规校纪。很有可能的是，率真的萧红因为家境相对宽松（《小城三月》开篇亦有暗示，对于"男女授受不亲"的思想态度平和）以及新文艺风的影响，而对男女之间的交往不设防，互动较为频繁，引发了校方的注意与反感，随即被开除离校。

为了查找萧红读书期间的个性化行为体现，笔者注意到了方未艾的回忆，这一段回忆文字可以说是无出其右的独家藏本。

> 我最初以为她是一个娇滴滴、病快快的林黛玉似的少女，其实，她不仅有《红楼梦》中史湘云那种天真无邪，还有王熙凤那样的泼辣。她骂过土豪，打过劣绅，顶撞过女校长，嘲笑过女舍监，反对过包办婚姻，抵押过家中地契当学费，还给土匪通过风、报过信。有时她讲完了，我表示怀疑，她就气得乱蹦，恨不得伸出拳头打我，再不就用话气我，说我为人不可爱，谁爱谁倒霉，是假道学、孔老夫子、口是心非……

> （方未艾：《萧红在哈尔滨》）

此言一出，一个在新旧思潮猛烈撞击中一跃而起的叛逆女文青形象跃然纸上。但同时可以看出一个问题，这样大胆率真的行为，不加掩饰地叙述过往的隐私，萧红未曾与更加亲密的萧军谈起，而是对方未艾表露无遗，不得不说明此时的萧军依旧是张廼莹心墙之外的人，即使经过"狂恋"也未必说明他们拉近了内心的距离。

　　张乃莹开始以女作家的身份和哈尔滨读者相见，是以悄吟笔名出现的，她和三郎同样突如其来，像从天上掉下来奇迹似的，被广大的读者纷纷谈论着。三郎的全名是酡颜三郎，有一位青衣大郎是他的结拜大哥。看情形应该还有一位二郎（大郎曾经和我谈过，因为那已经是20年前的事，记不清楚了）。大郎文质彬彬，三郎则一身粗犷气质。悄吟这时候意属大郎。但是三郎有一次突然当着大郎的面，严词质问悄吟，要她立即答复，他们两个她究竟爱谁？悄吟被三郎一逼，瞠目结舌，半天说不出话来，最后哭了起来。

　　于是，三郎抱住悄吟，狠狠亲了一个吻。他们的新生活，就是这样草率勉强地开始了。这是民国二十一年秋末冬初的事。

（孙陵：《我所熟知的三十年代作家》）

关于方未艾的"猛料"还不止一个独家藏本，作家孙陵在书中提供了另一个隐秘的说法。由此可以看出坚强果敢的女作家萧红在面对感情选择时却犯了和翠姨一样的错误，她的隐忍与怯懦似乎给了匪气大胆的萧军很好的主动权，让同样隐忍沉静的方未艾无奈退让。那么她是真的因为怯懦才被迫做出的抉择吗？这不仅不是一次被迫，甚至是主动"豪赌"了一次。

张廼莹投给林郎的《春曲》还有下文，在和萧军相识之后，她的行文风格突然转变：

你美好的处子诗人，

来坐在我的身边，

你的腰任意我怎样拥抱，

你的唇任意我怎样吻，

你不敢来在我的身边吗？

你怕伤害了你处子之美吗？

诗人啊！

迟早你是逃避不了女人。

——《春曲》（三）

当他爱我的时候，

我没有一点力量，

连眼睛都张不开，

我问他这是为了什么？

他说，爱惯就好了。

啊，可珍贵的初恋之心。

——《春曲》（六）

其实《春曲》的另外两首诗中出现的"处子诗人"与"初恋之心"略显讽刺，诗人指的是萧军，萧军之前已有妻室，而且作为"爱便爱，不爱便丢开"的泛爱观念者，他与"初恋"一词实在构不成任何联系。萧红为何要反其道而行之？最有可能的是萧红以"初恋""处子"等词语反讽自身，暗示自身的不纯洁与窘境，来反向提高萧军的气场和高贵。

不难看出萧红的讨好者心态，而这时的讨好心态与爱情毫无关系，不是因为钟爱才把自己放到尘埃去仰望对方。对于当下的萧红而言，她欠下巨债，陷落旅馆，未婚夫消失不见，与家族决裂，无疑等同丧家之犬，又身怀六甲即将临盆。这些困苦连续叠加，现实情况绝对不允许她在温和的气氛里谈情说爱。她自己十分清楚，最重要的是找到一个坚实的臂膀，用尽所有的力量把她捞上岸。

敏锐的萧红一定是看出了萧军的破绽，他喜好打抱不平，是一个生理欲望旺盛的游侠；反观方未艾，斯文老成，沉静稳重。最关键的是，方未艾在萧红的眼中毫无破绽。她手中唯一的筹码是女性的身体，这实在是痛苦不堪的无奈下策，但又能如何？她还有什么可以换取生存的手段？她不知这样的做法是对是错，但是此时别无选择，她只是在坏的处境与更坏的处境之间选择了坏的处境。

无关谈情说爱，她需要的是绝处逢生，幸运的是她赌赢了。萧红意在方未艾，方未艾未尝没有对她暗生情愫。

为何说拨开传奇背后的隐秘是令人扫兴的，因为会降低故事的浪漫性。松花江决堤那天，最先赶来东兴旅馆营救的人并不是萧军，而是舒群与方未艾。

那时，天正下着小雨。我打完电话，就把报社拴在楼上的一只小船划到四道街一家饭馆，买了一些食物，匆忙地又划到十六道街的东兴顺旅社，把小船拴在楼栏杆上，来到十八号房间。

进屋看见乃莹正把几件零用东西往小提箱里放。她看见我两手捧着的食物和身上滴着水的衣服，忙伸手把食物接过去放在桌上，又帮我脱下湿透的衣服。**用手使劲地拧着水，她的眼泪也顺着我上衣的水往地上流。**

衣服拧干了，我刚要穿上，她从床上拿起一件棉袍披在我的身上。这件灰棉袍不仅暖了我的身体，**也暖了我的心。**我对乃莹说："快收拾一下。上船吧，楼快要倒了。"

（方未艾：《萧红在哈尔滨》）

此情此景，若是按照戏文的模式唱下去，浪漫故事的主角恐怕要换了人选，但是萧红突如其来的一句话使气氛转变。方未艾要把萧红带走的时候，萧红说她要等着三郎，方未艾立刻明白了萧红的心意。要知道萧红未尝不想和方未艾一起逃走，在她拼命拧干他湿漉漉的衣服时就可看出来自内心深处涌动的温情和深深的疼惜，优质的爱情不该缺少疼惜的成分，她对方未艾的爱意深于萧军。至少在陷落旅馆的日子，萧军只是她的救命稻草，她暗恋的人是方未艾。

她为什么不顺势而为呢？萧红是敏感倔强的女子，她选择的路会一直走下去，既然选择了萧军，即使还未产生爱意，但是内心的忠贞却还是要遵守，她在真正喜欢的人的面前保留仅有的自尊。这就像《半生缘》里的顾曼桢会把遭遇讲给张豫瑾听，却对沈世钧三缄其口。她的高自尊不允许喜欢的人轻贱了她，认为她是一个桃花处处开的女子。

不过萧红赌得也不错，勇武冲动的萧军在萧红临产的医院和医生"短兵相接"，这才解决了医疗费用问题，若是故事的主角变成了斯文的方未艾或者舒群，他们未必能够顺利解决眼前的生活难题。

这段传奇背后的苦涩暗恋随着二萧在文坛的迅速崛起与命运错综发展的交织后渐渐为人所遗忘，但在生命接近枯萎的阶段，萧红还是没有忘记让自己的分身翠姨再次尝尽了暗恋的无奈与缄默。萧红钟情的从来都是自由思潮渲染下的新文化青年，她不仅把隐藏的择偶标准给了翠姨，同时把心念一生的"求学情结"也融化在了翠姨短暂的生命中。

那个后知后觉的文艺青年啊

萧红有三段事关暗恋的经历，一是相识于1932年的方未艾，二是在北京相交甚好的李洁吾，三便是修成正果的端木蕻良，只是第三段可以算作双向暗恋。

萧红初见端木蕻良是在胡风组织的《七月》讨论会上，但这却不是端木第一次看见萧红。端木第一次见萧红是在1936 年的夏天，地点是在一个环境幽静的公园，恰好端木也来公园散步，一眼就看见了穿着、气质与周围人不同的作家萧红，此时的萧红正与萧军、黄源等人一起散步交谈。出于对同是东北籍女作家的无限仰慕，端木的脚不自觉地向前移动，但是心却很理智地打消了上前打招呼的想法。端木自觉自己还是文坛新人，而萧红已是享誉文坛的名家，他本来就是一个犹豫不定的软绵性格，加上自卑的意识在作怪，所以就在游移不定中错过了与萧红等人的第一次相识。端木在远处默默地注视着渐渐远去的才女背影，这一次远望给端木留下了很深的印象。

及冠之年就完成代表作的才子，并不是像人们所认为的那样，就算他不是萧红的丈夫，他也完全可以名留现当代文学史。他与萧红真正的缘起其实是两人相近的创作风格与文艺主张，端木与萧红都认为作家不是思想的工具，不是从属于某个阶级或者是某个团体，作家面对的是全人类。保证两人关系能够细水长流地发展下去的还有端木对待萧红的态度，端木是当时第一个也是唯一一个把"二萧"分开看待的人，他做到了以单独的视角观察本是独立人的萧红。

脱离萧军的"专制"正是萧红最渴望的，端木的出现给了萧红期盼已久的尊重。此外，萧红不止一次说过，为什么男人的脾气都那么大，大到要让自己的妻子作出气筒，这从侧面说明了她可能遭遇了些许家庭暴力。萧军的强硬与端木的温情形成了鲜明的对比，萧红心里存有一杆秤，所以她对端木蕻良的印象一直都不错。至于对聂绀弩说的"自私，小气，装腔作势"等词语其实是一种别样抱怨的情话。

当只有一张船票的时候，端木留下重孕在身的萧红，一个人先行抵达重庆这件事是他遭遇诟病的重要原因之一。不妨先看看此事发生之后萧红的反应，晚一步到达重庆的萧红并没有对丈夫产生疏离情绪，也没有听她有过一丝怨恨。爱憎分明如萧红，况且嫁给端木之后的她对于男性的依赖感已经大大减弱，她没有必要担心丈夫抛弃她而隐忍不发。只有一种可能，就是端木先行离开武汉其实是萧红的"命令"。

萧红周边的朋友们都是萧军的老友，在普遍意识里，他们都认为萧红是一个脆弱孤独的女人，这当然没错，只是朋友们隔着萧军这座高峰并没有机会了解真正的萧红。萧红是一个外表极度柔弱但是内心坚韧的女子，是冰与火相冲的矛盾性格，是一个数十年饮冰血难凉的人。自从知道萧红与端木相恋并同居后，朋友们对她渐渐疏远，并不知道夫妻二人的生活状态，在与端木的婚姻中，萧红才是那个主导者。两人冒着生命危险开始生死的抉择，萧红一直很爱护端木，执意要他先行。而端木的错误就是他那软绵绵的忧郁性格，他习惯了别人帮助自己做决定，所以在争执不下中自然是听从了妻子的主张，从而铸成大错，面对了几乎近半个世纪的口诛笔伐。错就错在那时的端木还没有具备如何去爱人的意识。可是，为什么年龄差距不大的萧军就不会做这样的选择呢？要把时光拉回到端木蕻良的童年，再次避开萧红不谈，看一看没遇到萧红之前的端木究竟有着怎样的经历，他为什么如此忧郁？为什么面对风起云涌的运动会选择冷眼旁观的态度？难道仅仅是因为与萧红相恋就受到了作家朋友们的集体排斥吗？

　　端木蕻良出生在 1912 年 9 月 25 日，比萧红小一岁，与萧军同为辽宁人，他的家乡是辽宁省昌图县,原名曹汉文,又名曹京平。曹家算是当地的名门望族，端木的父亲是大地主出身，坐拥土地两千多垧，端木的母亲是由父亲强行娶进门的。母亲是贫农出身，即使生下子嗣后在曹家的地位依然等同奴仆，端木自幼就清楚母子二人在曹家的地位，他对父亲有着较深的怨恨。虽然母亲地位低下，父亲对端木这个幼子却还算上心，端木的兄弟姐妹众多，大家都对家里的"老小"也很是怜悯关爱。所以端木对自己的家族有着很矛盾的情愫，一方面因为母亲出身低微受到不公正的待遇，另一方面他这个幼子也在享受着家族带给他的荣耀和安逸，因此他对整个曹家表现出爱恨交加的复杂情绪，他既仇怨又崇拜，既反感又好奇。毫不夸张地说，端木的出身在东北作家群乃至同期的很多作家中都算是较高的，这也就构成了他被排斥的隐性因素。

端木身带贵族公子的气质和习气，同时他对这个身份也并不刻意反感，反而是很享受这种贵族的神秘气息。加上东北与俄罗斯等地接壤，又受到了日军的侵略，东北被动接受了一些外来文化的影响，尤其表现在衣着服饰上，而端木尤其喜欢这些外来的服饰。穿皮衣和马靴的端木在这些穿棉衣和长衫的文人面前显得格格不入，大家虽然不会直接表现出来，但是内心定是看不惯这种公子哥的做派的。端木是地主阶级出身，其他人大多属于贫农出身。萧红的父亲虽然也是地主乡绅，但是萧红离家出走的那一刻就意味着与过去的家族完全断绝，所以萧红的地主出身也是不复存在了。端木又是满族人，不能不说大家也多多少少受到抗日反满的影响，城门失火殃及池鱼也无可厚非。

丁玲曾说他们与端木没有共同语言，不是一路人。丁玲所指的没有共同语言应该与政治热情存在重大联系。与同期很多作家对比，端木的政治热情很明显是最弱的，这又是什么原因呢？其实端木不是生来就喜欢做一个旁观者，他有很好的学历背景，是东北作家群中学历最高的一个。1928 年进入天津南开中学读书，1932 年就考入清华大学历史系，同年加入"左联"，二十一岁的时候发表《科尔沁旗草原》，在文坛一举成名。1919 年，五四运动席卷全国，还在读小学的端木就表现出较高的思想觉悟，他会和其他同学一起上街参加示威游行，后来在家人的安排下进入天津的汇文中学就读。在汇文中学接受了新文化运动思潮的影响，他疯狂地阅读新文化相关的刊物，还组织成立文学社，负责编辑校刊等与文学相关的事务。九一八事变爆发后，东三省沦陷，端木亲眼目睹了日军的暴行，家乡的亲人朋友们流离失所，一片生灵涂炭的惨象，端木的抗日激情在那一刻被迅速点燃，他再也不要承受国破家亡的悲痛，与同学们一起组织了"抗日救国团"。端木的激进行为受到了校方的压制，不久之后就被开除。他不甘心，所以接着参加北京学生组织的南下示威活动，不想又遭到多方打击镇压，他与同学们被关进了监狱，后来经过家人费尽周折的协调才得以释放出狱。出狱之后的端木没有放弃抗日救国的理想，他又参加了"北京学生军"，结识了更多志同道合的热血青年。考入清华大学历史系之后，他被"左联"接纳，开始大量发表抗日救国的文章，宣传革命的先进思想。

对于此时的端木而言，虽然身处水深火热之中，但是却在最灿烂的年华做着自己最热爱的事情，所以他热情高涨，他觉得他做的一切都是有意义的，都是关乎正义的。

可以看出，政治热情较低的端木不是生来如此，他也曾是一个富有激情的热血青年，他的思想是在北平"左联"组织部长被捕事件之后才发生了微妙的改变。被捕的人里有人不堪重刑说出了其他人的下落，端木死里逃生，好不容易才挣脱了魔爪。本应该是大难不死必有后福，但是性格原因使然，端木没有选择涅槃重生，而是热情渐渐冷到了冰点，开始思考人生的意义，藏起了自己的光芒，选择全身心投入创作。想来也许是端木觉得被捕的人轻而易举就出卖了大家，连他自己都差点人头落地，那些人是不是从来都把这些学生当成无脑的工具，仅仅凭着一腔热血做着最危险的无用之事。就像效仿"娜拉出走"的时候，萧红的同学们都鼓动萧红做第一人，端木和萧红一样，被强行安排了《色·戒》中"王佳芝"的角色去承担风险，其实他们的牺牲根本是毫无意义的。

那时候的端木就开始在自我的世界中沉沦了下去，他独守着自由主义的散漫精神全力写作。1936 年，端木来到上海，他也想通过鲁迅的帮助进入上海文坛。上海文坛的作家们多数是左翼文学作家，初来乍到的新人端木也想尽快与这些作家建立起新的友谊，于是发表了《爷爷为什么不吃高粱米粥》等作品，与左翼作家熟络起来。但是事实上，这些作家虽然与端木维持着表面上的和谐，其实内心是非常不喜欢他的。端木的出身很复杂，又不喜欢关心时局，穿着标新立异的衣服，带有小资主义的个人自由，而且不擅长打理个人生活。在大家眼中，端木自私又懒惰，也不关心大众的命运，不愿意脚踏实地做事情，所以胡风等人对他心存反感。胡风有着特殊的身份，事关革命，他习惯了以严肃的目光审视周围的一切，自由散漫的小资青年闯入了他的视线，这引起了他的微微气愤，但是也没办法，毕竟思想这种抽象的事物又无法强迫他人。胡风给端木写过几篇评论性的文章，他不能否认端木的写作才华，但是不喜欢端木是真的，尤其是得知端木与萧红走到一起之后，加上各种复杂的原因，胡风甚至不顾身份在公开的文章中指责了端木的行为。由此可见，端木与这些朋友心存芥蒂已久。

可是端木这个标新立异的自由青年，一个在莎翁笔下游走的贾宝玉一般的艺术家形象，反倒活脱就是一个"男版张廼莹"，同样渴望自由的萧红怎能不对他产生好奇？端木保留了他的公子气质，当哈姆雷特遇上贾宝玉，他喜欢用高傲的姿态扮演落寞的贵族，他喜欢躲在云层里看世间百态，看破不说破，烟酒不沾，优雅腼腆。这些气质加到一起，在萧红的心里，这个弟弟就是一位极具人文主义精神的思想者。

端木牵手萧红这件事是所有人都不愿见到的结果，所以遭受到潮水般的质疑。端木得到萧红的青睐后，诸如"一朵鲜花插在牛粪上""萧红在自我牺牲""萧红从天上一头栽到地上"的话语已是屡见不鲜，端木索性不在乎了。这些朋友看似是为萧红惋惜，为萧军打抱不平，其本质上是男权意识的思想在作怪。他们认为萧红不是一般的女人，她是鲁迅先生的爱徒，是《生死场》的作者，怎么就喜欢上了一个自由散漫的无名之辈呢？若端木是鲁迅先生力推的爱徒，萧红是一个普通妇女，恐怕萧红就不会面临千夫所指的境地。这种无端的指责就是男性的一种"我得不到，你也别想得到"的小心思在作怪罢了，作家也不能免俗。后来萧红客死他乡，朋友们对于萧红的去世悲痛不已，惋惜之情加上嫉妒之意，连同思想立场不同等所有原因汇聚到一起。众人面对萧红的惨死，总要找一个集体发泄的对象，这个对象无疑是端木蕻良。

端木多情，但不博爱。萧红是端木的初恋，更是他的妻子。很多细节，端木选择隐瞒半个世纪，直到将这些秘密和自己的身体一起埋进土里，不问也不答。讳莫如深并不是对罪责的默认，在"鬼屋"里奋笔疾书也不是忏悔。《初吻》和《早春》，只怪当初太年轻，那时候真是太小了，没把握住最初的时光，以为萧红可以再多陪他走过更多的春天，更多的以为最终也只是他以为。

两个人都需要依赖，两个人都是在孤寂里游走的人。萧军犯下的过错，无辜的萧红却要替他承受四周的口水和怨气；不经意犯下很多过错的端木从没有觉得有什么心理上的包袱，他不知道萧红在背后默默替他受罪。习惯依赖别人的萧红遇上把依赖视为生命的端木，不得不藏起脆弱，费力表演着看似拙劣的坚强。出气筒和垃圾桶的身份拉扯着萧红，丢盔卸甲后，她还不忘故作优雅。

悄无声息比大张旗鼓更痛，端木的亡妻之痛不比任何人轻，反而更重。萧红生命的终结是端木真正成为男人的那一天，在大草原上驰骋的战马竟是旁观者的纸上谈兵，萧红的死让这些纸上谈兵变成了切肤之痛，变成了碎骨之痛。不辩解不是真的承认，端木当然一生有愧，惭愧的是那时候他什么也不懂，惭愧的是不曾发现萧红内心的斑斑血迹，惭愧的是全部心思用于创作而忽略了萧红的感受，一生渴望安全感和归属感的萧红最怕的就是冷落。痛恨年少无知，痛恨自己没有给萧红期待的安稳婚姻，他们的四年不能说是因为爱情，更多是迷恋和尊重、依赖和平等。

　　萧红被苦难和病痛折磨了十几年，半生的颠沛流离，水里火里的挣扎。听说晚年的端木在面对来访者提问的时候，突然捂着脸失声痛哭，不敢再看来访者一眼。也许他是把来访者想象成了多年以后的萧红，他没有遗弃过萧红，失声痛哭不是逃避，是悔恨，恨自己的犹豫不决，恨自己的无能为力。身心俱疲的萧红面对的是一个忧郁的王子，失意的公子。

　　端木一生痴爱《红楼梦》，若他有着贾宝玉的气质，那么萧红呢？恐怕不仅是带有林黛玉的气质，而且萧红是黛玉和妙玉的融合体。就像宝黛之恋，起初的端木对萧红是有情无欲的，就是光明磊落的欣赏与尊重，不掺杂一丝浊念，至于其他人对萧红的感觉就不得而知了。说起妙玉，妙玉比黛玉更加孤僻清高，妙玉像是现今的小资文艺女青年，她是寄居在贾府的落难凤凰。贾府本是一入深似海的豪门，偏偏建造了一处佛门净土，"无瑕白玉遭泥陷，王孙公子叹无缘"。妙玉是贾府中的一股清流，同样，萧红也是落难女作家中的特殊存在，萧红和妙玉一样，渴望在污浊的人间找到一处清净，所以萧红流离半生为的是寻一个安安静静的写作环境，妙玉更是躲进了尼姑庵里潜心修行。奈何一道墙挡不住泥沙，一道门隔不住红尘，红尘内外，墙里墙外，都逃不过命运的纠缠。

端木像贾宝玉一样还沉浸在如花美眷、似水流年的自我世界里，他和萧红一样敏感，他习惯了带着挑剔的眼光看待周围的一切。尤其是遭到朋友们的冷漠排挤后，他会放大情绪，觉得周围的一切都容不下他的存在，他们自私又刻板，虚伪又愚蠢。端木的自由渴望受到压制，他就生了一身刺，整日以一个忧郁的艺术家的形象存活于世。

萧红喜欢自我怜悯，端木比她更甚，他自娇。其实乱世里挣扎的普通人没有想象的那样阴鸷，也没有想象的那么真诚，活着都如此奢侈，无所谓快乐不快乐。以一颗炙热真诚的心去对抗世界，不一定就是艺术家标榜的纯净。

一个完美主义者的自由灵魂、人文主义气息浓烈的忧郁艺术家与一个自由主义者的叛逆灵魂、大地的母亲、反抗意识强烈的才女作家结成了夫妻，不知是幸还是不幸。朝为美少年，夕暮成丑老，自非王子晋，谁能常美好。萧红等不到那个后知后觉的弟弟长大了。

她的心中住着一个少女

《小城三月》的叙述者是一个自然率真、无忧无虑的小女孩，她是以一个观察者的身份存在于文本之中的。三十岁的萧红把最后的笔墨化成了小女孩，除了她怀念作为小女孩时期漫步于祖父后花园的梦幻时光之外，也是对自身由女孩到女人身份转变得过于猝不及防的一种心理补偿。

萧红的身份转变是一种沧桑巨变，她是在毫无准备的情况下由女学生变成了母亲。但是社会角色与生理层面的转变并不意味着心理上的巨变，她依然留恋女学生的身份，留恋少女气质的稚嫩与单纯。记得她曾在鲁迅先生的门前留下一张照片，照片中的她是双马尾的发型，身着咖啡色的格子裙，面露微笑地对着镜头。

与鲁迅先生相处的日子是她遭遇沧桑巨变之后唯一的宁静时光，她总是一身学生的装扮，还使用小女孩的语气表达出鲁迅先生对她的称呼的不喜。她的到来会让周海婴无比快乐，大概是她的率真无邪能够很自然地让小孩子亲近。女性总会在确认自己身处安全领域的时候才会"退行性改变"，成为一个小女孩。

大概是与鲁迅先生有关的一切都太像祖父的后花园，这样的无忧无虑、坦白率真也应该是一个二十四五岁女孩子应该具备的状态，萧红在这里渐渐找回了张廼莹的影子。

也曾期待台下的掌声连绵

> "我又不是做什么坏事情，不要你们管！"第二天又故意穿上白上衣、青短裙，从南街到北街游了个遍，说："你们不是要大发议论吗？好吧，再给你们提供一点新内容，看你们怎么样？"
>
> （叶君：《从异乡到异乡——萧红传》，中国社会科学出版社，2009年3月）

以上文字来自萧红同父异母的妹妹张秀琢的回忆，可以感受到青春叛逆时期的萧红展现出的飞扬的一面，但是也呈现出其性格的另一种隐忧。萧红似乎自幼便喜欢反其道而行之的人生超脱感，她迷恋"大撒把"一瞬间的震撼，因为母爱的缺席、父亲的疏离和古板，让她对于自身被关注有着超乎寻常的渴望，喜欢身处聚光灯下观众们的议论纷纷，热衷于来往的行人质疑惊讶的眼神。她向这个死水

　　微澜的世界要存在的特殊性，她周围的人都给予她非同一般的认同和前无古人后无来者的独特价值认定。

　　这样的天性遇上风起云涌的新思潮便一发不可收拾，新世界的文艺自由思想给萧红提供了青年们坚固有力的思想后盾，他们以此为武器，破天荒地革新一切。由于大家都是未经磨难的稚嫩学生，他们的情感与理智可能完全不在一个坐标系里，新的社会思潮为他们打开了一扇新世界的大门，但同时没有物质支撑的年轻人又会集体陷入空虚迷茫的境地中。随着生理上的发展日渐成熟，大多数人找到了空虚迷茫的解药——恋爱。

　　在梦想太过遥远，现实又不可触碰的两难阶段，恋爱作为能够把握的、最容易展现自由精神的活动，成为这些群体的生活重头戏。要为各自的传奇人生配上最佳的注解，恋爱是，最轻而易举接近又可以自由尝试的领域。

　　在恋爱的渲染下，他们的精神时而悲观，时而振奋，时而多愁善感，时而又具备了要与全世界为敌的勇敢。最重要的是，自由恋爱听起来是如此时尚，如此先锋，如此的标新立异。

　　萧红的同学徐微与高原都很看好她与陆哲舜的感情发

展，这不一定是他们喜欢做月下老人，很可能是在他们的心里，一个特殊的少女的浓墨重彩总需要恋爱来成全。他们乐于做观众，更乐于推选演员，在同学们的煽风点火下，陆哲舜曾成为萧红的爱情代言人，二人在万众瞩目里搭档出演一幕幕爱情舞台剧。直到萧红断然拒绝陆哲舜的肢体接触后，他才渐渐明白，求学追求新风尚是真，喜欢表兄是假。

罗曼蒂克的气息伴随青春年少的勇敢，那些表演性质太浓的恋爱精神只存在无尽的梦幻里，戏可以接着演下去，可是台下已经不会再有连绵的掌声及乐此不疲的观众了。

温柔的星空里有故乡的炊烟

带着春意盎然的憧憬，年少离家的女子终于梦回呼兰河畔。梦里的张家是如此温馨，父亲是何等的开明亲切，一切都安睡着。日子一寸一寸的有意思，河里的冰块融化了，时光是那么暖。

与文字相关的人是不会快乐的，他们用文字编织梦境，幸福的人难得做梦，梦境是一个又一个失落的补偿，小城

里的父亲形象不一定是真实的张父形象，但一定是萧红渴

望的父亲的样子。

　　幻想是渴望的无休止轮回。

Eileen Chang

她对待衣冠服饰的态度就像她对古典文学传承与推新的态度,新与旧的彼此叛逆,宽敞衣袖下缓缓吹出的六朝金粉香气。凌厉的目光与温柔的赏析相斥又相合,但就是这种奇艳与冷冽、茶白与炭黑的参差连曲陌的对照,雕砌了一种属于张爱玲文学世界的自我构建里空前绝后的审美震撼。

第三卷

浮华·绸缎

从来不敷衍人，如果不以为然，

顶多不作声，不作违心之论。

第一章

冷冽映寒白，
梦里煮茶岩下听

我是个绝望的人，

是没有回声的话语。

丧失一切，又拥有一切。

最后的缆绳，

我最后的祈望为你咿呀而歌。

在我这贫瘠的土地上，

你是最后的玫瑰。

——巴勃罗·聂鲁达《最后的玫瑰》

暗红尘霆时雪亮

　　陷落中的港城在人声鼎沸中遇见了张爱玲的极致美学，静止冷凝的空间偷换来的战时书写在人来人往的电车内上演了情绪错乱的潮起潮落。因为叙述者与文内人物的艺术心理距离相对遥远，所以张爱玲完美诠释了墙外观察者的高级身份，她的书写有反讽却少同情，她的刻画含超凡脱俗的戏剧夸张，但是唯独缺少了本该有的痛惜。比起《传奇》中的倾城之恋与整个上海短暂梦游的封锁时光，《花凋》的艺术性与创作背后的曲折历程都曾经被理所应当的忽视，甚至很多人声称《花凋》是张爱玲海上传奇中整体氛围最弱的文本。

　　虽然依旧采用第三人称的上帝视角展现故事的命运轨迹与心路走向，但因为传奇性质的减弱，张爱玲作为深宅内院外的观察者的身份没有以往那么明确清晰。依笔者看来，昏暗屋檐下的花自凋零反而是张爱玲倾注自我内心情感最深沉的文字，她的观察里有痛惜更有悲怆。也许过于强烈的情感往往会冲淡故事架构的艺术味道，但是夹杂着作者本人不可控制的深情，透过文本的"冰冷"，可以窥见张爱玲的自我情绪陈列。

因为川嫦的遭遇是一段真实的悲剧。悲剧的惊心动魄竟然与真实人物合二为一，相互映射，人物命运的种种离奇遭遇才令人更加肝肠寸断。初涉文坛之时，张爱玲笔调的锋利决然与人物内心刻画的老道绝伦不仅脱胎于深厚的古典文学修养，更是起源于对家族内室的移植书写。那些散落在烟云荡然中，距离她似远似近的家族血亲，在这个"后贵族时代"少女的笔下再一次复活，真实的人性惨剧轮番上演。还是昏暗无光的公馆，依旧是烟雾缭绕的木榻，隔着鸦片的浓香看见并不久远的家族荣光与杂言琐事，那些无法宣之于口的秘闻，那些加以杜撰渲染的传说，穿着遗落的孔雀蓝大袖口长袍子一个一个姗姗走来。

张爱玲曾毫不避讳地坦承《传奇》中的人物经历与真实的命运相互叠加且不止一个，有关《金锁记》与《怨女》中的七巧与姜二少的原型为张爱玲太外祖父李鸿章次子一家的事情自不必多说，然而作为《传奇》里长期得不到重视的《花凋》也是同样取材于张爱玲舅舅黄定柱家族的真实往事，故事中的女主角郑川嫦的原型为黄定柱的三女儿黄家漪。同样是家族历史的移植书写与情感借鉴，但是张爱玲在郑川嫦这里要宽容得多，因为黄家漪曾是张爱玲童年的"镜子"，不仅是年纪相仿的表姐、表妹，更是能够互诉内心情绪的知交好友。姐妹二人均是向内索求、敏感沉静的性格，她们的思索欲望十分强烈，渴求表达却又不屑于表达，是水边孤芳自赏的仙子。都曾数次不顾一切冲进深蓝浅蓝的幕布里暗自感伤，任凭无人问津的灵魂孤单流浪，拼命呼吸宅院内为数不多的、可怜兮兮的花香。

　　所以在重塑知交好友的时候，张爱玲不仅要做悲情命运的再一次回顾，还要在不断的情绪翻滚中忍受知己凋零的心痛，她的《花凋》是被强行忽视的悲怆女子的命途推演，更是对无力改变困境的焦灼女性群体的郑重悼念。

　　回到故事里郑川嫦的悲剧命运中，她的未婚男友章云藩历来是众人眼中最应该被推上道德审判绞刑架上的人物，他作为女主角爱情悲剧的直接缔造者也应该承受四周的口诛笔伐。那么《花凋》是一个彻头彻尾的爱情悲剧吗？与张爱玲的人生选择与价值取向默契相合，感情不是唯一的归属。在郑川嫦的生命凋零里，男友章云藩的抛却行为只是起到催化剂的作用。爱情虽是千百年来最吸引读者的主题，但是在《花凋》这里，爱情却不得不黯然失色，只能成为配合核心主题的配角。这一次张爱玲没有从男女情感关系入手，她的着力点转移至郑川嫦的家族地位与父母亲人的情感忽视中，通过爱情看待花自飘零水自流的凄美，正如开篇直视川嫦的所有，"全然不是这么回事"。

热春光里一阵寒凉

一个稀有的美丽女子在洁白庄严的墓碑上书写着她的一生是如此的备受宠爱，她享受了贵族少女应该享受的高贵与典雅。全身雪白的川嫦在父母亲人的守护下一生都纯洁无瑕，就让墓碑上雕刻的白大理石天使成为她死后的化身，静默地刻在郑老爷与郑夫人对爱女无尽的歌颂里，永生。

其实全然不是这么回事。洁白胜雪的天使不会告诉前来悼念的人，它们陪伴的主人是如何在无人问津的病榻上静静死去，荒芜的墙角拼尽全力绽放的小玫瑰，她的盛开与凋零都是悄无声息，都是理所应当，都是不会引起任何波澜的。

　　郑老爷顾不得这些，他要做的就是让前来拜祭女儿的人知道他的父爱是多么难得，女儿生前的种种已是无人再问，但是他要女儿死后是美丽的，是庄重的，是要体现他的称职与家族体面的。

　　花瓣离开花朵的真正原因便隐藏在白大理石的墓碑后面，那是一个古墓般寒冷的昏暗家族。疲倦不已的白花骨朵看见的只有姐妹之间争奇斗艳、竞相开放甚至互相倾轧的闹剧，表演欲旺盛的她们将本该属于川嫦的一份稀薄的关注度也全都分走，留下需要沐浴家族荣光的弟弟，他几乎什么都不需要做，就可以把川嫦最后的疼爱通通拿走。

　　夹缝中艰难生存的川嫦永远没有机会去认可自己，她对自身的全部认知都来源于自小成长的内部环境。沉稳安静、内向自怜的她好像只能按照四周人的评价标准来活。姐妹兄弟为川嫦的隐忍退让与不争不抢的性格找到了相得益彰的行为表现，仿佛那些华丽的服饰永远与她无关，她只能穿学生气质的蓝布衫子，因为在家人看来，纯净的蓝布衫子才最适合没有一丝烟火气的川嫦。那些经过反复搓洗、已经蓝中泛白的布衣长衫好像自始至终为毫无存在感的川嫦而准备。她就是要理所应当接受这一切，素白的袍子与没有任何发言权的家庭地位，她的悄无声息已经被不真实的家族内部评价残忍定格，她就应该悄然无息，不声不响与不知不觉似乎就是她在郑家应该承担的角色与使命。

我们总要为悲剧下一个定义，追究川嫦凄惨离去的罪魁祸首也是叙述者想要询问的隐含信息。《花凋》的叙述过程大概可以分为六个阶段。第一阶段是开篇的"华贵谎言"，全镜头直射川嫦生前身后的讽刺对照，向我们传达出川嫦的遭遇另有隐情。第二阶段则是直接叙述川嫦毫无存在感的家族地位，她对抗命运的唯一筹码是作为女性的结婚使命，由此引出爱情悲剧的直接缔造者——她的适婚对象章云藩。第三阶段是"男结婚员"与"女结婚员"的互相试探与关系确立，章云藩年长川嫦七八岁，加之父母一度强令他早日成家，所以在他看来眼前的郑川嫦完全符合结婚对象的各种特质，所以会选择性忽略川嫦的家庭处境与郑家父母的争斗纠缠。第四阶段是宿命般的急转直下，川嫦患病日益严重，她失去了作为性别优势的生育价值，章云藩另寻良配与川嫦会面，川嫦决心早日赴死。第五阶段是川嫦与云藩适婚对象的强烈对比，她终于为诗意的死亡找到最佳的理由。最后一个阶段是川嫦怪异恐怖的身形与亲人漠视的处境终于将其推向死亡的结局。

抛开章云藩与郑川嫦的人物二元对立关系，单纯以叙述过程来看待川嫦的命运走向可知，川嫦的亲情惨剧在前，爱情悲剧在后。故事的一开始，川嫦在郑家的冷遇已经全景呈现，可是她为何会遭遇这般待遇？当然，作为女性身份的弱势构成了她处境尴尬的基本要素，但是为何同为女性的大小姐与二小姐便能抓住仅有的机会，完成"女结婚员"的蜕变呢？

首先大姐与二姐的性格强势且外向，她们自幼耳濡目染深宅大院内女性闺阁之间的互相争斗，在性别认同的同时找到了适合自己的退路，她们习惯了争斗甚至乐于争斗不休。她们相较于多愁善感的川嫦，性格更加立体鲜明，外部的情绪表达远远高于内部的情绪诉求，在原本就情感贫瘠、人际关系冷漠的郑家能够达到一览无余的效果。责任意识薄弱且自私虚伪的郑家父母不会有过多的热情去关注一个普通女儿的内心世界，所以郑家另外两个女儿获得了性格上的优势。

郑老爷选择忽视小女儿川嫦的很大可能恰恰是因为看起来脆弱忧郁又萎靡不振的川嫦太像自己了。郑老爷是一个只能活在过去，没有机会接触未来也拒绝未来的遗少，他终日浸泡在吞云吐雾的日子里麻痹自己，不断寻找情投意合的情人繁殖生育来拼命留住自己在新旧世界的崩裂中的一丝痕迹。他也曾有过振兴家族的意气风发，可是他的意气风发是随着前朝日月一同成长的，他的使命与才华是和遗落的旧世界紧密捆绑的。新旧世界在他还没有来得及看清之前就骤然巨变，旧的世界不会带走他，新的世界完全容不下他，他只有抱着空虚的理想守着一片永远无法重新建立起来的废墟度日。

低沉的怨气在这个毫无希望的没落家族里弥漫生长着，小女儿所展示出来的敏感茫然与暮霭沉沉的过去融合在一起，郑老爷看见了当年的自己。他当然知道自己的精神状态，老气横秋又昏昏欲睡的样子，他焦灼而迷茫，却又拒绝承认，川嫦成了那个复制品，成了可以厌弃的理由，郑老爷拒绝接纳川嫦，其实是害怕直视自身。郑老爷愿意在暗无天日的气氛里过下去，他不愿意任何人戳破这一份"宁静"。当他看到小女儿的样子，就像看见自民国元年停止生长的自己，不禁打了个寒战，随即本能地逃避。

另外，遗少的身份和看似学富五车的读书人气质掩盖不了郑老爷认知水平低层次的事实。前文已经表露过郑老爷在外养姨太太和有很多私生子的情况，认知水平层次较低的郑老爷，他的生物基因本能会比普通人更加强烈一些，因为除此之外，他在其他领域不敢奢望任何追求，所以要把自己的本能最大化地展示。毫不客气地说，郑老爷的价值追求与生命存在意义依旧在人类最基层生物本能的初级阶段探索着，在解决温饱与维持家庭表面和谐的前提下，他将繁衍的欲望最大限度地发挥。对于他而言，繁衍是仅次于生存的第二目标，而繁衍活动的创造者当然是男性，女性不过是从属位置，配合创造者去共同完成这种他引以为傲的"壮举"。所以他怎么会把热情与精力投入天然的配合者——他的女儿们身上？

从表层意义来看，川嫦的疾病让她失去了宗法意义领域的基础价值，她的生命与繁衍再无关系，被郑老爷与章云藩丢弃是故事发展的必然走向。如果川嫦是男子呢？郑老爷会不会加以照料从而避免其凄惨死去的结局？恐怕也并非如此，若是川嫦为男性，作为男性的川嫦一旦失去繁衍的能力依旧逃不开被父亲抛弃的命运。

故事浅层好像是老生常谈的重男轻女观念与男尊女卑

思想在频繁作祟，但酒缸里浸泡孩尸的郑老爷的认知水平显然还不及以上两个高度，他的脑海中根本没有儿子、女儿的性别区分，他的核心目的永远只有繁衍。谁能满足他繁衍的心理欲望，谁才会被关注，反之只有默默死去，在郑家陵园里再添一座庄重的新坟，用近乎残损的尸身为郑老爷虚伪的父爱贡献最后的力量。郑老爷当然要劳师动众来修墓园，他需要仪式感的祭奠来证明繁衍存在的痕迹，女儿死亡的最大意义是粉饰自己的浓浓爱意，他在自我伪造的伟岸父爱里数次沉沦。

乍喜之劫最是难渡

川嫦悲惨命运的推手除了终日死气沉沉的亲情惨剧，当然还有以一己之力在川嫦死水一般的生命里掀起阵阵涟漪的"男结婚员"章云藩。为何说章云藩是"男结婚员"？郑川嫦曾把章云藩当成拯救自身低沉命运的唯一希望，所以一开始二人经由大姐与母亲郑太太介绍的时候，川嫦实在看不出眼前男子的特别之处，说不上哪里好，自然也找不出什么瑕疵，可以说初见之时章云藩不符合川嫦理想中对于恋爱对象的想象。但是结婚与恋爱自然是要分开看待的，人际交往能力极其低下又大门不出二门不迈的闺秀川嫦，她的爱情不是自己主动去寻求的，而是等待而来的。在狭小而密不透风的深宅内院，她没有多余的选择。她这样沉静安稳、步步守规矩的弱女子是没有机会去比较恋爱对象的好坏的，就像一直中规中矩、难得放任的吴翠远，她们的生命里不存在第二个人选。

父母看重的结婚对象应该具备的条件，章云藩统统具备，他家世背景优越，性格老成稳重，是海外留洋的西医先生，看起来齐整干净。在血缘亲情中，川嫦的大姐与母亲看起来不甚称职，但是在找寻门当户对的佳婿方面可是事关家族体面的大事，容不得一丝一毫的敷衍。

绕过深宅大院的相识情节，让我们幻想一下若是川嫦走出家门最有可能遇到怎样的心仪对象。川嫦这种高素质、高修养、不懂拒绝的礼貌型文艺女青年，恐怕多半要遭遇"文艺男青年"的狂热追求。当然，这里的文艺男青年不是真正意义上的文艺青年，而是由惺惺作态的假性文艺青年伪装而成的。他们会神化川嫦的女性气质，过分抬高她的身价，把她请上神坛，想下也下不来。

对高素质的川嫦而言，在神坛上待的时间越久便越难于拒绝。那些多情但不长情的追求者，把自己装扮成文艺青年似乎是性价比最高的求偶手段。他们极其擅长展示自身脆弱的一面，用矫情蹩脚的文字击中文艺女青年柔软而充满圣母光环的内心。退一万步来说，即使展示失误，也同样可以丢下一句"你并不懂我"的借口来掩盖仓皇的尴尬姿态。从这点来看，川嫦在父母安排下没有第二个选择倒是可以在一定程度上避免感情在修成正果之前的闹剧。这些猜想也许是她在这场相亲活动中唯一的安慰，事实上她也只能给予自己这样的安慰。

这是一个"女结婚员"与"男结婚员"的相互试探，章云藩急于成婚的愿望足以盖过恋爱对象的想象，知书达理、温柔腼腆的川嫦完全符合他对于贤妻良母的想象。在川嫦突然重病之后，本来说好要等待川嫦的章云藩在非常短的时间内便另结新欢的行为也充分说明章云藩是把成婚的需求放在第一位的。至少在《花凋》这部作品中，他们之间的火速相识不是来自爱情的驱使，而是女性对抗命运的强烈求生欲望与男性的力求安稳的渴望相互融合从而碰撞出来的"乍喜之缘"。

可以猜想一下章云藩这个名字的选取意义，藩是保卫、屏障的意思，其含义也许是针对孤立无援的川嫦而言的。但既然是云层中的护佑，必然是飘忽不定、亦真亦假的虚幻希望。章云藩对于成家立业的渴望并不能成为他行为不妥的理由，那么他的问题究竟在哪儿呢？章云藩的问题在于他给了川嫦难得的希望，最后又将这希望全都拿走。

若是他不出现，川嫦会和父亲一样浸泡在苦酒里慢慢死去，在所有人的注目下悄无声息地死去。但是云藩作为川嫦在深渊中升起的一丝烛火，使川嫦燃尽了仅有的、全部的火焰去照亮两个人可能有的幸福未来。她以为这是期盼已久的救赎，但是忘记了长眠于古墓般寒冷的空气中的她，看见的每一个似有若无的救赎都是真实残忍的深渊，每一寸留恋都将把她推向更陡峭的悬崖。

沉静内敛的女子多带有高度敏感的天性，高度敏感的背后是极端自卑与极端自负的反常特质。她沉醉于孤芳自赏的痛感，享受无人问津的绝望，淡淡的哀愁，幽幽的流年，阴暗的旧巷，她找不到她自己，更不奢求别人能够看见她。

魂不守舍的沉静，不以为意的忧伤，一寸一寸的慢性死亡。在缓缓的悲情气氛里苟延残喘，但乍喜之劫最是难渡，难能可贵的希望与一望无际的失望就这样叠加在一起，川嫦陨落了。

孤芳自赏最是心痛

川嫦自觉是为爱赴死，川嫦的家人也同样这般认为。

高度敏感的孤芳自赏型少女，她要把她的一切赋予属于自我的特别的含义，包括死亡。即使这种赋予的意义听起来是多么匪夷所思甚至夸张怪异，纵然从来都无人知晓，除了她自己。

她并没有那么爱云藩，只是缺少一个诗意的死亡的理由。像黛玉葬花一般的凄凉，像唐琬魂断沈园一般，让人带着痛惜，痛惜里夹杂着欣赏。被爱神之光加持照耀的死亡不得不散发着苍凉的壮丽。川嫦需要那种感觉，作为她曾经存在过的唯一证据。当然还有一个她自己都不愿意承认的原因，她不仅有稀有的美丽，还有难得的敏锐，她怎么会不知道自己在郑家的处境地位？她的高自尊与强行忽视残忍碰撞，这样的对比实在凄然。如此说来，章云藩与郑川嫦的命运狭路相逢也有些冤枉。

郑川嫦的高自尊与极度自卑是致使自我死亡的最深层次原因，所以她也不得不将半路杀出的章云藩当作那个唯一的理由，来掩盖她的生命从始至终都不曾被家人尊重欣赏的事实。就像房思琪强迫自己"爱"上李国华，只有这样分裂自己，才可以让自己的遭遇看起来没有那么难堪。就像王佳芝强迫自己相信易先生的真心，自言自语对钻石说出那样不合时宜的誓言，才能让她短暂忘记自己空负热血和被欺骗的尴尬，让一切牺牲有了悲壮的崇高意义。正如一身疲惫又身怀六甲的少女张廼莹，强迫自己在储物间的潮湿空气的掩盖下，不得不给眼前男人的相遇注入不知道从何而来的高度热爱，来隐藏绝境中自身求生的本能和艰难选择背后的窘迫。

郑川嫦是白色的

旧时女子的压抑与焦灼往往同时体现在不同于常人的特异行为表现及衣着服饰的前卫突破上。在张派文风中，衣服是一种语言，配色是一场戏剧，它们共同构成了属于张派风格的凄美与奇艳的超强视觉对照。张爱玲的语言是对颜色意义的再度创造，人物的服装设计与性格特征相互配合，互放光亮，冷冽的与奇艳的，寡淡与迷醉的，这些故意为之的颜色美学越过红楼美学与古典美学，连接新旧世界穿透而来，一字一句地落在静默的文字里，让每一帧画面再一次有了声音。

透过厚重的郑家围墙去审视郑川嫦，正如她在郑家的冷遇处境一样，是看不清楚的，是似有若无的，她的人物形象好像没有颜色，几近透明。

花之凋谢是张爱玲距离观察者身份最远的故事，但是却是她距离文本中人物内心距离最近的一部作品。因为那些过于真实的情感流露和悲愤宣泄，让她的笔触无法以上帝视角和旁观人士的超然气度肆意雕刻写作技巧。所以在读者看来，《花凋》的艺术厚度才稍显单薄，想来《花凋》的关注度与女主角郑川嫦一样遭到了些许冷遇，这也算是文内文外的一种会见。

若是川嫦有声音，一定是轻言细语的；若是川嫦有颜色，必定是寒白冷冽的。白色是最适合为郑川嫦代言的颜色，白色是最轻的颜色，代表川嫦在家中受重视的程度，代表灵魂重量的最轻，接近死亡，直至升天，代表沉静敏感的性格、温雅柔美的外表。

　　她父母小小地发了点财，将她坟上加工修葺了一下，……
是像电影里看见的美满的坟墓，芳草斜阳中献花的人应当
感到最美满的悲哀。天使背后藏着个小小的碑，题着"爱
女郑川嫦之墓"。

[张爱玲：《张爱玲典藏全集6》（短篇小说卷二），皇冠文化，
2001年4月]

这是《花凋》开篇里一处最华丽的谎言，郑川嫦的葬
礼有多么庄重，她缠绵病榻之际就有多么凄凉。父母亲人
将自己对川嫦生前的冷漠化作死后的华贵墓园，因为他们
都知道，墓园的华丽是众人都能看见的，而川嫦垂死挣扎
之时的悉心照料是无人知晓的，他们要的是周围人都能看
见的爱意，这样才是实实在在的证据，可谓眼见为实。这
里的白色的含义多为生命的凋零与独守墓园的悲凉孤单。
而白大理石制造而成的天使代表川嫦生前死后都逃脱不开
的灵魂禁锢命运。

　　郑先生是连演四十年的一出闹剧，他夫人则是一出冗

长单调的悲剧。……她总是仰着脸摇摇摆摆在屋里走过来，走过去，凄冷地嗑着瓜子——**一个美丽苍白的，绝望的妇人。**

[张爱玲：《张爱玲典藏全集6》（短篇小说卷二），皇冠文化，2001年4月]

张爱玲在为人物填充颜色的时候，将川嫦的专属生命颜色也分出来一小部分给她的母亲郑太太。这说明郑太太的家庭境遇与川嫦相比也优越不到哪里去，无法自由选择的婚姻对象，无爱的遗少伴侣，她深陷绝望又无力改变，只好在为女儿找寻女婿的时候燃起热情，奋力一搏，从而找到为数不多的家庭存在感。

云藩见她并不捻上灯，……他看清楚她穿着一件**葱白素绸长袍，白手臂与白衣服之间没有界限**……像是要扼死人。

[张爱玲：《张爱玲典藏全集6》（短篇小说卷二），皇冠文化，2001年4月]

这本是章云藩的心动描写，眼前的女子肤色白皙，纯洁无瑕，大方得体又犹抱琵琶半遮面的姿态给了他很大的想象空间。但是喜悦之下却暗藏汹涌湍急的命运。素绸长袍暗示了川嫦的身体健康状况，也为之后的突发重病种下阴郁的心锚，乍喜与乍悲再度相遇。

> 她的肉体在他手指底下溜走了。她一天天瘦下去。她的脸像骨架子上绷着**白缎子**，眼睛就是缎子上落了灯花，烧成两只炎炎的大洞。越急越好不了。川嫦知道云藩比她大七八岁，他家里父母屡次督促他及早娶亲。
>
> ［张爱玲：《张爱玲典藏全集6》（短篇小说卷二），皇冠文化，2001年4月］

这里的"白缎子"已经显现死亡的寓意，白缎子暗示川嫦渐渐熄灭的希望，曾经合适的结婚对象的形象由浓墨重彩变得几近透明，直至消失不见。

> 早上趁着爹娘没起床，赵妈上庙烧香去了，厨子在买菜，家下只有一个新来的李妈，什么都不懂，她叫李妈背她下楼去，给她雇了一部黄包车。她趴在李妈背上像一个冷而白的**大白蜘蛛**。
>
> ［张爱玲：《张爱玲典藏全集6》（短篇小说卷二），皇冠文化，2001年4月］

这是整部小说最震慑人心的绝望书写，白色而寒气逼人的蜘蛛将川嫦内心的焦虑与绝望演绎到登峰造极的程度。

在疾病疼痛与心理孤单的双重折磨下，川嫦的身体已经严重扭曲变异。对于川嫦怪异的身形，父母亲人不会送上丝毫的同情，反而是满眼的厌弃。谁又会怜悯一个白色干枯的毒蜘蛛呢？眼前的一切充满陌生和寒意，虽然她还在世，但已经被四周的眼光异化为隔世之人了。灵魂触及天际的一刻，最残忍的不是遗忘，更不是死亡，而是惊恐和嫌弃。云藩携新欢而来的情节更是加速了川嫦的死亡进程，云藩的未婚妻虽然没有川嫦的稀有的美丽，但是却拥有川嫦此时最需要的健康。郑老爷不愿意竹篮打水一场空，久久未能请医生前来为川嫦诊病，作为西医的云藩与急待寻医问药的患者川嫦重新变成了另外的二元对立体系。但是作为西医的云藩与患病的川嫦之间的关系仅仅变为医者与患者的关系，再无其他情感双向流动的可能。

其实张爱玲特意写出章云藩的新欢与川嫦的对比，也可以坐实章云藩"男结婚员"的身份属性。通过对健康状况的对比可知云藩最为看重的女子品质究竟是什么，喜欢靠近知书达理与温柔腼腆的单纯女子只是表象，云藩逃不开宗法意义领域中的生育繁殖情结与传宗接代的传统使命。川嫦失去旧时女子最为重视的女性存在意义，所以她被放弃也变成了理所应当。

白色的绝望，诗意的死亡

　　故事中川嫦死亡的原因是肺痨与骨痨。张爱玲为什么要给川嫦安排肺痨的病症而不是其他病症？有必要猜测一番。

　　其一，人物的性格特质，高度敏感又过分忧思伤及川嫦的心肺。在文学意义中，肺痨几乎成为一种特定的表现而存在，肺痨一度成为文学史上不得不提到的疾病主题。无论是肖邦与拜伦，还是卡夫卡与契诃夫，甚至是勃朗特姐妹，均亡于肺痨。从萧红到林徽因，再从瞿秋白到鲁迅，我国文学界的几位作家也未曾幸免。更不要说《花凋》中直接暗示的林黛玉形象，林黛玉在生命结尾所表现出的弱柳扶风、咳血胸痛均带有肺痨的典型症状表现。至于"十痨九死""死亡之首"的说法更是屡见不鲜。

　　据传在 18 世纪的西方，肺痨一度被冠以"浪漫的白色瘟疫"之称，因为在他们的眼中，白色是圣洁浪漫的颜色，而身患肺痨的人多数是多愁善感与才华横溢的艺术家，甚至肺痨还与至死不渝的爱情神话联系在了一起，在文学作品的演绎中，肺痨病人多数被描绘成为优雅多情、浪漫唯美的艺术家形象。

虽然说肺痨与艺术无法构成必然的直接联系，但是愁思忧虑的性格特质恐怕与肺痨脱不开干系，张爱玲的致死疾病设计到底是符合川嫦这个人物的性格特质的。

其二，不得不注意到时代原因。肺痨作为恶性传染疾病于 20 世纪 40 年代在我国疯狂肆虐，直到 1944 年链霉素的出现才让这种白色的恐怖不再与死亡为伍。《花凋》发表的年份为 1944 年，同样可以算作时间线上的巧合。

其三，张爱玲本人对于"囚室内等待死亡"的经历应该是感同身受的，所以她的作品中出现了几个类似的角色场景应该不仅仅是书写的巧合。从顾曼桢身处囚室等待产子的绝望，郑川嫦被丢弃在暗室等待死亡的孤独，可以联系到张爱玲曾经被父亲囚禁在房间里经历痢疾的折磨。要知道肺痨与痢疾都算作传染性疾病，张爱玲十七岁经历的痢疾还为日后的"虱子幻象"埋下了悲情的种子，以至于她饱受病痛折磨却不断被坊间传闻成精神疾病，传奇的人生直到灵魂尽头，命运都要裹着几丝误解和离奇，好是冤枉。

另外，被白色恐怖笼罩的还不止郑川嫦一位，还有《红玫瑰与白玫瑰》中宽柔秀丽的孟烟鹂、《鸿鸾禧》中硬冷雪白的棠倩及同样不受家庭重视的娄太太等。张爱玲用属于白色的绝望填充了她们的命运底色——冷冽，软弱茫然又富于幻想，温柔大方又极容易被人操控。对颜色的独特审美感知几乎成为张爱玲流动的笔触的无意识创作活动，她曾一度钟爱夸张艳丽的奇装异服，这不能不说是童年缺失得体衣物的一种补偿性满足，她曾说身穿孙用蕃留置的旧衣时的凄然。

张爱玲在《传奇》中极致刻画了缓缓流动到花之凋零处，她的痛惜与愤怒驱动她与人物距离再一次拉进，那个曾经真实存在的知己玩伴的种种遭遇让她不得不暂时放弃墙外观察者的身份，慢慢走进熟悉又陌生的深宅内院，她将祖父母的奇缘穿在身上，也让隐秘的血液在纸面里反复流淌。

孤芳自赏的水仙子，在缺少观众的时候，将自我的灵魂一分为二互相对话能够减少情绪上的刺痛感，梦中煮茶岩下听，虚实结合的故事，虚实结合的家族秘史，虚实结合的人生境遇。唱不尽的兴亡梦幻，谈不尽的悲凉感叹。

容颜易老，梦境难长，焚上几炉香，画几点深情，饮上半杯斜阳。

第二章

奇艳衬绯红，
横琴未曲恨无涯

问秦淮旧日窗寮，

破纸迎风，

坏槛当潮，

目断魂销。

当年粉黛，何处笙箫？

罢灯船端阳不闹，

收酒旗重九无聊。

白鸟飘飘，绿水滔滔，

嫩黄花有些蝶飞，新红叶无个人瞧。

——孔尚任《折桂令·问秦淮》

未出心口，误了春光

　　暮色缠绵，昏黄幽怨，焦灼不安的少女藏在灯火忽明忽暗的低压屋檐下。年少时期的张爱玲对待初恋的态度就像是她对家族历史兴衰荣辱变迁转换的态度，她嘲讽，却又沉浸，她不甘，却又迷醉。她对待衣冠服饰的态度就像她对古典文学传承与推新的态度，新与旧的彼此叛逆，宽敞衣袖下缓缓吹出的六朝金粉香气。凌厉的目光与温柔的赏析相斥又相合，但就是这种奇艳与冷冽、茶白与炭黑的参差连曲陌的对照，雕砌了一种属于张爱玲文学世界的自我构建里空前绝后的审美震撼。

　　在传奇曲折的故事铺陈与人物角色的颜色填充中，张爱玲对于艳丽的色彩极其钟爱。相较于封闭单纯的白色系人物与冷色调角色，她塑造的红色系人物与暖色调形象更加醒目，在视觉吸引强度与心灵敲击力度上都具备更具杀伤力的故事能量。这倒也不能就此说明张爱玲更喜欢她笔下的奇艳人物，而是她擅长这种小说刻画笔法，若是将张爱玲笔下的人物影视化，这些红色系的艳丽形象更加具有角色可塑性与表演发挥空间，可以说是十分讨喜的角色。

张爱玲历来对待那些黯淡无光的病弱感形象与扭曲变态人物的用笔更加锋利，其中自然是有亲身经验的移植借鉴，却不能妄加猜测并夸大张爱玲身边尽是些妖魔化的非正常人物。要知道创作者张爱玲在描绘这些非正常人物的时候，她始终不忘自己的观察者身份，她的人物心灵构建始终与被塑造者们保持相当一段的艺术心理距离，正是因为有了空间与缝隙，所以她在刻画非正常人物的时候才可以做到更加冷静客观，她显然是对未知的人物"下手"更狠，因为不会带来太过真切的情感创痛与内围愧疚，流动在纸面上的文字可以无所顾忌，张弛有度且收放自如。

前文已提到了《花凋》中白色的郑川嫦，在张爱玲的颜色谱系里，川嫦无疑是白色系人物，她的生活环境与生命状态及最终的命运走向都染上了一层冷色气质。《花凋》的后半部分中曾出现了一位川嫦未婚夫的新欢，此人本是作为川嫦抑郁而终的死亡催化剂来设定的，但张爱玲在刻画新欢的时候却有意在该女子的服饰妆容上加重了一番笔墨。可以看出她是特意将川嫦的濒临死亡与新欢的生气勃然来对比，这样两种截然不同的生命状态使整体故事的气氛断崖式下跌，温度几乎降至冰点，结局不言而喻。

　　如此明显清晰的颜色描绘比较，可以让人直接联想到《红玫瑰与白玫瑰》里的两位女主角王娇蕊与孟烟鹂。王娇蕊是张爱玲人物颜色谱系中的重量级女性角色，如果说张爱玲颜色世界中的红色系人物都有些神经质与扭曲的话，王娇蕊似乎是一个比较特别的存在。虽然时常衣衫不整，看起来放浪形骸，虽然在佟振保的男性审视视角中注定无法成为妻子的存在，即使婚后得遇"真爱"且勇敢追逐又被抛弃，但她始终没有落得一个真正堕落的结局，她是红色系人物里"劫后余生"一般的存在，也是由命运旋涡的被迫参与者脱胎而出的观察者。从局内人到局外人的超脱实在难能可贵，算得精神重压与心灵折磨下的一次涅槃重生。

　　从故事的主题名字来观察，"红玫瑰与白玫瑰"的叙述主体好像无疑是奇艳的王娇蕊与保守的孟烟鹂，但是背后的叙述者似乎才是张爱玲真正想去探索的人物，背后的叙述者究竟是谁呢？自然是划分与界定王娇蕊与孟烟鹂颜色属性的男主角佟振保。《红玫瑰与白玫瑰》几乎可以算作张爱玲化身男性的一次女性命运重塑，她是透过佟振保的视角，借来男性的双眼去审视和区分眼前的各类女子，也同样将自我的内在灵魂再一次一分为二来审视作为女性的自己，是一次抽丝剥茧的"男性情感利益探究"，更是一次自我即将陷入热恋的有力反思。

男主角佟振保对王娇蕊的始乱终弃与迎娶孟烟鹂源于同一个原因。先行绕过佟振保选择孟烟鹂的原因，来猜测他追求王娇蕊之后又果断抛弃的心理状态。佟振保不仅是语言上的好好先生，也是行为上的好好先生，这样一个做惯了好人的"正面人物"为何对朋友之妻动了心思呢？这种明知不可为而为之的临时偷欢刺激感是佟振保这样身患"好人疲惫症"者的必然选择。

佟振保本是出身普通阶层的男子，父亲早亡，背靠母亲与全家族的希望，那些背后不断鼓励他的声音是一种支持的动力，但同时更是深不可探的压力。他的确是一个普通人，但却是一个不甘平凡的普通人，他立志要通过自身的努力实现阶层的跨越。凭借惊人的努力与可怖的意志力，他一路摸爬滚打，苦苦追求，练就了一身观察各类人神色的本领，留洋而归便靠近了上流社会，可以说是完成了歪脖树上家雀到梧桐树上凤凰的身份变换。这里有一个问题，通过对佟振保的背景介绍可知，他不同于此时期张爱玲描绘的其他男性角色。

在张爱玲的文学创作之初到《红玫瑰与白玫瑰》完成发表的1944年6月，她文学世界中的男性角色划分起来比较清晰，无非是堕落风流的遗少与热衷寻花问柳且不负责任的浪荡公子，还有就是性情暴虐的父亲形象。这样看来，佟振保的出现就显得"万绿丛中一点红"了，笔者猜想这和当时张爱玲本人的创作心境有些许关联。

在《红玫瑰与白玫瑰》写作期间，张爱玲恰好处在胡蕊生的猛烈追求中，面对初恋的冲击，向来敏感冷静的她未尝没有认真思考过眼前这个男子的背景及综合条件。胡蕊生沾沾自喜的奋斗历程也许会事无巨细并且添枝加叶地讲给张爱玲听。沉浸在暧昧气氛中，彼此欣赏的男女将家雀到凤凰的变换视为命运的"逆袭"，素质极高又礼貌周全的张爱玲说不定还对胡蕊生的奋斗历程不免发出一些夸赞之语。男主角佟振保由普通阶层出身的男子经过一番奋斗与命运的推动从而接近上流社会的桥段，从胡蕊生的经历借鉴而来也未可知。佟振保与胡蕊生的相似之处还不止这一点，两个人都擅长"端着"，当然也不得不"端着"。

佟振保人前人后的"端着"是为了塑造自身正襟危坐的柳下惠形象，胡蕊生的"端着"更多的是要在张爱玲这里扮演"万花丛中过，片叶不沾身"的超凡脱俗及小粉丝面对重量级仙女偶像时不得不一丝不苟的严谨形象。回到正题来看，整日一副正气凛然的样子示人的佟振保为何会选择放浪形骸的王娇蕊呢？

王娇蕊是佟振保初恋的替代品，也是一段巴黎招妓经历的复制。故事中清楚地交代了佟振保的四个女友，他在巴黎读书时遇到的性工作者及初恋女友玫瑰，同事之妻王娇蕊及后来的正牌妻子孟烟鹂。由家雀变为凤凰的男子有一个隐秘的特点，也可以算作一种超能力，那便是极其敏锐的异于常人的观察力。表面上人缘极佳且宽宏大度的佟振保观察起人来，尤其是观察女人时的目光极为精准，他隐藏的细腻心思用在女子的身上可以说是登峰造极。

寒门出身的佟振保虽然时刻紧绷"好好先生"这根神经，纵然有浩如烟海的知识武装了他的头脑，但他依旧逃不开所谓男子成人的生理性仪式。巴黎招妓的经历虽然不甚优雅，而且与他交易的性工作者对他带有不屑的神情，但这次特殊的生理性仪式依然可以被佟振保视为就此进入成年男子世界的敲门砖。面对态度冷淡的性工作者，佟振保自然不用投入一丝一毫的个人感情，这样的"干净利落"反而让身背巨大精神包袱的他感到格外轻松，所以这段历史虽然夹杂不堪，但是他时刻不忘在好友面前炫耀几番。

可是独在异乡为异客的情调难免感伤寂寥，无论是出于打发时间的需要抑或是为日后的言谈作为原始资料，他需要一个正式的女友来恋爱——玫瑰出现了。玫瑰是出身中上阶层的官家小姐，她可爱纯真且活泼热情，但是在佟振保的眼中，玫瑰的神经大条与过分热情怎么看都不是"格子间的女子"，他把控不住与玫瑰的恋爱节奏，这让他感到被动与丝丝屈辱。所以他一开始就十分清楚他们之间的交往只是恋爱，只是男女之间互相调情的游戏。

善于察言观色的振保就像当铺里的资深伙计，当玫瑰进入店门的那一刻起，他们之间的未来，玫瑰的言谈举止与服装修饰都被振保细细琢磨，认真估价。少女心荡漾的玫瑰对眼前的男友如痴如醉，但在当铺伙计的估算下，这些如痴如醉实在显得多余，振保要的从来不是浪漫浓郁的爱情，他的人生不需要风风火火与热烈真挚，他只求安稳，所以玫瑰的一切行为虽然完全符合少女恋爱的需要，但是在振保眼中女友无论做什么努力都是如此不合时宜。

振保在同事面前的宽容大度不会用在女人身上，他对巴黎妓女的服饰妆容记忆犹新并在一次又一次的回忆里不断温习。一袭黑衣现身的妓女身穿扎眼醒目的红色衬裙，这件红色的裙子一直在振保的记忆里晃来晃去，于是当他见到身着绿袍的王娇蕊时先行注意的不是娇蕊精心打造的妆容，而是依然扎眼的深粉色裙子。

二人初见之时，娇蕊的衣衫不整与后来的蓬头洗发都给了振保一种心理上的可得性，而这次的"露红"之举更是完全将诱惑的目的彻底坐实。其实娇蕊出场的服饰妆容早为诱惑设置好了前奏，比如鸡心项链，时常穿着的睡衣与长袍，那些迷醉奇艳的高饱和颜色。

红色在张爱玲的文学世界里主要传达两种声音，其一便是可得性与诱惑行为，其二是诡异的气氛与死亡前的狂欢的悲情伏笔。相信张爱玲的红色意义的灵感依旧来源于《红楼梦》，《红楼梦》中晴雯的红色睡鞋与蒋玉菡的红色汗巾都代表着身体的隐私，是完全私密性的物品，更不用说尤二姐的红色小袄与尤三姐身穿红色大袄还半掩半开的情节。无论是有意识还是无意识，露出红色衣物的行为都离不开"诱惑"二字。"露红"的象征意义更为明显露骨的还有影视剧《闯关东》中的女主角谭鲜儿在戏班被恶霸陈五爷用红布公然调戏羞辱，再比如《甄嬛传》中的孙答应的"赤色鸳鸯肚兜"的各类演绎。

振保没有掩饰他对红色内衣的喜爱，在不考虑人生规划与前途家人的情况下，他倾向的是热情似火的红玫瑰而不是木讷守旧的白玫瑰，之所以选择迎娶白玫瑰无非是不想破坏固有的理想规划罢了。但是通过两处相似服饰的刻画，文章传达的意义是佟振保在潜意识里已经将王娇蕊归类到巴黎妓女与初恋玫瑰的一边。

无论王娇蕊的心中作何规划，振保给她的心理定位就是临时扮演刺激对象的生理用品，选择与她周旋交往，既可以追求隐秘的欲望又不需要对她负起人生的责任，更重要的是可以通过践踏王娇蕊的自尊来提升自己的崇高形象，获得反向性的精神胜利与虚荣心的满足。即使是堕落轻佻的行为，依然要分出个高低贵贱。佟振保时刻在王娇蕊的面前扮演成功人士与饱学之士，他发泄自己不堪的欲望之后又反过来羞辱她，假惺惺的"贤者"形象与如释重负一般的"反思"在天真的王娇蕊眼中竟然显得格外不同，对于见惯了男子丑恶嘴脸的她来说，彼时面露愁容又纠结不已的矛盾结合体佟振保比起那些暖床工具人的赤裸嘴脸，他的一丝不苟被衬得拥有了特殊的吸引力和人格魅力。

王娇蕊沉浸在振保摸爬滚打的奋斗历程中，她错误地以为振保的攀爬精神会移植到爱情的身上，一个未曾受过金钱之苦的女子是完全无法想象对于振保这样的身背巨大精神压力与家族振兴希望的寒门男子，爱情几乎是生命中重量最轻、最可以忽略不计的调味品。文中曾提到王娇蕊是一个被惯坏的女子，相信这也可以作为振保放弃王娇蕊的原因之一，因为振保引以为傲的身份地位与经济实力不能吸引到金屋里成长的王娇蕊。

女子的天性应该是慕强的，男人总该拥有让女人倾心崇拜的地方，这种崇拜感会加重死心塌地的精神砝码从而牢牢抓住她。可是娇蕊迷恋的恰恰不是这些实实在在的物质因素，而是振保刻意表现出来的情绪价值，振保的情绪价值因为掺杂太多的表演性而让他感到疲惫，他在王娇蕊这样的女子面前无法放松。虽然在心理上他给娇蕊的定位是一个毫无遮拦的女子，他可以在她这里放心地做无耻之徒，但那毕竟是临时需求，绝不可套上婚姻的契约精神。
二人因欲望而相恋，只是发展到最后，娇蕊的感情早已大
于欲望，而振保却没有任何变化。两人对于彼此的情感进
程不对等，分道扬镳是迟早的结局。

　　王娇蕊在佟振保的划分中属于娼妓的一类不仅是因为
服饰妆容与行为言语，深层次原因其实是振保不愿触碰的
极度自卑意识。佟振保的自卑特质大概就是他无法随心所
欲地去感受爱，接受爱，靠近爱，而是只能选取符合条件
的爱，他的爱是有标准的，有条条框框的，甚至是有棱有
角的，是格子里的爱，选择所爱并非由心开始，而是由模
子开始的。时时刻刻牢记自己的人生规划里只能出现"阁
楼里的女子"，任何与宜室宜家不相关的内容都被他视而
不见。

　　身披自卑铠甲的振保还是一个和薛宝钗类似的"感情
空心人"，他不分时间、场合、地点，时刻端着一副好人
的架子，他迷恋有条不紊的生活模式和不偏不倚的端庄气
质。相比那些自认为爱情胜过一切的感情充沛者，类似佟
振保这样的人物是最不肯在感情的海洋里任由自己翻滚的。
事实上在鸳鸯蝴蝶迷梦的文学作品中，勇敢逐爱的恰恰是

家世显赫、未经凡尘之苦的阔少，未曾经历的痛感与家境的优越都给了他们不计后果追逐爱情的勇气，这在《金粉世家》里的金燕西与柳春江的身上均有所体现。可是佟振保流落异国的求学经历与跑江湖的沧桑岁月都不允许他向浪漫靠近，他的背后是母亲的期待和无数眼泪。这些摸爬滚打、寄人篱下的经历让他养成了善于盘算的习惯，他太专注于盘算和估价，对人与事的得失利害都计算得过于精确，因为机械性的计算心思占据了本该萌生点点爱意的纯净土壤，他的"性空无"已然落成，难以更改。

振保因娇蕊的热情似火而靠近她，也因为相同的原因抛弃她。张爱玲在填充人物颜色的时候有意设置了封闭性颜色与流动性颜色，《花凋》中的郑川嫦和《红玫瑰与白玫瑰》中的孟烟鹂就是封闭性颜色的人物，她们在空间与心理结构的成长变化中都没有波动过大的变化。王娇蕊无疑属于非静态的人物，在遇到佟振保的感情伤害之前与之后，她的生活经历与心理状态均有明显的变化，算作一个立志改变命运的女性形象，她的非静态感自然时刻体现在方方面面中。

王娇蕊的流动人物与非静态形象，不像前文提及的《倾城之恋》中范柳原的动态性那样，主要体现在人物的心灵结构与生活变化感受的改变，而是相对于划分"红玫瑰与白玫瑰"的背后塑造者佟振保而言的流动性。王娇蕊身上体现的勃勃生机与热情似火更多地带给这些塑造者们的体会是一种不可控性，佟振保在王娇蕊的世界里没有安全感，她是一个看起来不容易操控的女子。娇蕊试图改变命运的行为表现过于明显，让塑造者佟振保压力倍增，那种不可控制的流动感像二人之间缓缓流动的小河，振保心猿意马且惶惶不安，所以娇蕊是不可能被振保列为妻子的人选的。

自卑的塑造者们选择妻子的第一要义是，对方必须是完全被操控的，是绝对的服从，任何一种违背条件范围之外的一丝可能都不能为他们所容忍，所以红玫瑰可以把玩却不需要被保护，而那些需要被保护的白玫瑰们的安全却要牺牲红玫瑰的青春来加以实现。

女人们被塑造者们简单划分为两类，一类是注定要被抛弃、牺牲的，一类是要被保护、拥有的，而他们必须通过牺牲一些女子的价值来换取另一些女子的纯粹。这种虚假的"绅士行为"实在让人无法理解，啼笑皆非。

　　更让人啼笑皆非的是自以为完全吃定妻子孟烟鹂的振保怎么也不会想到，那个温柔腼腆、宜室宜家的白玫瑰居然出轨了裁缝。而妻子的偷欢行为完全暴露后，振保这个好好先生的招牌依然矗立着，他依旧维持表面的和谐，自欺欺人地表演美满的婚姻大戏。孟烟鹂的背叛没有引来丈夫的发难大概有以下几点原因。

　　首先，孟烟鹂出轨的对象与丈夫振保存在天壤之别，通过成功人士与底层人民的对比，振保深知妻子恋慕对象的卑微弱势。但这样的参差对照其实更加使他萌生出强烈的侮辱。

　　其次，振保的判断失误更是加重了他对生活的虚无感。原本以为精心挑选的白玫瑰可以点缀他家雀变凤凰的光辉经历，他自以为对眼前的孟烟鹂的纯澈一览无余，她白得像一张纸，乏味空洞且毫无情趣，除了完全服从自己之外怎么可能还存有其他非分之想？可是他对妻子的判断失误导致孟烟鹂失去了可操控性，她滑出了振保的精神包围圈，开始肆意放飞。

　　振保开始听到精神世界的砖瓦渐渐崩塌的声音，自觉被命运狠狠戏弄，他给自己的人物设定也在随之崩塌。红玫瑰难敌岁月沧桑，白玫瑰也并不纯粹。那只是他单一思维的简单划分，孟烟鹂出轨裁缝的行为打碎了他自以为严丝合缝的家庭构造，他的一切努力在此刻归零，荣耀和安稳统统沦为灰烟。

最后，面对失去丈夫爱意的妻子，周围的人的态度是无比同情和怜惜的，但是对于被妻子背叛的丈夫，人们的态度更多的则是嫌弃和嘲讽，满腹牢骚与怨气的好好先生也只有继续自欺欺人。

可是又能如何？路是自己选择的，妻子也是经过盘算之后精心筛选的，严丝合缝的成功人士怎么可能愿意承认自己的过错？好好先生就是要一路做到底。

风风雨雨，红粉枯骨

能被"红粉"一词修饰的不一定是佳人，还有可能是枯骨。佟振保从男性视角中可以将众多女子简单划分，但是在张爱玲的眼中，红色系人物与白色系人物的界线上曾出现了几个随时跳跃的人物，比如《半生缘》中的顾曼桢。曼桢既不能被简单归结到白色系人物，也不能被划分到红色系人物里。曼桢的结局走向虽然是凄然的悲剧，她的性格也该是冷色调的，但是又和郑川嫦的冷色调不同。大多数的白色系人物是封闭性的，可曼桢却不是，她完成了空间上的转换和心灵上的成长。

曼桢作为纺织女工拥有女性经济独立的能力，按照这个层面来说，曼桢是一位新女性角色，但是她后来遭遇的命运转折却与"新"毫无关系，甚至是截然相反的。造成她新旧形象骤然剧变的推手自然是她的姐姐顾曼璐，但是她的母亲与奶奶依然不能对她的悲剧置身事外，可以肯定的是，曼桢的姐姐与母亲及奶奶共同构建了与曼桢对抗的男权体系的替代世界。何以说是替代世界？因为顾家的男性是缺失的状态，所以才让曼璐不得不牺牲自己去换取家族的延续。也正是因为有了牺牲的精神枷锁才让曼璐失去了主体的身份，从而变成了家族服务者的身份。在牺牲精神的重压下，曼璐自觉是服务于弟弟妹妹的存在，是彻头彻尾的工具人，她把自身完全客体化，沦为家族的支配者。其实她完全可以不这样思考，也许能避免一部分的悲剧，若是她完全将自身强行定义为主体，她是照耀弟弟妹妹的太阳，她的奉献是取悦自身而存在的，也许不平衡的心理就会少一些，当人格扭曲变态的时候，施暴于妹妹时可以没那么尖锐锋利。

曼璐作为红色系人物毋庸置疑，她与王娇蕊一样都具备敢于改变命运的勇气，事实上她已经完成了一部分命运的转换，即使是通过自己的青春来换取生存的价值，但是依然可以算作在无父状态下勇敢走出封闭空间的一种行为。但后来的故事发展是，行为上抗争命运的曼璐不能逃离精神上的长久钳制，比如传宗接代的思想已经深入她的骨髓，所以在祝鸿才的逼迫下毁掉了妹妹的半生。

可是曼璐依旧具备流动人物的力量，这种力量经过一番血与火的挣扎已经不是正向之力，而是反向之力，她几乎是《半生缘》中最具杀伤力的角色，因为她颠覆了文中最美好纯洁的理想世界，把最好的东西撕毁了给众人看。

若是一定要给顾曼桢填充颜色的话，大抵是象牙白。相较于单纯的白色，象牙白干净利落，柔美温和，更加符合曼桢这个人物形象的特色。单纯的白色系人物大多代表虚弱的无生命状态，她们几乎是任由命运之神随意安排，而对曼桢的整个刻画过程中都充满了对命运不甘的反抗，求学打工，与爱慕男子的交往，包括被迫生下孩子后依然要脱离祝家的种种行为，单纯的白色支撑不起曼桢的多层次形象。

因为红色系人物的划分属性，曼璐本不该成为正牌妻子，但祝鸿才还是勉为其难娶了她，经过《半生缘》的各类影视化演绎，读者对于祝鸿才的形象也是众说纷纭。无论影视剧形象给了观众多大的错觉，抑或是原著的展现是如何让读者各抒己见，张爱玲想要表达的祝顾婚姻一定是无爱的。何以如此肯定？

祝鸿才与曼璐相识的场所是其日常出入的舞厅，而他对曼璐的态度是从伪装到"袒露心声"，起初伪装成小有成就的达官贵人，然后是展示不堪的创业经历与情感的脆弱。在纸醉金迷与灯红酒绿的氛围中，曼璐已经太久没有听到这样的"坦诚相见"，此时加上她日益衰老，体力精力大不如前，她竟然感到些许难言的感动。后来因为张鲁生的行为，祝鸿才阴差阳错之下对顾家两姐妹施以援手，祝鸿才婴儿般退化行为的可怜状被曼璐尽收眼底，她只好押宝到祝鸿才身上奋力一搏。为了赚取钱财，支持丈夫创业，曼璐在祝鸿才的暗示下重返舞厅，稍有成效后，面对祝鸿才的大肆夸赞与神化言语，她在无意识中重新滑进了宗法男权的包围圈里。

凡是有意识放大女性圣母之光的男子多是带有阴邪特质且别有用心的，当然他们标榜的创业精神与事业心也几乎是自我表演伪装出来的舞台效果，对于金钱的追逐存有"五鬼运财"的投机取巧的心理。没有一个男性愿意成为被爱慕女子同情与被拯救的对象，他们曾以此为耻，尤其是在面对纯粹的爱意的时候，除非他自始至终都没有释放他的真心与情意，所以刻意奉献出势弱现状与性弱色彩的演技。因为他们要的是同情之后的利益，并不是贴心的崇拜与单纯的爱情。

祝鸿才示意妻子做舞女，试图榨取其财富之后还反过来羞辱曼璐，给曼璐带来双重的精神压迫。彼时那些牺牲青春与美貌换取弟妹完满生活的女子已经被折磨成血淋淋的暗黑疯妇，她一旦释放出惊人的力量便绝不是成全，而是彻彻底底的摧毁。

其实，无论是文艺青年抑或是镶裹着烟火尘埃的男子，当他们使出展示脆弱和蹉跎痕迹的另一面的时候，他们已经胜利在望。任何层次的女子都有与生俱来的圣母柔光，她们渴望从内心深处取出来，捧着一缕柔光亲手向对岸的被同情者随意挥洒，而且要显得那么漫不经心，清高而兴致勃勃。

独立小桥风满袖

敢爱敢恨的王娇蕊好不容易带着满身疲惫投奔佟振保，却被无情抛弃，而且佟振保不给她任何理由；即使职业不堪、也算完成了原始积累的顾曼璐好不容易撑起残损的家庭时也一头扎进新的精神旋涡，并且颠覆了悉心培养的妹妹的命运轨迹；知书达理的王佳芝在乱世风云变幻中总算拥有一次求学的机会，却又在虚假热情的驱使中走向毁灭……

红色系人物都有过抗争命运的经历，她们不甘只做阁楼里的疯女人，决心走出阁楼，打开通往新世界的大门。就像出走的"娜拉"们，摔门而去时的激情只能持续片刻，要么堕落，要么回来。那些勇敢摔门而出的女子自以为挣脱了封建家庭的意识压迫，却在追逐梦想的路上又不得不依靠另一部分代表封建意识的男子们，从一个深渊走向另一个黑洞。她们做出选择的一刻往往是以爱之名，因为虚幻而浪漫的爱情似乎是完成振臂一挥、声明口号的最佳配置。

"王佳芝"们往往都是空有炽热的理想,却实战失控,就像她空有一个明确的择偶标准却屡次落空,把握不住真实的关系,也因为暗藏内心的汹涌无法通过语言倾吐出来,最后只得是双眼一闭,带着对爱的追逐完成死亡的"壮举"。因为一切的一切都要有个意义。

这里提及一下既不属于白色系人物也不属于红色系人物的炭黑色女子。张爱玲的颜色填充中,完全意义上的炭黑色女子有两人,分别是《沉香屑·第一炉香》中的姑妈梁太太与《金锁记》中的曹七巧。曹七巧的暗黑灵魂前文已经详细提过,在此不再赘述,且看梁太太的装扮。

汽车门开了,一个娇小个子的西装少妇跨出车来,**一身黑**,黑草帽檐上垂下绿色的面网,面网上扣着一个指甲大小的**绿宝石蜘蛛**,在日光中闪闪烁烁,正爬在她腮帮子上,一亮一暗,亮的时候像一颗欲坠未坠的泪珠,暗的时候便像一粒青痣。那面网足有两三码长,像围巾似的兜在肩上,飘飘拂拂。

……毕竟上了几岁年纪,白腻中略透青苍,嘴唇上一抹**紫黑色的**胭脂,是这一季巴黎新拟的"桑子红"。薇

龙却认识那一双似睡非睡的眼睛……美人老去了，眼睛
却没老。

[张爱玲：《张爱玲典藏全集5》（短篇小说卷一），皇冠文化，
2001年4月]

　　梁太太的妆容服饰对整个人物形象与性格的刻画暗
示得十分明显。紫黑色的胭脂，一身黑的服装，黑色的礼
帽包括绿宝石蜘蛛。这样的炭黑色设定可以说明本质上梁
太太与曹七巧比较接近，甚至有可能是一种人：破坏他人
幸福的反向力量，引导白玫瑰走向堕落的妖魔化蜘蛛。
而"眼睛却没老"这句可以点名在梁太太的惊人力量推动
下，很多人的命运依旧被其改变和主宰，她虽然年华老去，
但是精神上宝刀未老，她的摧毁力量依旧不容小视。

　　振保的生命里有两个女人，他说一个是他的白玫瑰，一
个是他的红玫瑰。一个是圣洁的妻，一个是热烈的情妇——
普通人向来是这样把节烈两个字分开来讲的。

　　也许每一个男子全都有过这样的两个女人，至少两
个。……红的却是心口上一颗朱砂痣。

[张爱玲：《张爱玲典藏全集6》（短篇小说卷二），皇冠文化，
2001年4月]

　　张爱玲化作佟振保做了一次有力的反思，时间大抵在1944年4—6月，她未尝没有跳出来审视自己的机会，事实上她也做了反思，还反思得如此老道绝伦。但是无论笔触怎样锋利尖锐，却依然是纸面上的文字，她到底是心思单纯的坦荡之人，这样未染尘世的女子，她的文学作品几乎来自公寓里静止空间的思维翻滚。但张爱玲本人是干净洁白的人，她的坦荡与才情未必能在现实中战胜阴鸷与虚伪，但是好在她敢于突围且及时突围。

　　其实严格来说，王娇蕊不算是完全意义上的红色系人物，娇蕊选择离开无爱的家庭，被佟振保残忍拒绝，但是未曾真正堕落，即使在电车上的她已经美人迟暮，眼角处多了岁月的沧桑，但到底知道这个世界不该只有男人，总该有点别的。她的出现之所以让佟振保生了嫉妒的心思，恐怕也从侧面表达娇蕊的生命气息依旧勃然。

　　感情永远都不是唯一的归属。电车上的中年女子不沾泥土气息，她不再是唱戏之人，白云飘飘，绿水滔滔，千帆过后，依旧有人来瞧。

第三章

斑驳化光影，
月剪粉黛落庭院

他们之间总是隔着一层，

事在心里，

酒在桌上，

任凭如何浓烈，

却无法淹到心里。

不是热情，

更无须怀念，

总是活过的人，

她喜欢这人生。

今日少年明日老，

山也遥遥，

水也迢迢。

缄默是治愈的良药

九莉觉得在燕山的镜头里，粉黛乱子草的花期比往年的秋季要长一些，以往的秋意短但是浓，被梧桐色的秋风吹得久了，手腕上的紫色玛瑙串也丝丝凉凉的。许久未穿高跟鞋的她现在只觉得香椿比梧桐看起来更加枝叶弥蔓，草木扶疏。

阅读《小团圆》的时候，总是被那些扑面而来的意识流时空破碎的转换技巧弄得眼花缭乱，难以分清现实与梦境、戏里与戏外。尤其是女主角盛九莉未离故土时的"前半生"经历中，她的两个重要情感伴侣邵之雍与冯燕山在文本之中交叉出现，错落表达。其实抛开小说笔法的必要呈现之外，之所以会出现时间割裂与空间凌乱之感的原因更多的是在现实生活中，之雍与燕山的确是互相替换出现且有一定程度上的时间重合的，并不是我们想象中的之雍退出九莉的生活之后，燕山才紧跟其后、随之出现的。

"张胡恋"的时间大抵开始于 1944 年的夏季，终结于

1947 年的秋季。而在 1946 年，张爱玲已经和桑弧有了工作上的交集，也就是说，自 1944 年起到 1952 年张爱玲远渡重洋，她与桑弧已经相识了七年。很多人的记忆里，最能体现张桑二人互相扶持，乍暖还寒的是桑弧化名叔红为《十八春》发表的两篇文章，分别是《推荐梁京的小说》与《与梁京谈〈十八春〉》，前者的发表时间是 1950 年 3 月24 日，后者则是 1950 年 9 月 17 日。但是笔者注意到，二人的"情感交集"的报道可见于 1946 年 9 月 8 日的《沪报》，这篇小文虽然不是官方的正统资料，但文章的标题很是有趣。标题中出现了"西装男友"的字样，即使是记者为了吸引读者的眼球故意为之，但也并非完全是空穴来风。

因为时局的变幻与胡蕊生的身份，张爱玲已经许久未出现在大众视野中，但是就在 1946 年 9 月 8 日，她还是如约出现在了落满诗意的秋季里。记者是在上海警局黄浦分局见到了身穿蓝底白花旗袍的她，不同的是张爱玲把平底鞋换成了高跟鞋，她挎着黑色玻璃皮包与一名萧姓西装男子一同行走。此次出现在警局的原因是请有关人员协助调查商人陈德元的行踪，以便于合理解决她的作品被陈德元私自印刷的事情。笔者之所以猜想陪同她的西装男子是桑弧有几点原因。其一，依照张爱玲高度警觉的心理与个性，能够走在她身边的异性少之又少，而能被记者冠以"男友"的身份，说明从外表上看来，二人十分般配，年龄差距不会太大，气场也比较相合，应是同领域的朋友。其二，要格外注意到张爱玲的高跟鞋装扮，要知道据胡蕊生的侄女青芸回忆，因为出于尊重胡蕊生的需要，在张胡二人相恋期间，张爱玲几乎不会穿高跟鞋，胡蕊生身高一般，与穿平底鞋的张爱玲不相上下。而现在在公共场所出现的张爱玲还能穿上高跟鞋，至少能说明陪同的男子身高不低，这与《小团圆》中出现的燕山外貌与身高描写"瘦长，森冷，穿长袍"等字样相吻合。其三，是在 1946 年 7 月，桑弧流露出邀请张爱玲出任文华电影公司的编剧的想法，还曾为此策划了一场座谈会活动，这也可以提供"西装男子陪同出现"的时间铺垫。

　　张爱玲与电影的缘分实在不浅，在电影风潮未曾大面积席卷上海滩的时候，她的电影缘分始于中国古典戏曲。她的戏曲艺术鉴赏水平不亚于专业的戏曲评论家，这在前往温州的时候对戏台上的唱词的点评信手拈来且一语中的也可见一斑，况且她的出道作品就是电影评论。那时候她还没有正式开启作为独立女作家的创作生涯，就以敏锐的目光配合犀利的点评与《万紫千红》《万世流芳》《渔家女》等影视作品打了个照面。她对于电影的钟爱也映照在了《小团圆》盛九莉的身上，就在九莉处于与之雍的情事流言四起、备受质疑的尴尬心境中，她也曾和燕山偷得半日清静去看电影。

　　盛九莉与冯燕山的首次合作是电影《露水姻缘》，而落到现实中来，张爱玲与桑弧的首次合作是影片《不了情》，它是张爱玲的第一部电影作品，由桑弧担任导演，刘琼与陈燕燕分别饰演男女主角。虽然《不了情》上映之后的普遍观影认知受到时局的影响而评价不高，但却可以发现该电影带有编剧的自传性色彩，且不论小资产阶级的感伤情调，只是对于此时心绪备受煎熬的编剧张爱玲而言，能够通过与自身的经历投射至电影并肆意呈现已经是难得的痛苦"宣泄"。

　　张爱玲出任编剧的第二部影片是《太太万岁》，该片的导演依旧是桑弧，与之前的《不了情》不同，这部讽刺意味强烈的轻喜剧收获了口碑与营销的双重丰收，当然关于该片的政治性影评则另当别论。片中的太太面对丈夫的情感背叛，在谎言中克制，在隐忍中妥协，结尾走向了夫妻矛盾化解的大团圆式结局。这种以牺牲女性自我主义为代价的粉饰太平与和谐家园的结尾不一定是张爱玲乐见其成的，但一定是观影人群希望看见的，所以作为编剧的张爱玲为了迎合观众的口味也不得不"随声附和"了一次，真正看得懂的人总会如梦初醒，看不懂的人只怕是永远都不会懂，所以编剧张爱玲没有做表面功夫的口舌之争。

张桑二人本来原计划要合作的第三部电影《金锁记》剧本虽已完成，但是不知何种原因未曾拍摄，所以坊间传闻的第三部合作影片就成了桑弧的经典之作《哀乐中年》。在《不了情》《太太万岁》《哀乐中年》三部影片中，最值得注意且应该探索的恰恰是《哀乐中年》，从该片的编剧迷雾再到片中流露出来的"张派遗风"都可以隐约窥见从 1947 年到离开故土之前张爱玲的内心挣扎与自我和解的种种历程。

要知道《哀乐中年》的电影海报上赫然标注了编剧的名字为桑弧，可是为何关于编剧本是张爱玲的说法不胫而走呢？原因就在于几位当事人一波三折的矛盾表达。

按照桑弧本人的说法，他是当之无愧的编剧，在《哀乐中年》的剧本后记中曾直接表明自己的编剧身份，并且在 1999 年面对采访时又加以强调。按照第一当事人张爱玲的说法则是《哀乐中年》是桑弧一直想拍的作品，虽然由她编写，却隔了一层。后来张爱玲再次强调故事题材来源于导演桑弧，《哀乐中年》是她参与成分最少的一部片子，虽然参与写作过程，但不过是顾问而已，拿了一些剧本费，也就不予署名。

第三方的矛盾表达是相关电影杂志，主要是《电影周报》与《青春电影》的些许表述。1948 年的《电影周报》报道称编剧为张爱玲，而下一期的报道便改为编剧是导演桑弧；《青春电影》中第一次的表达为编剧是张爱玲，待影片上映数日后，又表述为编剧为桑弧。

本着尊重当事人的表述意愿与心理倾向，折中之后的说法可以定为《哀乐中年》的编剧确实为导演桑弧，张爱玲参与了他创作的过程，对他的剧本加以润色修改，为《哀乐中年》增加了张爱玲独一无二的秀丽底蕴与灵气渲染。若是按照常理推测，张爱玲完全可以"沾光"，把自己的名字加到剧本第二作者的位置，事实上她也十分重视署名权，但是为何最终没有这样做呢？

张爱玲特意隐藏自己的编剧身份与不公开和导演的恋

情有相同的原因。《小团圆》里有这样的情节，姑姑询问九莉与燕山不公开恋情的原因，九莉选择沉默以对，其实她心里明白，因为她的骂名四起且传了许久，正愁没有谈资，若是传扬出去一定会连累了燕山，她不愿意这样做。况且文中也说燕山的性格是低调内敛的，他过去的事情几乎也是无人知晓的，许是生活的习惯。

《小团圆》的情节倒也不能完全投射到现实境况中，可是"带累"二字却是张爱玲的真诚表达。她因为胡蕊生的身份问题备受质疑，而桑弧作为新秀导演是电影行业的青年才俊，她是真的担心因为自己的尴尬身份拖累了桑弧。她向来有情感洁癖，算得清楚，界限分明，这和姑姑及母亲的性情都十分接近，实在不愿意背上良心的债。

　　她不懂，发明了时钟为什么又要电钟，费电。看看墙上那只圆脸的钟，感到无话可说。

　　他也觉得了，有点歉疚地笑道："买的人倒很多。"

　　有一次他忽然若有所悟地说："哦，你是说就是我们两个人？九莉笑道："嗳。"

　　"那总要跟你三姑一块住。"

　　之雍也说过要跟她三姑一块住。仿佛他们对于跟她独住都有一种恐怖。她不禁笑了。

之雍说"我们将来"，或是在信上说"**我们天长地久的时候**"她都不能想象，竭力拟想住什么样的房子的时候，总感到轻吻的窒息，**不愿想下去**。跟燕山，她想，"**我一定要找个小房间**，像上班一样，天天去，**地址谁也不告诉，除了燕山**，如果他靠得住不会来的话。晚上回去，即使他们全都来了也没关系了。"

有时候晚上出去，燕山送她回来，不愿意再进去，给她三姑看着，三更半夜还来。就坐在楼梯上，她穿着瓜楞袖子细腰大衣，那苍绿起霜毛的裙幅摊在花点子仿石级上。他们像是十几岁的人，无处可去。

（张爱玲：《小团圆》，2012 年 6 月，北京十月文艺出版社）

以上文字来源于《小团圆》中九莉对于之雍与燕山未来想象的表达，可见是相距甚远的畅想。这段文字也说明与胡蕊生相恋时期的张爱玲未必不知道他们之间是不着现实的"天庭爱情"，所以也没有想过以后，更没有期待过天长地久，两个人只是在当下投入舞台喜剧表演中，不计明天。而对于初恋一般的桑弧，她曾有过现实的想象，有过对家庭氛围的憧憬表达，只是在个人独立空间与隐私情绪的渴望显现中也间接表明了她与桑弧终究散场的结局。

燕山给不了九莉一个独立清静的个人空间，他也许能做到并理解，他的家人们却未必。

年近三十的盛九莉，正处于命运跌宕中的张爱玲，此前对于胡蕊生要的是唯美与梦幻，对于桑弧，求的是安稳与平实。

　　这天楚娣忽然凭空发话道："我就是不服气，为什么总是要**鬼鬼祟祟**的？"九莉不作声，知道一定又是哪个亲戚问了她"九莉有朋友没有"。燕山又不是有妇之夫，但是因为他们自己瞒人，只好说没有。

（张爱玲：《小团圆》，2012年6月，北京十月文艺出版社）

张爱玲对于公开恋情的"鬼鬼祟祟"心理可能与第一次"试水"失败有关。在公开"张胡恋"的时候，她像准备赤脚过溪的小女孩，以试探的态度，小心翼翼地伸出一只脚，用脚尖轻轻点水，来观察溪水微波的层层涟漪。她与母亲、姑姑三个女人之间的相处过于一丝不苟，过于明朗严谨，是缺少感性的温度的共处方式。所以她习惯了谨言慎行，偷偷注视母亲与姑姑对于她择偶的态度。当然这几位与她血脉相连的亲人的态度我们再清楚不过，局外观

棋的人永远比下棋之人心思透彻、知晓得失。姑姑知道张
爱玲已经完全把感情拿起来了，像烫手的山芋放也放不下，
好言相劝可能也会变成败兴的一根刺，又何必呢？何况侄
女已经是经济独立的成年女子，母亲与姑姑也不敢多讲去
贸然干涉她的个人感情，只得用漫不经心的语气活跃一下
微妙的气氛，就连一向快人快语的朋友苏青对她的恋情的
评价仅是表达了无关痛痒的寥寥几句，似乎不愿深入谈论。
她是多么敏感通透的女子，自然知道这次的"试水"效果
与成功无关，与众人的期待更是风马不接。她猛然缩回即
将入溪的那只脚，再不敢扬铃打鼓，与胡蕊生的爱情只能
在不见天日的暗处雷霆万钧，但是对于不轻易燃烧自己的
张爱玲来说，也称得上轰轰烈烈。

　　她曾害怕以成年人的形象公开出现在大众视野中，她
觉得由少女成为成年女子就失去了生命临界点的铠甲，更
害怕舞台之外的观众会通过否定她的恋爱对象进而去否定
她，她要保持孤山半壑之上的冷静与清洁及作为艺术品的
完整。更因为恋爱对象作为一个冲破者，撞上她的高度心
理警戒线，那是她私密情感领域中的不速之客，因为属于"公
寓才女"的神秘性被轻轻戳破，她的遐想空间不再存在了。

这让她产生了莫名其妙的纠结心思，以及自己都无法读解的屈辱。

九莉不曾过多询问燕山的过去及燕山的相关绯闻，他们之间貌似也没有制造出什么广为流传的爱情金句，因为就张爱玲的反差对照心思而言，面对桑弧时羞于表达那些有关迷恋的高级句子恰恰证明她有些自卑心理在作祟。她也不计较胡蕊生过去的女人，恰恰说明是她对于爱情本身的尊重及她对于自己的自信，不是低到尘埃。她在与胡蕊生的交往中其实一直保持着骄傲和尊贵，只有对自己的光芒足够肯定与认同的女子才敢这样明目张胆地讲出这般颠倒浮生的"尘埃之语"。在讲出情话的一刻，她曾一度坚信自己的全盘胜利。

其实不单单是这些沉浸于恋爱的高级情话，他们之间还说过也写过太多的恋爱金句，那时候怎么还顾得上去判断对与错呢？他们只觉得好听，好欢喜。任凭虹霓吐颖，滋润了整个碧玉年华的女子，她对他的一切感情都是特有的"反向低姿态"。但是面对桑弧的时候却敦朴起来，那时候九莉侧颜不小心渗出的油光是真的让她错愕不已，她好担心让燕山觉察出来。她也知道铅华洗尽后的瘦影蹒跚，亦不能幸免。

无论如何，桑弧的沉默以对配合着张爱玲的三缄其口，都避免了把张爱玲直接抛在谣言四起的刀光剑影下与前途沉沦的漫天口水中。曾经一度占据各大杂志的当红才女此时更像是受伤的小女孩，缄默总归是治愈的良药。对于这些低调与隐藏，她是应允的。

真心与灵气统统收藏

我们不知道在爱情里的张爱玲究竟沐浴到了多少春风，但是她给予对方的荣耀与华美却是清晰可见的，是实实在在的。在与张爱玲的交往中，身居舞台中央与她演对手戏的人在耳濡目染中将她的真心与灵气都一并收藏。

《哀乐中年》几乎是与《不了情》和《太太万岁》同期上映的电影，但它的拍摄理念与影片内涵相较于前两部却有了质的飞跃。笔者喜欢寻找"一厢情愿"的痕迹，相信《哀乐中年》的成功依然离不开张爱玲这位电影剧本顾问的润色与加持，不防试图寻找一些有关联的蛛丝马迹。

《太太万岁》是一部围绕女性家庭空间展开的影片，

核心人物是女主角陈思珍，而《哀乐中年》算作"性转版"的《太太万岁》。因为男主角陈绍常与《太太万岁》中的陈思珍都在中年危机中渡劫重生。获得胜利的陈思珍其实知道一切都是牺牲个人意愿换来的太平表象，看似大团圆的结局其实夹杂着丝丝悲凉。而人至中年，家庭美满且事业有成的陈绍常看似子女绕膝，却不免时时陷入人生漫无目的的虚无悲哀中不能自已。两部影片中的核心人物都是喜乐与悲凉的结合体，对于故事表面展现出来的景象无法做清晰的界限。

张爱玲在《哀乐中年》上映的三四年前曾在发表的文章中对于人类的生老病死有这样的表达：

死后既可另行投胎，可见灵魂之于身体是有独立性的，躯壳不过是暂时的，所以中国神学与埃及神学不同，不那么注意尸首。然则为什么这样地重视棺材呢？**不论有多大的麻烦与花费，死在他乡的人，灵柩必须千里迢迢运回来葬在祖墓上。**中国的棺材，质地越好越沉重。造棺材的本意是要四人至六十四人或更多的人来扛抬的，因此停灵的房屋如果失了火，当前的问题十分尴尬痛苦，死者的家属只有一个救急的办法，临时在地上挖个洞，将棺材掩埋妥当，然后再逃命。

普遍的墓地力求其温暖干燥，假如发现墓里潮湿，有风，
出蚂蚁，子孙心里是万万过不去的。**于是风水之学滋长加繁，**
专门研究祖墓的情形与环境对于子孙运命的影响。

　　对于父母遗体过度的关切，唯一的解释是：在中国，为人
子的感情有着反常的发展。中国人传统上虚拟的孝心是一
种伟大的，吞没一切的热情；既然它是唯一合法的热情，
它的畸形发达是与他方面的冲淡平静完全失去了比例的。
模范儿子以食人者热烈的牺牲方式，割股煨汤喂给生病的
父母吃。这一类的行为，普遍只有疯狂地恋爱着的人才做
得出。

（张爱玲：《中国人的宗教》，皇冠文化，2001，张爱玲典藏全集
散文卷）

　　张爱玲毫不客气地指出中国人对于死亡的过度关注几
乎到了神经敏感的程度，那么作为死亡之后灵魂的最终居
所——墓地就被十分看重，墓地对于一个家族的意义不言
而喻。《哀乐中年》中恰好出现了男主角过寿时收到的墓
地生日礼物，他的儿子自觉是十分尽孝的贵礼，更有女主
角说的"我们中国人真是个古怪的民族，对于死看得很重要，
而并不讲究怎么样好好活下去"。影片人物对白的风格也
随处可见若隐若现的"张派文风"，这样令人惊骇又贵重的

生日礼物现如今通过张爱玲的解读便也不显得那么突兀了。

此外，《哀乐中年》中对于陈绍常工作环境与家庭人际关系的艺术表达也是层叠迭出。回望 1944 年张爱玲发表的文章，大有相隔千里觅知音之感。

在古中国，一切肯定的善都是从人的关系里得来的。孔教政府的最高理想不过是足够的食粮与治安，使亲情友谊得以和谐地发挥下去。近代的中国人突然悟到家庭是封建余孽，父亲是专制魔王，母亲是好意的傻子，时髦的妻是玩物，乡气的妻是祭桌上的肉。一切基本关系经过这许多攻击，中国人像西方人一样地变得局促多疑了。而这对于中国人是格外痛苦的，因为他们除了人的关系之外没有别的信仰。

（张爱玲：《中国人的宗教》，皇冠文化，2001，张爱玲典藏全集散文卷）

影片《哀乐中年》以固定机位的中远景镜头聚焦家庭内部关系的"中年危机"，在乱世风云里勇敢展现平凡人物的内心悲喜，主要人物的虚无感溢出屏幕，内心纠葛的原因与人至中年的迷茫的主题都可传承至今。其实与当时的社会环境显得格格不入，似有时代逆行的色彩，但正是因为这种奇异脱胎的逆行才可确定《哀乐中年》的艺术表达离不开张爱玲独一无二的秀丽灵气与敢为人先的创作超人视角。

　　以后汝良就一直发着愣。电车摇笨铛答从马霍路驶到爱文义路。爱文义路有两棵杨柳正抽着胶质的金丝叶。灰色粉墙湿着半截子。雨停了。黄昏的天淹润寥廓，年青人的天是没有边的，年青人的心飞到远处去。可是人的胆子到底小。世界这么大，他们必得找点网罗牵绊。

　　只有年青人是自由的。年纪大了，便一寸一寸陷入习惯的泥沼里。不结婚，不生孩子，避免固定的生活，也不中用。孤独的人有他们自己的泥沼。

　　只有年青人是自由的。知识一开，初发现他们的自由是件稀罕的东西，便守不住它了。就因为自由是可珍贵的，它仿佛烫手似的——自由的人到处磕头礼拜求人家收下他的自由……

　　汝良第一次见到这一层。他立刻把向沁西亚求婚的念头来断了。**他愿意再年青几年。**

（张爱玲：《年青的时候》，北京十月文艺出版社，2001，《传奇》）

　　陈绍常的迷茫与虚无很大程度上来源于人生任务的完成，而青年时期的意气风发对比中年时期的百无聊赖，再想象暮年的悄然而至，更觉焦躁与惶然。张爱玲对于时间的流逝向来敏感，她同样深知青少年时期的所有均是美好的存在，并在 1944 年 1 月发表的小说《年青的时候》中连用两次"只有年青人是自由的"来表达她对青春易逝的感伤与桃李之年的深深留恋。

再让我们回到电影《哀乐中年》的名字"中年"中来，连同此时期张爱玲的乍暖还寒、劫后余生之作《十八春》及张爱玲与桑弧的交往来叠加思量。

> 他和曼桢认识，已经是多年前的事了。算起来倒已经有十四年了——真吓人一跳！马上使他连带地觉得自己老了许多。日子过得真快，尤其对于中年以后的人，十年八年都好像是指顾间的事。可是对于年轻人，三年五载就可以是一生一世。他和曼桢从认识到分手，不过几年的工夫，这几年里面却经过这么许多事情，仿佛把生老病死一切的哀乐都经历到了。

> （张爱玲：《十八春》，浙江文艺出版社，2003 年）

《十八春》开篇就有中年人时光一瞬的感叹，不由得想起刚刚在残破不堪的感情里劫后重生的张爱玲，本来年

龄未见老成，心境却不复从前。她像仿阆苑女被人偷来挂
在了野田旁的小酒馆，肩若削成，腰如约素，陪着多情公
子黄粱一梦，醉官绘图，是本不该出现的一场不近情理的梦。
多情公子终究死在了梦里的结尾，她死里逃生，还魂再迎
一纸春秋，但是眼角处多了细纹，双眉也染上了几丝鹅黄。
好在完璧归赵，她依旧挂在雕栏玉砌的楼阁里供人欣赏。

　　提及《十八春》，便不能忘记化名叔红的桑弧，也会
联想到《小团圆》里的燕山。《小团圆》与《十八春》有
很多巧合之笔，这里只谈两处。一个是曼桢与世钧的纯洁
恋爱，比照九莉与燕山的梦回初恋，都带有娇羞与青涩之意。
另外一个是曼桢被逼奸成孕之后，对腹中胎儿的嫌弃与惧
怕甚至不惜以恶毒之言诅咒，比照九莉以为自己有孕的恐
慌与心烦意冗，曼桢与九莉都是拒绝成为母亲的。燕山的
家族成员人数众多与世钧复杂敏感的家庭人际关系，世钧
的低调稳健与燕山的含明隐迹，甚至那句"我们回不去了"，
都大有九莉无法回到遇见邵之雍之前的自己的遗憾。

　　思想与性情干净到极点的人不愿意口含沉重的恩情负
担，《哀乐中年》的润色与灵气浸染也可算作张爱玲对于
艰难处境之下，桑弧给予她的治愈与扶持的一种感恩回馈。

当然她的灵气与真心也给了此前的胡蕊生。

> 一个人生于千万人之中，受着周围大气的冲击，所以常
> 常会得超过他自己。一时代的千万人因为同时也生于一切时
> 代的缘故，分明是眼前的事物，也使人疑心是梦境，叫喊着
> 辽远的记忆与末日审判。所以时代也常常会得超过它自己。
> 怎么可以把握呢？为什么要心握呢？
>
> （胡兰成：《乱世文谈》，INK 印刻出版公司，2009 年）

胡蕊生的《乱世文谈》发表于 1944 年的 8 月，此时正
是张胡二人刚刚步入热恋期的阶段，两人倾吐心声，坐而
论道，胡蕊生的"时代超人意识"师承张爱玲，在以上文
字中可以隐约窥见。其实不仅仅是《乱世文谈》，胡蕊生
之前在《天地》上发表的《瓜子壳》与《读了〈红楼梦〉》
及在《苦竹》上发表的《贵人的惆怅》等文章的句子都有
些许"张派文风"的痕迹，这与他 35 岁之前的文章大有不
同，而且《苦竹》还是由胡蕊生与张爱玲共同创办，虽然
只出版三期，但是均离不开张爱玲的心血与加持。

胡蕊生并不掩饰他的才华受到张爱玲的灵力提携，这
在《今生今世》中也有所表达。35 岁之前的胡蕊生作品婉

约秀丽但是未见深邃，1944 年之后却略有变化，文中尽是神来之笔，对古典文学与西方文学的见解也增加了更多的哲思深度，这不得不说与张爱玲有密切的关系。

张爱玲的加入促成了他的"胡腔胡调"。他以"张迷"的视角仰望天庭里漫步的仙女，自然乐意做她的学生。但他学张爱玲，却学来一个不知所云的雾里看花。绚烂的华丽词汇琳琅满目，金玉其表中借来张爱玲的几句鬼魅艳异与苏青的一些单纯直白，汇聚在一起倒成就了他的"温润如玉"与"风度翩翩"，属于他的风光霁月的妖气倏忽升起。夸张放大又拐弯抹角，难免显得矫揉造作。

胡蕊生追忆年少的乡土记忆虽有镀上"浮生六记"的脂粉之嫌，可只因那是他为数不多的童稚珍藏，想来他也是实在不忍心丢了真诚，这些叙述的语言质朴，倒也算得动听，让人读来通体舒畅。而梦里跌跌撞撞的感情经历的故事性则太强烈，显得虚假，他太钟爱醉翁的一壶酒，乏味的糟糠之妻能扣上"项脊轩志"的帽子，青楼艳遇也能涂上几层雨过野塘，秋水依旧情深的胭脂香粉。关于禅思与智识的文字往往故作晦涩之词，他却称之为玄妙。一刀砍过去，斩对了是幸运，斩错了是天意，总之万事万物对于胡蕊生而言"亦是好的"。而今水仙子已乘白鹤去，自鸣得意、迷醉而不自知的他是否在生命的尽头有过回心转意？我们和他都不一定知晓，如坐雾中，泪洒千城。

晚年的胡蕊生依然不改角色扮演的个性底色，只是矫情的气质经过时光的打磨慢慢沉淀成了一股山间妖气。胡蕊生的气定神闲与不动风月是刻意编织的梦幻花园。在招惹了太多尘埃之后，反而落得如此也无风雨也无晴的泰然，不知该如何评价。

笔者作为"张迷"实在不能非常客观冷静地看待胡蕊生，也不忘琢磨起他诡异的心思。胡蕊生本是浙江人，却留下不少记述南京的文章，比如他曾在1944年专门写了一篇《记南京》。虽说胡蕊生爱屋及乌，但是并没有因为张爱玲的缘故就青睐上海，胡蕊生并不喜欢上海，说来很是奇怪，那些闯荡上海滩的人似乎并不喜欢上海这座城市，从建筑规划到风土人情都不是那么喜欢，但是却都对邻城南京情有独钟，这种格外的偏宠不约而同发生就很值得玩味。到底是出于怎样的心理呢？

大抵是人对待有机会且有希望获得的人和事才会倾注情感和埋种憧憬，他们深知这座城市的一草一木，灯火璀

璨都与其无关。而南京这座比邻上海的上升城市可以给他
们融入其中的机会，所以"胡蕊生"们把无处安放的虚假
归属感都给了这座金陵城。这就像男女恋爱关系中的追求
心理，绝大部分男子在面对心仪的对象时下意识地以上帝
视角俯视全局，他们对于那些完全求而不得、无法触及的
女子就连谈论的兴趣都不曾有。关于这一点，胡蕊生亦如此。
比如在广西教书时遇到的女同事，因为完全不将他的殷勤
放在眼里，所以他多年以后还不忘对她们展示几句粗鄙之
言。距离太过遥远，高度不可攀登，胡蕊生自称饱学之人，
有自知之明的清醒，自然不会浪费时间与精力，只有对存
在可能性的女子才会抱以热情和关注。

百无聊赖且没有生活主题的人往往容易陷入复杂的人
际关系，甚至是流连于情色，精神已经萎靡到只能靠生理
欲望来维持，所以《小团圆》里的邵之雍在陷入困境之际
恰恰喜欢拨弄云雨，大概是以此来逃避自身的困惑，哪怕
只有一瞬间的忘情与满足。好在胡蕊生到底是迷恋罗曼蒂
克情调的人，他的沉迷还不至于无礼而趋于胡作非为。

面对张爱玲的给予，与桑弧的"记不清"相比，胡蕊
生真的是记得太清楚了。了解他个性的人自然知道他本来

就是抱着对艺术品的鉴赏心情来到张爱玲身边的，对于艺术品的所有信息都需要记录在案，想着日后大有用处，好似记者，又化身探险家，时刻携带他的"看张笔记本"，记录一切，以备不时之需，更不要说还是一手材料、独家藏本。多年以后翻出厚厚的一摞笔记本，时不时冒出两三句金句，篇篇文章不离张爱玲，这样的"早有预谋"真是令人冷汗淋漓。

所有的馈赠都落得一个干净

　　撇开桑弧不谈，张爱玲给予初恋的绝不仅仅是灵气与真心。读者一定还记得《小团圆》中辛巧玉（疑似原型范秀美）来沪做流产手术的事情，盛九莉倾囊相助，丝毫没有顾及到巧玉腹中胎儿的父亲究竟是谁。按照胡蕊生自己在《今生今世》中的气氛渲染，胡蕊生自觉这是张爱玲爱屋及乌的表现，因了对他胡蕊生的残存爱意才伸出援助之手帮助范秀美。其实这与他毫无关系。

　　无论是张爱玲还是盛九莉，她们的行为只能代表面对眼前虚弱无助的孕妇，同为女子的性别认同与同情。身为女作家的张爱玲是在用悲悯之心救赎也终将被抛弃的辛巧玉（范秀美）。这件事非但不能证明张爱玲对胡蕊生的爱意，反而衬托出胡蕊生的下作，张爱玲的悲悯情感越是浓重，胡蕊生不负责任的鸵鸟行为就越发显著。张爱玲自然是看过《今生今世》中对她及其他民国女子的描写的，她没有当时就站出来激烈反驳是不想给胡蕊生一跃而起的机会和成为别有用心之人争相抢夺的谈资，她深知无论做出什么反应，好的抑或是不好的，这些都将会被"无赖人"收集，最终落到纸面上，成为他们之间依然爱着的证据。但不代表她就要隐忍至死，《小团圆》中这些细微婉转的表达都是张爱玲精心设计的反抗。比起《今生今世》的春风化雨，我宁愿选择《小团圆》的"自揭老底"。

面对胡蕊生曾表现出的欣赏与瞻仰，她在艰难之际赠予 30 万元；面对桑弧的扶持与治愈，她与其通力合作完成了三部电影佳作；面对赖雅的包容与理解，张爱玲同样救赎了丈夫残损的身体与飘零的晚年。

她是一个干净至极点的女子，从不愿意背上任何沉重的心理包袱，也许过于洁净的人永远无法体会到什么是真正的快乐，但是她只求落得一个干净。所以直至生命的终点，

她连一个背影都不愿意留下，但是却刻在永恒的光影里，

今日少年明日老，山也遥遥，水也迢迢。

附张爱玲参与过的影片如下（未记录未拍影片）：

影片名称	上映时间	导演	主演
《不了情》	1947 年	桑弧	刘琼、陈燕燕
《太太万岁》	1948 年	桑弧	蒋天流、张伐
《哀乐中年》	1948 年	桑弧	石挥、朱嘉琛
《情场如战场》	1957 年	岳枫	林黛、秦羽
《人财两得》	1958 年	岳枫	李湄、陈厚
《桃花运》	1959 年	岳枫	叶枫、陈厚
《六月新娘》	1960 年	唐煌	葛兰、张扬
《南北一家亲》	1962 年	王天林	丁皓、白露明
《小儿女》	1963 年	王天林	尤敏、王引
《一曲难忘》	1964 年	钟启文	叶枫、张扬
《南北喜相逢》	1964 年	王天林	白露明、钟情

Eileen Chang

张 爱玲去世前用的日光灯似乎与细菌感染有一种隐约的关联。据张爱玲所说，使用日光灯是无奈之举，只因她身患皮肤病，使用各类药物基本无效，只得用日光灯一试，虽然治标不治本，但身体症状似乎真的有所改善。

第四卷

烟火·佳谈

家庭太温暖，反而使人缺少那股"冲劲"。

必须对周围不满，才会发愤做事。

第一章

遇见你，
是我的过人之处

生机盎然是个女童，

在属于她的城市，

制作最舒服的树洞。

三十六岁的旧唱机，

六十五岁的梦，

她在那个严冬的下午，

快乐了良久，良久。

人世尘埃的避难所

她害怕大海，害怕如墨汁般深沉的海上夜色，害怕罗湖桥上的等待，害怕大考前的肃然。但生命的最终归属地却是圣彼渚港外海，等待的结果却是数次泪融于水，求学困顿又辗转不安，循环往复。就像她一生害怕以成年人的身份与这个新旧参差的世界短兵相接，却不得不在病弱的赖雅面前扮演一名常人不及的侠女，在怨怼与愧疚的轮番折磨中被迫应战。

原来她曾经俯瞰过的千疮百痍，那些不忍直视的油盐烟火都是真实透明的。只是在扮演护士的女作家这里，这些千疮百痍的描绘再也无法理直气壮地宣之于口，曾与预言性文字隔墙相望的少女，即使她清楚墙内的杂草丛生和荒凉不已，可到底未曾真正身临其境，那些观察视角中的讽刺甚至不屑带着高贵的华丽刺痛，如今锦服换麻布，容颜迟暮的她抵挡不住大西洋沿岸冰冷的风，这些华美的苍凉变成了直面的锥心之痛。

　　和胡蕊生惊叹于《封锁》的时节相似，又是秋天，只是换了另一方完全陌生的土地。手提旧皮箱的张爱玲告别姑姑，似乎是毫无退路的诀别，她们相约切断一切通信，恐今生不复相见。轮船靠岸的时候已是傍晚，她面对一直畏惧的深海掩面而泣，她的命运轨迹与夜幕下的深海一样深不可测、毫不见底。摇摆不定的船只似乎在告诉她，香港并非她的终点站，在现实的选择与梦想实现的反复考量中，她果然踏上了美国的土地。

　　"水仙子"最畏惧的应该就是孤芳自赏和怀才不遇，作品《秧歌》受到评论家激赏给了她一种"错误"的信心。当然"错误"的界定是因为后来在异国受到的冷遇，可是此时的"错误"对于迷茫无助的张爱玲而言也算作一种精神气息的支撑，因为《秧歌》的好评重新燃起了她年少时期的梦想，相信她曾有过复制上海时期的繁梦的想法。无论接下来命运如何发展，此时那些来自异国的赞赏至少可以支撑她越过墨色般的海洋，缓缓靠到对岸。

　　迷恋张爱玲的人不约而同地将"赖雅"这个名字强行屏蔽，其实不仅是"张迷"们，就连黄逸梵也不见得多么喜欢赖雅。经过黄逸梵并且为她转身的男人不计其数，其中不乏意气风发的年轻男人，女儿的择偶选择几乎每次都能让她大跌眼镜。若是有错的话恐怕是放飞自我，任性张扬，各色的男人组成强大的"后宫"团，既然自己可以不顾周围人的眼光，那么女儿选择了过气大叔也就无可厚非了。因为母女二人都深知对方的独一无二、超凡脱俗。既然如此，无论是怎样震惊世界、颠倒众生的选择都不必多说一句。

张爱玲不是心智不成熟的糊涂少女，尤其是经过了前一段爱情战争的恐怖袭击，她只会对周围的人和事更加警觉。因为那句"我只是自将萎谢了"，更多人相信张爱玲此后的人生再无爱情的出现，她与那位生活拮据、放荡不羁的大叔剧作家的结合根本不存在爱情，那只是无奈的将就，既然失去了最爱，那么和谁在一起都无所谓了。

当然，从功利主义者的思想来看，漂泊在异国他乡，孤苦伶仃的张爱玲需要一名引路人，她不仅是现实世界的路痴，同时也是幻想世界的路痴。此时同为天涯沦落人的赖雅在他应该出现的时间恰好出现了，张爱玲仿佛看到暗夜重洋之上的一盏渔火，虽然是微弱不堪的，但足以温暖她冰封的心灵。张爱玲是绝顶聪明的，她只身来到未知的国度当然不仅是逃避，还是为了拓展她新生的领域，而赖雅刚好是一名阅历丰富的作家。可以说，无论是从生活上，还是从文学事业上，选择赖雅都是正确的。只是贫贱夫妻百事哀，年少时期的赖雅不食人间烟火，一生放荡不羁、钟爱自由，眼看已过耳顺之年的他遇上满身风雨的张爱玲，现实因素总是绕不过去的劫。

但可以肯定的是，无论现实生活有多残忍，张爱玲都不可能接受没有爱情的婚姻。说她无奈将就的人并不懂她，因为张小姐的世界里从来都没有"将就"二字，有多少人期待若是张爱玲选择了年轻力壮且经济实力过硬的男人就不会过得如浮草一般凄凉，但如果真的是这样，她就不是张爱玲了。张爱玲的选择每次都要震慑众人的神经，从前如此，以后也不会改变。

当然，两人的真挚恋情毋庸置疑，只是一纸婚书的确来得意外，若是不曾有孕，想必二人会维持终身的"情爱友谊"，彼此带来心灵上的依托和精神上的牵挂，张爱玲也需要这样令人感到舒缓的异国亲人。其实关于张爱玲的最后情缘，近来一种"怀孕阴谋论"不胫而走，言之凿凿地声称张爱玲借孩子靠近并捆绑赖雅，表面上的"下嫁"是她取得美国绿卡与获得入籍资格的手段。这样的说法实在令笔者所不容，因为此言论成立的潜台词就已经把张爱玲放在低位，貌似是灰头土脸的中年妇女高攀美国戏剧家的桥段。此类言论非但没有充分的证据说明编造的阴谋，反而将言论制造者脑海中的媚外思想完全暴露。要知道张爱玲在未进入文艺营之前就已经获得取得绿卡的资格。1953 年美国曾出台难民法令，法令允许学有所长的优才人士到美国成为永久居民，而张爱玲经由领事馆文化专员麦卡锡的推荐作保，她的申请已经成功通过，所以完全没有必要利用自己的有孕事宜逼迫赖雅成婚。纵然二人的结合有着现实因素的考量，慷慨单纯的张爱玲也不会利用有孕的身体做出这般轻贱自己的行为，这样的言论与猜测实在是辱没了张爱玲的品格。

赖雅坚决不要孩子的选择历来为人所诟病，貌似这场婚姻是有前提条件的，一纸婚书的签订要以张爱玲放弃做母亲的权利来交换。对于孩子的去留，张爱玲的选择里是否有无奈放弃的成分？或者说可不可以用"放弃"这个词语来形容张爱玲的选择？放弃有着被动的意味，难道一开始张爱玲就在赖雅面前落了下风？若真是如此，那么这场婚姻真的就是无奈的妥协与将就了。换言之，孩子去留的主动选择权其实决定了张爱玲与赖雅的爱情真挚程度，主动权究竟在谁的手里？其实拥有预言天赋的才女早就给出了这个问题的答案。可以肯定的是，不做母亲是夫妻二人共同商议的结果，但张爱玲的抉择占据了至少百分之七十。

> 我没赶上看见他们，所以跟他们的关系仅只是属于彼此，一种沉默的无条件的支持，看似无用，无效，却是我最需要的。**他们只静静地躺在我的血液里，等我死的时候再死一次。我爱他们。**
>
> （张爱玲：《对照记》，北京十月文艺出版社，2007 年）

以上文字来源于张爱玲的自我独白《对照记》，令人不解的是这段文字经常被时人引用为张爱玲对血亲家族抱以憎恶心态的证据，若非忽略了最后的情感基调落笔，也不至于如此误读。想来大概是产生此类感想的解读者牢牢记住了张爱玲对父亲张志沂的反感，所以干脆将这种怨气追根溯源扩张到了张佩纶夫妇的身上，他们看见的张爱玲大概是一直坐在咖啡馆里高举透明杯子的张爱玲。

十七岁的张爱玲自逃离张公馆的那一刻起，虽然在形式上与其家族阶级产生距离，但是在精神上不曾远离，尤其是对祖父母的态度，是与父亲完全不同的沉恋情感。张爱玲对于未曾谋面的祖父母一直有一种浪漫格调的眷恋，在她的想象中，祖父母的家，一朝一夕、一草一木都浸泡在古旧的浪漫里，即便已然是溃烂的，但依然是梦幻的。

因为她从未直接参与过祖父母的真实生活，无法切身感受祖父母的悲苦，但是抚摸泛黄的书页，倾听遥远的故事，她拼命挖掘把本该属于父母亲温情的一面赋予祖父与祖母身上，她坚信父母亲不曾带给她的，祖父母都曾拥有。她把小女孩的柔光都放进这些陌生而熟悉的旧照里，她依恋着他们，因为他们之间滚动着岁月的沧桑与暖色调的阴郁气息。她看不见悲苦，只是一厢情愿地恋着这古朴，这份渗透进血液的古朴始终是温柔而敦厚的。

但是这段《对照记》中的文字何以能够联系到张爱玲决心不做母亲的心理？重点要落在"他们只静静地躺在我的血液里，等我死的时候再死一次"上面。临近晚年的张爱玲经常在《小团圆》与《对照记》中品味咀嚼自我的过去，所以有些情感的表达看起来似曾相识。

在此前的自传色彩小说《易经》中已经出现"轮回赴死"的表述，琵琶的内心独白曾说祖父母已经过世了，对于她的事情是既不反对也不会生气，只是静静地躺在她的血液里，等她死的时候，再死一次；而《小团圆》里依然出现了"他们不会干涉她，等她死的时候再死一次"的类似句子；更重要的是她在写给友人的信中说的那句"一个人死了可能还有其他关心他的人的心，等到这些人都死了，就完全没有了"。

《易经》与《小团圆》中出现的重复书写当然不是反映张爱玲的江郎才尽，而依然是她的刻意为之。几处类似句子的表达很有"绝"的味道，联系到前文中的"血液"，可知张爱玲反复强调的是血脉的断绝。因为血脉的断绝才有"再死一次"的感叹，因为不会产生新的生命，所以属于祖父母古朴的气息才只能不间断地"轮回赴死"，等到她不在的时候，便是真正的死亡。她的预言天赋再一次得到印证，弟弟张子静终其一生未婚未育，而她好像早已知道母亲的身份历来与自己无关，所以心甘情愿地"轮回赴死"。这些三番五次的强调其实也在婉转地表达1956年堕胎手术的主动选择性。

另外一个能够佐证堕胎主动权在张爱玲处的信息是张爱玲与炎樱的电话谈话内容。张爱玲去世很久后，学者司

马新找到了她的生前好友炎樱。据炎樱的说法，当年堕胎
手术的医生是她的上司介绍的，但是其中的细节她们并不
知情，只是炎樱记得张爱玲那句"你知道我讨厌小孩"。
赖雅喜好记日记，并且许多杂乱小事都记得事无巨细，但
是笔者并未发现他的日记中提到过张爱玲手术的事情，许
是刻意略去？不得而知。再以跳跃式的回想追溯到《小团圆》
中，以赖雅为原型的汝狄听到九莉怀有身孕的消息，他的
态度并没有坚决要求打掉，而是露出犹疑不定的神情，还
说"生个小盛也好"。虽然犹疑不定即答案，也就是说他
也不是很想要这个孩子，只是没有达到坚决不要的强硬程
度而已。再加上张爱玲在《小团圆》中多次借盛九莉之口
表达出对生育的精神恐惧和心理障碍，联想到与母亲黄逸
梵的亲情纠葛，综上考虑，不成为母亲是夫妻二人共同商
议的决定，只是主动权多半在张爱玲这里，而且不掺杂过
多的被动成分。若是非要强调被动原因，那也只能归结到
张爱玲与赖雅的经济状况实在无法保障孩子的顺利成长上。
所以不要孩子是最好的选择，亦是她主动的选择。

给我勇敢孤独的自由

抛开赖雅年龄与国籍的因素，相较于张爱玲的前两段情缘对象来说，他们是比较相配的。年少时期的惊艳登场，一路顺风顺水地挥洒才华，出身相对优渥，两人对待周遭的事物都是慷慨且单纯，他们都渴望不掺杂质的绝对纯粹。张爱玲的文字世界是阴郁算计又绝望精明的，她与所塑造的人物穿越云层对望，作为独立女作家的她不得不运筹帷幄，但是无论她笔下的人物如何精明阴鸷，都与现实中的她没有关系，她始终是心思单纯、不愿算计的人。

对文学抑郁与从不沾染市井江湖的张爱玲来说，过于精明、善于算计的经历丰富的男子与她始终隔着距离，家族观念浓厚与时刻身背血缘包袱的男子也不适合精神空间需要独立的公寓少女。

因为阔别故土，流落异乡，即使有梦想的力量在支撑，但是形单影只的默默无闻女子的境遇比难民也好不到哪里去。与赖雅的相遇似乎有"枫叶荻花秋瑟瑟"的意味，像是贬谪浔阳的白居易偶遇江边独自弹奏一曲的琵琶女，相逢何必曾相识。

　　初见张爱玲的印象，赖雅用"平易近人，和蔼可亲"
来形容，这不禁令人诧异，难道因为远离了精神的故乡，
傲然清冷的张爱玲就要突然"下凡"做平常女人了吗？赖
雅笔下的张爱玲自然是真实的张爱玲，她的和蔼可亲与落
落大方并不是伪装出来的刻意行为，而赖雅也没有必要用
传统的择贤妻眼光去有意塑造她。之所以产生这样强烈的
反差，是因为此时的张爱玲在与赖雅的相处过程中表现出
前所未有的精神上的彻底放松。

　　张爱玲精神上的放松一方面是因为被眼前谈吐自然、
博学多识的资深剧作家所感染。因为生机盎然的赖雅在谈
天说地中总是洋溢着极大的热情，他的大方与热情能够让
与他对谈的人都下意识放下心理警戒与包袱去自然倾听。
另一方面应该是来自未知色彩的放松，这里的"未知"是
因为相隔遥远的高光声名的未知。大洋彼岸的赖雅并不知
道眼前的张爱玲在上海时期的荣光，所以他能够把张爱玲
当作寻常女子来对待，他对她的平视让张爱玲也以平视的
角度审视自己，以平常心同自己相处，同自身会面。从前
的胡蕊生对她的仰视让张爱玲时刻逼迫自己漫步云端，要
做不问尘世烟火的仙女，她在仰视者面前始终"端着"，

刻意的表演让她的精神与生理都极度劳累。此外还有一种
原因可能与中西方文化差异有关，那便是对作家这个身份
的眼光定位。在赖雅生活的环境里，作家是以职业的定位
存在，它不过是谋生的一种手段；而在张爱玲从前的生活
里，作家尤其是女作家有一种被众人仰视的光环，被冠以
明星的荣耀和待遇。所以满身荣光的张爱玲怎能轻易跌落
神坛？她的一举一动都被时刻注意，都可能被过度解读而
赋予各种各样的寓意，又何来精神上的彻底放松？

　　因为两人都是心思单纯的人，所以初见之时也能对谈
论的事物抱以极大的热情。不得不说，张爱玲总是容易被
热情的谈天所吸引，热情的态度对于她而言有着致命的甚
至莫名其妙的引力。胡蕊生如此，剧作家赖雅同样如此，
她的情感燃点太高，热情这个词对她来说是生活的奢侈品。
只不过胡蕊生的热情有刻意表演的色彩，而赖雅的热情确
实是真正的热情，从年少求学到闯荡好莱坞再到栖身文艺
营，他的热情不曾改变，太过顺利的成名经历更是点燃了
他的精神热情，未曾吃过金钱之苦的他从来没有理财规划
的能力，他的生活主题就是没有主题，他的明天与未来就
是不计明天。

　　初到文艺营的张爱玲对待小房间之外的人际关系向来漠不关心，她每天都能听到这些经历丰富多彩又著作等身的文艺家们的争论声音。把人际关系当成信仰的人是十分空虚的，这一点她依然是认同的。而面对这些人整日孜孜不倦的争论，她不见得十分喜欢，还可能会反感。所以她经营着自己的生活，这一段的情缘，张爱玲依然是被动者。这里有一个小问题，申请来到文艺营的人大多是生活中出现经济困顿的文艺界人士，虽然他们都有令普通人羡慕的过往，但是褪去虚幻的光环，现在看来貌似也无非是泯然于众。那么他们为何依然有精力和心情谈论广阔的世界与他人的生活呢？其实很可能是因为此时已经什么都没有了，才觉得自己可以拥有所有，正因为自己已经什么身份都不是了，所以自由的想象让他们觉得自己可以成为任何人。所以现实生活中，往往一无所有的人最能侃侃而谈，仿佛具备了包罗万象的气势，那些人至中年还表演拙劣文艺感的人比谁都明白扮演文艺青年永远是追求恋人的性价比最高的手段。

　　这样的表演手段张爱玲很清楚，毕竟有了胡蕊生的教训，所以她对于这些侃侃而谈的才子们并不感兴趣，在一场场文艺争论中，她永远是旁观者。可是赖雅的热情谈天毫无表演的成分，他把他的绚丽过往淡淡地叙述给这位来自神秘东方的才女作家，也把如今的平淡甚至拮据透露给她。张爱玲明白这些故事虽然听起来跌宕起伏，但却是真实的经历，因为赖雅真正绚烂过。曾经的叙述者胡蕊生好像也绚烂过，但更多的是经历摸爬滚打的精明算计而一步步走到今天，胡蕊生的起伏经历有太多烟火味和江湖气息；而赖雅不曾灰暗过，他的童年经历与张爱玲的阶层出身有些相似，成名过程也是一帆风顺，甚至可以说是太过于一帆风顺了，所以他的心思实在单纯，他的绚烂是天然的，根本不需要表演。对彼此都无所求的相处状态令人舒服。

曾以为黄逸梵的下意识的亲情伤害淡化了张爱玲爱的能力与自由，但现在经过小阶段人生的回望之后才愕然发觉，正是因为独处的天赋才更使她的爱的能力格外突出。她的爱因为单纯得过分，看起来竟接近冷漠，她的爱需要时刻处于热闹非凡的状态之中，却又要在热情洋溢下挖开一条微小的通道去透气，她的爱是抛开人声鼎沸后的宁雅安然。

在聚光灯下的剧作家缓缓走下神坛，那似乎是好莱坞瞬时更替的必然，它从不为任何一个曾在这里绽放光芒的人停留，属于好莱坞的命运永远都有下半场。对张爱玲来说，半靠在椅子上的耳顺老人也许不会再产生什么奇迹与价值，但他足够坦然与诚实。在孤身一人的异国他乡，她需要这种不加以掩饰的诚实，那是一种无法言说的舒缓与柔和。

张爱玲习惯夜间创作，所以起床会晚一些，而赖雅早睡早起的习惯坚持得非常好，这样的作息规律更好地调和了两个人的生活习惯。张爱玲因为夜间创作辛劳，往往在第二天的上午依旧沉迷床榻，此时的赖雅连注视的尴尬都不会给她，他会去小镇的街道随意晃荡，打发时间，待到张爱玲起床梳洗之后，他才会拿着所购的生活用品回到他们的家中，漫长的片刻，一遍遍整理往日的小报。他们都是具有独处能力的人，因为具备这种能力，他们可以在空灵的艺术世界里不问东西；因为习惯孤独且享受孤独，他们对任何一个人或一件事都不抱有过高的希望与依赖，缺少了精神的依赖反而能够更平和地处理各类人际关系。

张爱玲喜欢安宁，但是这种安宁仅限于情绪上的恬静，并非空间上的完全安静，荒野的空旷感令她产生恐惧与不安的情绪，所以她还是需要另一个身影的陪伴，只是她的要求实在独特，她允许影子的存在，又无法接受影子时时刻刻存在，她钟情欢跃之下的静谧。

　　静水流深的爱丁顿公寓里曾刻有"因为懂得，所以慈悲"的深情之语，只可惜胡蕊生的懂得更多的是被激赏与热情放大加持，褪去短暂的热烈之后，他未必就是张爱玲的知心人。但是这样难得一见的经典之笔永远不会被浪费丢弃，用在张爱玲与赖雅的婚恋关系中似乎更加合适。因为依赖你，所以能够完成彼此救赎；因为懂得迁就你，我才敢于保留孤独的自由。

永恒的救赎，不曾服输

　　初恋似乎是最不需要智商的冲动行为，纯粹的爱情遇上纯粹的张爱玲，那时候全世界就剩下他，好人坏人都不重要，年龄也不是距离。早就对爱情鄙陋的一面看得一清二楚的张小姐在遇上初恋的时候也是同样爱得死去活来，一意孤行。初恋的时候可以飞蛾扑火，在惹火烧身之后还可以站出来高喊生命是如此的壮烈。初恋不需要理智，那时候自己的高超智商也降低为零。但是这一次不同了，她不再是不谙世事的少女，无论怎样故意视而不见，现实就摆在自己的眼前，两个经历半生风雨的恋人是否还可以经得起柴米油盐的平凡婚姻，一次次的考验接踵而来。

赖雅和张爱玲都是有着生活情趣的人，他们也擅长发觉这种乐趣，精神世界的浪漫情调运用到柴米油盐的生活中也显得格外精致。张爱玲一生迷醉于蓝绿色，婚后六个月，他们有了自己的小家，人到中年的张爱玲也不会忘记自己的喜好，她索性把整个房间涂成蓝绿色。他们都不擅长厨艺，在某种程度上而言，不擅长厨艺还是一件优雅的事情，因为两人协作的劳动成果可以增加温暖的气氛。

两个天才作家都到了该做人生减法的时候，都由绚丽走向平淡。赖雅热衷交际，所以家中不免来些友人，畏惧人类的张爱玲也学会试着接受赖雅的朋友们。张爱玲喜欢喝咖啡，赖雅可以耗费一个上午的时间用心煮出醇香的意大利咖啡。他们的年龄差距明显，国籍、人种不同，在经历了各自的大风大浪后居然可以这样细水长流、云卷云舒。对两个自我的天才来说，这样的相处模式简直是一种奇迹，若是没有爱，又怎会忍受与彼此一起看潮落潮起？

君生我未生，我生君已老。年龄差距的问题不可忽视，上帝给赖雅的时间一点一点在减少，婚后两个月，赖雅就多次中风，后来更是跌坏了股骨。张爱玲没有机会在丈夫身上索取更多的未来了，此时的赖雅像一个心情低落且身体衰弱的小孩子，随着年龄的增加，后来更是一病不起，完全瘫痪在病床上。他越来越依赖张爱玲。年轻的时候放荡不羁，也许从未想过自己也有与床为伴的时期，对于一个热爱自由的人来说想必是十分痛苦的，赖雅宁可整天对着床边的墙壁，也不愿意再见到那些好友。

夫妻两人都是无比骄傲的人，不到万不得已是不会去麻烦其他人的，但赖雅的病是需要钱来医治的，为了寻求更多的经济帮助，张爱玲不得不辗转于中国香港和美国两地。在此期间，为了钱她写了不少不忠于内心的烂剧本，这也是没办法的事情，卖文为生的人是要生存下去的。

在赖雅完全失去行为能力时，张爱玲已经把自己嫁给了病床，那个眼高于顶的张爱玲要靠烂剧本来赚生活费，最讨厌和人打交道的她不得不往来于医生和护士之间。其间，和赖雅的女儿多次产生误会，并终其一生也没有解除误会；写文写到眼睛出血，疲倦到下身浮肿。一生追求精致的张爱玲只剩下一张半新不旧的军用床，她要谋生，她要医治赖雅的病。追求自我的张爱玲完全可以一走了之，毕竟在美国，孝道、亲情不会上升到道德的高度，但是她没有。

张爱玲表现出前所未有的侠气精神，就当这场婚姻是一次救赎行为，她要救赎给过自己温暖的人。赖雅生命的最后几年，张爱玲完全彰显了中国传统贤妻良母的侠义精神，这还是那个决绝的张爱玲吗？怎么都有些不认识她了？其实很多人从来没有看清过她，也并不懂她，"冷漠自私"的张爱玲最是有情有义。

1976 年 10 月 8 日，赖雅终于耗尽了最后一丝烟火，带着不甘和歉疚升入了理想的自由天国。张爱玲将赖雅的生命归属权交给了他和前妻生育的女儿。与床为伴的日日夜夜把自己变得憔悴，也许赖雅去世后，她可以稍微松一口气，算是一种解脱。但是这种短暂的解脱立刻变得不可名状起来，最后一个与她一起生活的人都已经消失不见，此后孤苦无依的张爱玲更是进入了"修行"阶段，她决心自绝于世，断绝和外界的一切往来——你们就当张爱玲已经死掉了，现在的张爱玲要向死而生，以另一种方式存活于世。

就像曼桢与世钧的十四年，张爱玲与赖雅的这十一年的婚姻也同样经历了生、离、死、别。要知道这世上并不存在真正的不婚主义者，赖雅在经历了第一段感情之后决定不再走入婚姻的殿堂，对热爱自由的人来说，契约般的婚姻便是地狱。他向张爱玲发出求婚信的那一刻做了巨大的思想斗争——此后的余生，我把自由都交给你。

赖雅用他的独特方式温暖了张爱玲在异国他乡的岁月，他救赎了无家可归的张爱玲；张爱玲也用她本就具备的侠女光辉救赎了赖雅秋叶飘零的晚年。若爱是一场救赎，我从来就不会认输。十一年的风风雨雨没有人愿意记得，壮阔波澜的爱情神话被演绎得凄美夺目，不求波澜壮阔，只愿温情以伴。这场婚姻错了吗？错也可以错得这么美。

遇见你的时候不早也不晚，在千山万水的人海中注意到了你，只想轻轻问一句："哦，原来你也在这里。"

张爱玲曾经以为赖雅和文艺营一样，是她生命中的过客，总归是要离开的，只是暂时停留。因为你我知道彼此迟早会相忘于人海，但这并不影响今日车站的几番感慨。

赖雅婚前经济状况不佳，张爱玲两次赠金，即使是在自己都十分拮据的情况下，她的慷慨与纯情让她来不及计较得失。而婚后赖雅历经四次手术，手术的费用均由妻子张爱玲一力承担，可是张爱玲依然没有离他而去，瘫痪在床的老人是灵魂被迫分离的，尤其是对于赖雅这种乐观积极、热情洋溢的人来说。他要时刻接受精神面貌的焕然一新与四肢无力的窘然难堪的交替折磨，明明他的灵魂还是生机盎然的，但是他的身体已经类似路边报废的老旧汽车，再也无法启动。想必他日常的精神状态是很坏的，甚至会变得脾气古怪，这些张爱玲都要全盘接受，但她还是没有放弃对丈夫的照料，直到赖雅奔至天国。若是没有感情基础，完全是各取所需的目的，他们的婚姻生活不可能持续十一年之久。

遗忘，精神上的劫后余生

张爱玲是喜欢参差对照的，我们不妨也参差对照一番，对于十一年的婚姻生活，张爱玲就完全无怨无悔吗？恐怕也不见得，偶尔的怨气是有的，偶尔的悔意也是曾在脑海中一闪而过的。但是比起十一年的风雨救赎，这些偶尔的生活化的怨气与悔意无须过度放大。

没有一丝悔意的生活该有多无趣。张爱玲不是仙子圣人，自是有着常人都会表现出来的喜怒哀乐、欢笑怨怼。现实生活中谁没有出现过后悔的时刻呢？再完美传奇的人生也该落地。但是将细微之处表现出来的怨气放肆扩大成她最后一段婚姻的失败就显得有些夸大其词、以偏概全了。

就像张爱玲与胡蕊生的恋情一度为人所诟病，也是有夸大其词之感。后人谈笑间无疑放大了她对于爱情的蒙昧与天真，好像她就不该有属于少女初遇爱情的纯情一面，可后人不约而同地忘记了初见胡蕊生的她也是不满二十四岁的懵懂少女，她的情感经历犹如一张白纸，从来没有人胆敢肆意涂抹。面对别有用心之人的猛烈攻势，一时间被蒙蔽当然情有可原，也完全不用承受四周的口诛笔伐。

神坛一般的舞台，张爱玲的对手戏演员是外宽内深又老谋深算的资深浪子胡蕊生，任谁都不一定能够全身而退。胡蕊生忠贞的数十次沦丧，被他当作崇高爱意的温床，他始终是旧时走来的文人，毫无疑问，他将旧时的相敬如宾与红袖添香当作生活的代言，但是不忘携带旧时的三妻四妾点缀他举案齐眉、万象和谐的画卷，他觉得那是彼此分担沉重爱意的风尚。他比谁都清楚，感情终究是要输给时间的，他争夺光阴的手段是将几段感情不断叠加，过一段时间，岁月蒙上尘土之后再翻出来欣赏所有关系中的自己，惊艳暧昧的气氛好像可以拉长至几个世纪，总归自觉是赚到了的。

胡蕊生有着一厢情愿的极度自恋，还会用云山雾罩的语气拉着日暮山河与浩瀚烟波一起自恋，所以一般情况下看不见他的自恋，被一时蒙蔽也无可厚非，在自欺欺人与天花乱坠的赞赏中，貌似我们都无法做到毫发无损。

胡蕊生在《民国女子》一章中，纤云弄笔，大费周折，只为通篇言称张爱玲的万般好，其实好像在强调：我欣赏你的全部，但其实你的才气却是我最不在意的一点。若是上海时期的张爱玲听到这样的言外之意，估计在一瞬间就会刺痛她的末梢神经。想必胡蕊生本是自作聪明，自以为独特的夸赞意在指明张爱玲的多种优点均在可称赞之列，但殊不知张爱玲最在意的恰恰是他点出的最后一句。像是在白白的月影中掉落下来的雨滴，冰冰的，周围的气氛随即变得破败不堪。自以为的懂得只在特殊的、橙红色的气氛里，配合对方的自我期盼而合作出演，才显得相得益彰，不然便是挂不住面具的尴尬了。

胡蕊生喜欢张爱玲是可以肯定的，但他与赖雅的区别之一是他自然不是真的爱她，因为他见不得全部的张爱玲，他见不得作为普通女孩子一样有悲喜怒怨的鲜活的张爱玲，他满眼注意的都是恋人的华贵，他未必看得清张爱玲刻在骨子里的雍容的底蕴。拥有耳闻则诵能力的旧情人其实是一件十分恐怖的事情，精于细节的无微不至不一定能够在恋情惨淡收场时还能体面自然。若是结局略显难堪，过往的浪漫都会变成"对簿公堂"时的白纸黑字，这些刻在纸面中的记忆叫作"证据"。这些言之凿凿的证据是消费观念的利器，纵然隐没于大洋彼岸的张爱玲是如何作呕，不到对方完全驾鹤西去那一刻依然是情绪上的定时炸弹。

犹记得张爱玲曾在写给友人的信中说胡蕊生的死讯与稿费是她最好的生日礼物，一向心思单纯的张爱玲竟然口出"恶声"，想来对于胡蕊生在后期的卖弄已经反感到无以复加的地步。此外，记忆力极强的旧恋人会对你在意乱之时脱口而出的浓情之语与生活细节甚至特别的日期都铭记于心，他们太善于触类旁通，当一切尘埃落定之后，为了满足自己自鸣得意的虚荣心，填补日渐萎靡的空虚心洞，他们还会时不时翻出来查看，自我欣赏的同时也会拉着其他人一同欣赏，继而抒发自我深情的处事态度。胡蕊生真的是没有白白浪费与张爱玲相处的三年时间，从内到外榨取得实在彻底。

曾有人对《对照记》中未曾出现赖雅的情况困惑不已，猜测这是张爱玲对于这段婚姻感到悔恨的证据。出现这种情况的原因并不难猜，《对照记》是完全属于张爱玲自己的。其实除了赖雅之外，在《对照记》中，她的另外两个恋人也未曾出现，"感情不是唯一的归属"在这里也可以得到反复证明。张爱玲始终牢记她的第一身份是作家，她的首要任务是创作，所以不能为过去的情感折磨所困顿，时间始终在流逝，日子总归要一天天过下去，她对于让自己身心俱疲的恋情都选择以遗忘而告终，这样的告终可以获得精神上的劫后余生。

人总要活下去的，在生与死之间，张爱玲当然选择生。但是下作与沉默都可以遗忘，唯独"痴爱"遗忘起来实在不容易，赖雅没有做错任何事情，对于身体上的疾病也非人所能控制，张爱玲对于这些不可控因素产生了一种"遗忘压力"，她想要忘记，但因为知道自己要忘记而产生更大的愧疚，莫名其妙的愧疚滋生一种莫名其妙的恨铁不成钢之感。没有罪恶如何原谅？没有情伤又何以遗忘？对于下作和沉默有绝对强悍的理由忽略不计，那么面对因为必须遗忘而引发的愧疚与怨恨虽然无法完全忽略，但是亦要逃避。她对于赖雅的"处理"不知所措，既不想面对又不愿意丢弃，至少要取得纸面上的精神胜利，所以《对照记》除了未曾出现胡蕊生与李培林之外，赖雅也不曾闪现。

当零下二十三摄氏度的寒风袭来，她不得不正视曾经的预言天赋和灵力鬼气，原来那些侧目观察过的生活都是千疮百孔和无法自主的。像当年日落时分的罗湖桥上的乘客们，人群熙熙攘攘，声音嘈杂，混乱中好像该抓点什么东西握在手里，但却无物可抓，抓也抓不住。

是的，她写的一切都是真实的。

即使身背沉重的负担，十一年的感情也依然可以称为华丽情缘，只因无论是六十五岁的他还是三十六岁的她，心中都住着一个情志单纯的少年。张爱玲与胡蕊生之间隔着整个江湖，但是在与生机盎然的剧作家赖雅相伴的时候，是少年与少年的相遇，不用扮演惊世才女，无须塑造玲珑双璧，天作之合。到了这一刻，生活只是演给自己看。

遇见你，是我的过人之处。

热爱你，让你我都光华夺目。

第二章

看风景的人像是远道而来

我只想向你们保证，

与我在一起的她很是安稳，

永远都会这样美丽、开怀与睿智，

这一切奇迹的发生，

并非是因为互相迁就而改变。

过去如是，

今天亦然，

直到永远。

——赖雅

酒意正浓，浅春也可入梦

她不断塑造旧时人物，即使带有嘲讽与批判，但内心深处隐秘的同情与落空从始至终都在占据上风。游过半生，艾服知非，《小团圆》似乎是浅春私藏的酒，是撕梦，亦是圆梦。

一袭华美的袍子伴随两种最致命的人生误解，其一是错以为张爱玲的"沉浸式恋爱"，其二是被胡乱揣测的精神疾病。在意乱情迷之时淡口而出的卑微之语，由那句当事人刻意营销堆砌的经典情话冲决而起，春日寂寂，似有荡平海潮之势，后来还不断衍生出各类"尘埃系"新生词话。关于张爱玲"传奇初恋"之中的纠葛心路与奇异跌宕前文已经详述，在此无须赘言。一言以蔽之，情场实操经验空白潦草的少女在一派山花烂漫中曾短暂性迷醉微醺，梦醒还魂后，她对胡蕊生的释读终于达成理论与实际的归一，张爱玲对胡蕊生由起初的惊艳激赏与谅解成全逐渐演变为厌弃与鄙夷，随之敬而远之。她对初恋情人的"一生迷恋"

属无稽之谈，爱而不得更是无从说起。

　　先行绕开张爱玲被误解的精神疾病不谈，镀上观奇的曼妙脂粉来猜测一下《小团圆》中的"盛"这个姓氏的设定意义。既然是张爱玲自我记忆的现身说法，是真实经历的破碎言说，故事中的核心人物盛九莉的人物姓名设计相信不是随意为之，那么张爱玲为何要将自我记忆的分身取名为"盛九莉"？或者说为何一定要选择"盛"这个姓氏呢？

　　毫无疑问，《小团圆》中的女主角盛九莉定是跟随父姓。在破碎又完整的螺旋式梦境中，我们可以看见故事的支撑点依然是女性角色，蕊秋与九莉的离合悲欢是整部小说的重头戏，分量并不亚于邵之雍。盛九莉的"盛"字至少有两层含义，分别是代表父系关系的血缘证据与母亲蕊秋的丈夫姓氏，也就是九莉父亲的姓氏与九莉母亲的夫姓。若是忽略宗法父权的冠姓色彩意识，也可以解释为女性对所托之人的尊重与认同，更多的是出于归属感的需要。毕竟女性完成嫁娶之礼后等于"退出"原生家族，成为孤旅人，她们需要重新寻找一个新的避风港得以常驻。既然如此，张爱玲将九莉冠以"盛"姓似乎与母亲黄逸梵有关。

　　在《对照记》中，张爱玲对祖父母婚姻故事的迷恋与欣赏不自觉地渗透于纸面的各个角落，即便是"自作多情"，但也毫不吝啬地刻画书写。她对祖父母的婚姻越是满意，对父母的结合便越发无法认可，那似乎成为一个摇摆不定的天平，最终的结局只能是偏向一方才得以圆满。在张爱玲的眼中，父亲与母亲的结合实在算不得一桩美满且充满热情的婚姻，有限的赞美也只能挥洒在才子配佳人的表层和谐上，骗得过局外人，骗不得自己。盛乃德（九莉的父亲）的沉寂堕落搭配卞蕊秋的新潮浪漫，看起来匪夷所思且啼笑皆非，躲在纸面背后的九莉似乎暗暗发出遗憾可惜的感慨：乃德的确配不上蕊秋。

蕊秋上错了花轿，黄逸梵穿错了嫁衣。《小团圆》是一部碎片化的记忆偷换，也是梦中梦的交错时空，既然是造梦，何不圆梦一场？如果有如果，回到故事的最开始，回到碧玉年华的黄逸梵，回到那个还没有婚约的黄逸梵，回到春心初动的无忧少女的黄逸梵。

张家与盛家和黄家，甚至是后来的孙家都曾有千丝万缕的关系，也许年少时期的黄小姐也曾初遇盛家少爷，自此情缘萌动，芳心暗许。奈何暗暗思念数日终无果，不得不遵从父母之命嫁给张爱玲的父亲张志沂。种种迹象表明，张爱玲的母亲与父亲并无任何感情基础，这场命令分配式的爱情算是黄小姐的一次豪赌。

黄小姐的豪赌以惨淡收场，张爱玲在《小团圆》里帮助母亲圆了一次如果有如果的梦境。九莉姓"盛"，那么九莉的父亲自然也是盛姓，造梦空间里的母亲蕊秋如愿以偿嫁给了盛家公子。但是二次打造的梦幻依然没有丝毫美感可言，盛乃德自私暴虐、冷漠乖张，他的行为方式与思维结构同现实中的张志沂如出一辙。这也可以隐约窥见张爱玲向读者传达的弦外之音，无论嫁给意中人还是适配人都会历经相似的遭遇，承受相同的劳苦，走向一样衰败的结局。她造了一个梦，又撕碎了另一个梦，破碎与完整又再一次糅合，是分裂也是归一，孰轻孰重，谁对谁错，终究是殊途同归。

另外一点可以佐证张爱玲的姓氏设定不是随意为之，而是与母亲黄逸梵相关的关键证据是《印刻文学生活杂志》曾出现描述黄逸梵在伦敦生活的细节文章。文章指出，在入籍证上的持证人父母信息里出现"盛姓和张姓"的字样。这样的信息无疑是黄逸梵本人填写，张姓不难解释，黄逸梵所嫁之人为张志沂，即使已无婚姻关系，但毕竟有一子一女均为张姓，这是无法抹去的关联痕迹，如实填写无可厚非。相较之下，盛姓便显得突兀，黄逸梵本人姓黄，父亲自然姓黄，母亲姓氏目前无从考证，纵观黄家与张家，也没有出现直系血亲里哪一位为"盛"姓的成员。

黄逸梵的心思向来通透，这样的填写思之令人费解，但至少可以证明《小团圆》中的盛九莉的"盛"姓与母亲黄逸梵息息相关。张爱玲对母亲的爱意表达是如此的暗流涌动，不易察觉。她通过这样迂回婉转的方式记录与母亲相处的所有细节，并将这些微小的细节打碎后黏合于一字一句中，因缘际会里，留待"通灵"的读者去发现并解开这一切。九莉对蕊秋的通篇怨怼竟然一直都带着疼惜与怀念，这是两个高自尊人格的女子之间的"针锋相对"，同时更是女儿对已故母亲的情意写真。

苏雪林的"冷热交替"
与张爱玲的"参差魅力"

1995 年秋季，张爱玲在美逝世的消息传来，已至暮年的苏雪林看着友人带来的《中时晚报》陷入回忆，随即翻阅十四年前发表于西子湾的旧作《喜晤张爱玲》一文。据《苏雪林日记》记载，大约在 1985 年的春天，台湾曾发生一件令人匪夷所思的"假张爱玲事件"，这个假扮张爱玲的"女骗兼女贼"借用张爱玲的余晖潜入台湾成功大学，还顺势将苏雪林同事林老师的金镯、人参及若干证件悉数盗走。

张爱玲的名字首次出现在《苏雪林日记》是在 1995 年 9 月 9 日这天，而她对于张爱玲的回忆与评析则是从 9 月 10 日开始的。"假张爱玲事件"的回忆性文字，苏雪林从 9 月 12 日写到了 9 月 19 日，共计八日，可知确有冒充张爱玲者存在。至于张爱玲的相关作品，在未看到张爱玲逝世的报道之前，苏雪林似乎未曾特别注意。

"关于张事，始知张之重要深过一般名人，何以至此，当买其著作研究之。看许平送来资料，耽搁好多时间……"

——《苏雪林日记》9 月 14 日

"许平来送《中央日报》关于张爱玲事数份，我不知张爱玲竟是这样一个大人物。曾虚白、夏元瑜都不及她万一，她的著作我必弄来看看。"

——《苏雪林日记》9 月 19 日

作为"初代五四女作家"之一的苏雪林，与谢婉莹和冯沅君等人相比，她的创作风格似乎更偏向学者型作家，兼教育者与评论家的双重身份。值得注意的是，或许因为长时间浸染在隔绝烟火的"书斋"里，苏雪林身上所体现的"永恒少女"气息并不亚于张爱玲，她对于学术研究的态度呈现出极端自卑伴随极端自恋的复杂情绪。而这样"锋利且任性"的独特的个性化观念自然也体现在她对张爱玲作品的评论赏析上。

> "亦人类好奇之过，看她作品，其小说皆在一书，平平而已，不及琼瑶远甚，谓为女作家中第一，我所不解。"
>
> ——《苏雪林日记》9月23日

> "又借张爱玲作品三本，其中有《秧歌》一本，当再看一遍。惜目昏又看书极慢，恐不能全看。午睡三时起，看张著，只是看不进。"
>
> ——《苏雪林日记》9月24日

> "有一篇谈女人，乃英人所著，原题为《描》，看了半天，仅有一二则有趣，余则茫然。"
>
> ——《苏雪林日记》9月26日

"看张半明半昧，乃知张实奇才。前日致建业信，谓其文平平，实冤枉。"

——《苏雪林日记》9 月 27 日

"张著亦散文集，乃知张幼有天才、神童之称，七岁居然写了一部小说，我七岁尚不识字，十二岁始上学，比之不如远甚。"

——《苏雪林日记》9 月 29 日

"今日看《秧歌》，果然写得甚好，全书不过七十余万字，从前一日可看完，今则看了两天尚未完，甚矣！老之可畏！"

——《苏雪林日记》9 月 30 日

"改看张爱玲早作，无甚特色。夏志清推为第一女作家，实为过誉。"

——《苏雪林日记》10 月 5 日

"看张爱玲少作一派红楼梦，作风不如孟瑶、琼瑶远甚。"

——《苏雪林日记》10 月 6 日

"晚看张爱玲《第二炉香》，取材于本国第三流笔记，毫无意味。"

——《苏雪林日记》10 月 15 日

从苏雪林的私人日记中至少可以窥见四点。其一是其认为张爱玲的散文创作水平高于小说的创作水平；其二是苏雪林并未受到张爱玲极高名气的影响而改变她一贯锋利的辞色；其三是苏雪林对张爱玲早期作品中呈现的"红楼精神"一目了然；其四是苏雪林在阅读张爱玲作品时冷暖心理的略微改变。

阅读《苏雪林日记》至此，不禁发问：苏雪林对张爱玲的评析是否过于冷冽？其实，从私人日记的特殊性也许可以看到更全面的至真观照，这似乎恰恰体现了文学鉴赏的个性化色彩。例如，在比较陆小曼与凌叔华的才华高低时，一向冷静公允的苏雪林似有"暴论"频出之势，言称陆小曼才华远胜凌叔华十倍。对于此番言论，我们不一定会一一认同，因为从普遍论调来看，至少在文学创作领域，陆小曼远不及凌叔华；再如苏雪林对与冰心齐名的庐隐评价平平，却对冰心的作品及本人均推崇备至；《苏雪林日记》中关于张爱玲与琼瑶二人的对比，也大有偏颇之感。即便如此，也不能就此对苏雪林的评析吹垢索瘢，只因文学赏析是伴随个性化色彩的情绪陈列，在无伤大雅的情况下，苏雪林那些略带偏激的语句也体现着她的自由意识与率真感情。评价个体才华的高低始终伴随着评价者本人的主观情绪，这是无可避免的事情。也许可以这样说，《苏雪林日记》中对于诸多作家的评析不乏创作者真诚抒情的智慧观照与个性表达。

历史已然定势，无法更改的是史实，但过程中的细微原因也许有千万种解读，正是因为有了这种未知的距离，才更加激发了创作主体的探索欲。世人对张爱玲及张爱玲作品的参差不齐的评价，使张爱玲在错落有致的目光中更加熠熠生辉。以个性化的微观意识观察张爱玲生命长河中的偶然与必然，在意识的重建中，我们可以看见张爱玲文学世界中的千万张面孔，流动性文本的千万次言说。

张爱玲的"贤者空间"

《小团圆》与《少帅》算是张爱玲晚期创作中鱼水描写较为集中的作品，这些场景在意象化幻境面纱的掩盖下让局外人忽略了剑拔弩张一般的繁殖意象与似有若无的"半强迫"意味。无论是盛九莉和邵之雍的淋透巫山，还是陈叔覃和周四小姐的云雨戏水，作为性客体与被支配者的女性角色都会进入螺旋梦境，梦境中呈现的各类场景与人物形象无关乎唯美浪漫，更谈不上回味悠长，而是惊魂未定的盗汗压抑，所以盛九莉与周四小姐经常陷入自我矛盾的旋涡中。

其实，"长颈鹿女子"的情感战线十分绵长，纵然有乍喜的好感不断铺垫与叠加，也没有达到一试云雨的程度。情感经验丰富且心思老道的邵之雍与陈叔覃自然没有足够的耐心去等待一桩合乎心愿的水到渠成，而是在某种迷蒙绮绝的暧昧气氛的参与中看准了时机，所以在整场情欲活动中，逻辑与计谋战胜了真情流露。不得不说，一旦进入真实演练，"盛九莉"们在自我身体控制权上是几乎失控的。

首先可以肯定的是张爱玲的性观念是正常的，这在《沉香屑·第二炉香》中有所体现，但她到底是传统意识非常重的女子，她存有些许古老的贞洁观念。盛九莉自觉与邵之雍灵肉合一后便失去了主体人格，即使她隐约知晓邵之雍并非良配，但依然有一股无形的观念在压控她，好像失去了主体人格之后，就在一定程度上与邵之雍有了抹不掉的捆绑关系，她在做思想斗争的时候总觉得自己矮了一截，气势弱了一些。

一场场鱼水合欢之后的诡异梦境都好似张爱玲的"贤者空间"，她在情欲演练中感受不到欢悦，取而代之的恰恰是莫名的恐惧，在封闭的空间里，可以看到她敦实的安全感逐渐丧失。周四小姐的迷茫和莫名心慌，盛九莉的屈辱感与负罪感都加剧了张爱玲的反思。她看到了作为性客体的自己被老谋深算的"猛兽"随意支配，在褪去浮华美妙的外表后，只能看见寸草难生的荒漠，而她自己就在这片荒漠的中央。

当然最有可能的是，张爱玲看见了成人世界中最直白的场面，而她也是真真切切的参与者，但是她一点也不希望参与真实的生活。她曾以做人生减法的方式巩固她的高自尊姿态，她以从不参与的做法回击事件与人物的本身，她以自我身影的缺席来减轻事件本身的重量，可是这一次，她无法逃脱。张爱玲的心灵年纪停在了十岁以前，也许在更小的时候便停止了生长，小女孩害怕世界冠以她成年人的身份，所以她曾通过表演清冷与不屑来隔绝与人间烟火的层层往来，表面的不屑与高傲其实伴随着与成年人交往的不自然。毕竟一个不到十岁的小女孩与各色成年人往来交锋是一件十分耗费心神的事情，所以张爱玲选择放弃。

　　在盛九莉与周四小姐的"贤者时光"里，可以窥见张
爱玲最深层次的人格底色——自恋与自卑的相爱相杀。在
童年的人格初次构建中，因为安全感的丧失与被关注度的
极速降低，她形成了隐秘的夸张自恋。每一次夸张怪异的
自我迷恋都像一场无人知晓的暗恋，常人无法轻易察觉的
不屑，伴随张爱玲极高的修养与无数次刻意的掩饰，常常
被误认为是自卑与怯懦。张爱玲在人际关系中的孤高清醒
通过抽离自我的方式缓缓展现出来，她把自己一分为二：
一半是角色扮演的工具人，一半则是真正的张爱玲，然后
真正的张爱玲会跳出当事人的视角，在云端俯瞰并分析这
段关系的所有走向。

　　若是遇到并不讨厌的爱慕者，张爱玲大概是能够在恋
爱关系中抽离出来观察对方深情演绎的人，她通过对方的
表现来分析判断这段关系的正负向甚至对方的品行人格。
若是遇到喜欢的追求者，她也会主动出击试图占领绝对优
势，如与胡蕊生初见时的想法和行为。但是一旦发现对方
并非自己想象中的样子，抑或是对方伪装面具被撕落，她
似乎就抽离得更加快速。这些看似干净利落的处事方式，
其实均来源于安全感的极高需求与神秘性的迷恋维护。

所以很多人不明白为什么面对旧人，张爱玲"怀恋"后却不做出任何实际的行动，也许是因为作为角色扮演的张爱玲在怀恋当时情景，这是作为恋爱故事工具人的张爱玲的行为，是另一个张爱玲，与真正的张爱玲无关。

当冷漠的保护色遇上表演爱好者，他们的爱情会以类别的形式出现，而不是以个体的形象登场。一类是与之相似的人，恋慕与自身相似的人进而证明自我的独一无二，是一种间接肯定自己的表现；另一类则是被羡慕者，是想要成为但无法成为的人，以此来填补主体人格内心的遗憾与缺失。与其说是迷恋对方，不如说是换一种方式在爱自己，迷恋自己映照在对方身上的光影。

日光灯下的绝望诉说

我们以生命回溯的方式试图化解张爱玲晚年的最大误解——精神失常。"张迷"们太过于崇信张爱玲的经典语句，他们相信作为天才作家的张爱玲的生命处于时刻与所写文字相互融合的状态，所以那些几乎快要被人遗忘的"蚤子"跨越山川湖海来到大洋彼岸的张爱玲身边，几乎颠覆了她晚年的安宁生活。

这位光芒万丈的天才，金句信手拈来且让读者无条件信服的作家万万想不到有一天她向亲朋医生倾诉的病痛均被视为癫狂的精神臆想。原来，最深层次的绝望是无声的，是无法被诉说的，是倾诉之后也要被误解歪曲的。既然如此，索性放弃。

在生命的最后阶段，张爱玲几乎是在放弃与重生之间反复纠结的折磨下，一步一个血印向理想的方向摇摇晃晃走去。可以肯定的有三件事：其一是张爱玲的精神病系子虚乌有；其二是她反复提到的蚤虫真实存在；其三是她死于慢性损耗。

不得不说张爱玲所患的几乎都是不会致死却折磨精神且耗尽心力的疾病，这些大大小小的疾病无法预料地堆积，填满了她隔绝烟火的余生。已经游走于神坛之上的天才女作家似乎不该有琐屑的烦恼，传奇的光芒可以守住大众对她的迷恋与欣赏，但无法照进千疮百孔一般的肉身。是的，没错，张爱玲也会生病，最令人绝望的是她的疾病往往不是来势凶猛的急症和绝症，恰恰是那些如跳蚤般难缠的"散落式"疾病。

我梳理并猜想张爱玲的疾病种类并不是出于百无聊赖的好奇心理,而是想见证一位孤身一人的天才是如何在疾病不断的折磨下仍然坚持创作的坚韧决心。张爱玲与虫的"生死搏斗"几乎贯穿了她的晚期创作,人与虫在某种程度上是在相互书写。张爱玲在与虫搏斗的岁月里,她的语言文字依然风采卓然,逻辑构建依然清晰,甚至身后的遗嘱都可以被称为作品。严谨的思维搭配简明的安排,这显然不是一个患有精神疾病的人所能做出的行为。

张爱玲所患的疾病首先是无力抵抗的感冒。张爱玲在与友人往来的信件中提及感冒至少有二十八次,每一次感冒发作,少则一周左右,多则可达数月。她极其畏寒,天气稍有变化,感冒便会来袭。她是寒性体质无疑,但她的居住环境又要达到一定的高温,再加上精神长期紧张与日夜辛苦创作,少不了出现"上火下寒"的症状。

但十分奇怪的是,为什么张爱玲与感冒如此"难解难分"?除了年龄渐长,抵抗力大不如前之外,还有没有其他可能?常人判断感冒多半是根据症状来确认,张爱玲也理应如此。流感发生期间,疲劳感、鼻子不舒服是常见症状,可是超过一定时间的感冒并不只是感冒,更有可能是过敏性鼻炎，邝文美也曾提到张爱玲的过敏症状。此外是长期的疲倦，疲倦虽然也是流感的外部表现之一，但对于张爱玲而言，更加有可能患上的是肾上腺疲劳征。

肾上腺疲劳征患者，他们上午的能量值极低，通常要在下午渐渐恢复活力，他们的清晨是黑白相间的噩梦。根据赖雅及张爱玲本人的说法也可知，张爱玲的作息规律大有"昼伏夜出"之意，因为习惯于夜间创作，自然无法拥抱清晨，所以张爱玲的起床时间较晚。这样看似不健康的作息规律其实并不是张爱玲主动选择的，而是隐藏在背后的疾病所导致的。此外，张爱玲对咖啡及甜食的偏好也属于肾上腺疲劳的症状表现。

当然，导致疲倦感长期存在的还有其他原因，如缺乏有效的睡眠，张爱玲数次提到她需要安眠类药物干预才能保持几个小时的睡眠；营养不良，林式同曾回忆去世时的张爱玲出奇的瘦；自身免疫性疾病及慢性感染等。当人体免疫系统对有过敏症状及患有自身免疫性疾病的患者做出反应时，人体会处于持续性的应激状态，疲惫不堪，关节疼痛甚至思维混乱。若是当以上原因全部存在于同一人体结构时，免不了要患上 SEID，也就是全身劳累性疾病。

张爱玲去世前用的日光灯似乎与细菌感染有一种隐约的关联。据张爱玲所说，使用日光灯是无奈之举，只因她身患皮肤病，使用各类药物基本无效，只得用日光灯一试，虽然治标不治本，但症状似乎有所改善。日光灯照射后就有所好转，不得不让人联想到高温杀菌的原理，通过高温破坏细胞内的蛋白质、活性物质等，进而影响细胞的生命活动，破坏细菌的生物链条，从而达到杀死细菌的目的。若是张爱玲真的患有细菌感染性疾病，那么疾病的源头从何而来呢？

张爱玲一直对十七岁的记忆心有余悸，很重要的原因是十七岁的两场几乎要夺走她生命的伤寒太令人胆寒。隔着时间的海，随着现代医疗的进步，我们不知道伤寒症对于生命的破坏力，但是张爱玲在住院时期曾目睹邻床的同龄女子因伤寒症香消玉殒，而她在母亲及医生的悉心照料下得以痊愈。这里的伤寒当然不是普通的伤风感冒，而是一种传染性极强的细菌类疾病，是伤寒沙门菌引起的急性肠道传染疾病，传染源是伤寒患者和细菌携带者，主要通过消化道传播。

张爱玲的消化功能薄弱，这从张子静谈到的便秘及张爱玲的胃部不适症状、牙齿损耗严重可以得到佐证，所以她自小对待入口食物应该是较为精细的，吃到不洁食物的可能性不大。既然传染源是入口食物的可能性不大，那么细菌携带者最有可能的便是跳蚤、虱子甚至是螨虫，这便让人联想到钩端螺旋体病。

而与钩端螺旋体病类似的还有斑疹伤寒、败血症、风湿热、登革热、洛杉矶出血热等相关疾病，这些疾病的发病原因基本上与虫类叮咬有关。其中值得注意的是，斑疹伤寒多见于寒冷地区并在冬季发作较多，患者往往有虫蚤叮咬史与虱子寄生史。联想到张爱玲十七岁的两次伤寒症及她的畏虫表现与畏寒表现，大概可以推测出张爱玲曾患有斑疹伤寒。斑疹伤寒患者自然害怕不小心再一次被虫类叮咬，若是叮咬的虫还是恙虫病的细菌携带者，潜伏多年的细菌极有可能卷土重来，与身体其他系统交叉感染，一发不可收拾。

然而不幸的是，斑疹伤寒属于感染性疾病，接诊科室应是感染科而不是风湿免疫科和皮肤科，但是张爱玲一直求助的都是皮肤科。治疗感染性疾病的药物是抗感染类而不是抗过敏类，再加上长期服用，形成了顽固的抗药性，所以张爱玲吃的药物基本无效。而且对于细菌感染较为严重的疾病，普通抗生素也无法抵抗，然而新型抗生素就不同了，张爱玲在吃了司马新介绍的医生开的强力抗生素之后立刻好转，这也可以证明困扰张爱玲的很可能主要是与感染相关的病症。

张爱玲曾说医生建议她食用低胆固醇食物，我们可能感到奇怪，张爱玲身形消瘦，何以有此困扰呢？血脂高是肥胖人群的专属吗？这当然大错特错。血脂异常的原因有很多，除了摄入脂肪过多之外，饮食结构不合理及作息不规律，甚至精神压力过大都会造成代谢紊乱，从而引起高血脂。

张爱玲长期承受失眠困扰并服用相关药物，肝脏代谢功能差，造成低密度胆固醇分泌量异常增高，又因职业原因久坐不运动，日夜遭受大大小小的疾病折磨，张爱玲的基础代谢功能已经严重受损。代谢功能受损后，不仅营养吸收差，而且服用药物见效也是十分缓慢。

下面做一次不太彻底的疾病梳理，笔者并没有学习专业的医学知识，单纯以"张迷"的角度试图猜想张爱玲的疾病，目的是让更多的人了解并理解她所遭受的身心折磨，

也期待拥有医学背景的相关读者能够笔耕不辍，进而发现
张爱玲的更多身心困扰。

便秘

自儿时开始发生，弟弟张子静所写的《我的姐姐张爱
玲》对相关情况有所阐述。

伤寒

被父亲张志沂囚禁期间第一次发作，前往香港求学之
前第二次发作。

牙齿损耗

信中提到三十五岁之时，牙齿便已经坏到一定程度，
后来做过牙齿根管治疗（牙齿损耗严重与便秘同时存在，
可知应存在胃肠不适）。

感冒伤风

与友人往来信件中提及感冒有二十八次，且发作周期
长，不易痊愈。

扭伤

1967 年因为搬家扭伤，后来数次扭伤（长期服用免疫
抑制药物，加上肝脏代谢功能较差，出现一系列不良反应，
比如眼睛出血和骨质疏松等）。

眼睛出血

"脚一好一双眼睛就出血，在华盛顿看医生的。"（1967
年5月14日致宋淇与邝文美的信件）

食欲不振

1968年致友人信件谈及自己胃口差，胃胀，胃肠吸收
能力差。

睡眠障碍

1973年致友人信件谈及自己在戒断安眠药。

风湿

1976年致友人信件谈到在用治疗风湿的偏方。

关节肿胀，伤口愈合困难

过度劳累，血液循环受到影响；类风湿关节炎、反应
性关节炎、营养不良、贫血、维生素缺乏及其他免疫系统
疾病等。

皮肤病

极有可能是过敏及感染导致的慢性皮肤病。

白内障

1989年致友人信件中提到眼睛患有白内障，且要食用
低胆固醇食物。

耳部疾病

1995 年 3 月 16 日，邝文美致张爱玲信件中提到张爱玲耳朵发炎。

血栓

最终死因：血栓导致的心肌梗死（细菌感染会侵蚀血管内皮细胞，没有隔断细菌的滋生，形成慢性损耗，进而摧毁全身免疫系统，极易发生风湿性心脏病等）。

可能存有的病症

干燥综合征、干眼症、过敏性鼻炎、肝郁气滞、宫寒、自主神经紊乱、焦虑症、神经性头痛及颈椎生理曲度改变等。关于肝郁气滞、胃肠不适甚至神经系统疾病并非完全臆测，也许可以在张爱玲的祖父母那里找到原因。

光绪十四年正月初三日，张佩纶致信李鸿章，曾提到他身患肝郁头眩，夜不能寐已有数日。

光绪二十三年九月初五日，张佩纶致信李鸿章亦提到李菊耦日益消瘦，肝疾颇甚，头晕目眩且胃部炎症不适，并引发血亏气郁。

光绪二十三年十月十九日，张佩纶致信李鸿章再次提到头目不清，胃痛且久坐眩晕，疲倦异常，并说自己肝眩之症无法去根。

光绪二十三年十二月初十日，张佩纶致信李鸿章说到李菊耦眩晕渐渐痊愈。

光绪二十四年四月初二日，张佩纶提及"顶心之疾，乃是郁闷所致"。

光绪二十四年六月初五日，张佩纶致信李鸿章，谈到李菊耦的湿疮与热痱。

光绪二十七年八月初一日，张佩纶致信李鸿章提到便血。

（《李鸿章张佩纶往来信札》，姜鸣整理，上海人民出版社，2018年）

根据以上信件表达及其他信息，大概可推测出其体质是肝火症与肝郁症的结合，甚至是胆汁质与抑郁质的结合。

当然，仅仅依照只言片语，我们无法判断张爱玲的身心疾病是否与遗传有关，在此梳理出相关信息只是为了提供更多的医学思考，更多的可能性依然要留待考证。

跳蚤与过敏交替存在

1988年张爱玲在信中提到她确信跳蚤的真实存在，而且还与过敏二者并立，情况错综复杂。其中提到各种虫类的信件达数十封，语言表达明确，逻辑思维清晰。信这边的张爱玲无奈绝望，信那边的友人爱莫能助。最触目惊心的是1995年7月25日写给友人的信件中提到的与虫们"搏斗"的场景。

张爱玲需要二十三小时不间断地照射日光灯才得以舒缓片刻，而且小虫趁她入睡的时候还侵入了她的眼睛里，直到第二天，她发现双眼红肿之后将其冲洗出去才算作罢。为了防止虫蛀并且更方便使用日光灯，她被迫剪了一头短发，剪发时的头发茬落入迟迟不愈合的伤口处再度引发炎症。此时距离张爱玲离世仅二月有余，可见直到生命的最后阶段，她依然在倾力自救。

今年花谢，明年也花谢

"倾力自救"这四个字是张爱玲本人的原始表达，以上疾病表现也许仅仅是张爱玲遭受折磨的冰山一角。我想她放弃与亲人的通信及决心隔绝烟火和这些百般难缠的疾病有莫大的关系，她的强自尊性格与不愿麻烦其他人的处事心理让她放弃大范围的求助。另外，年纪渐长的孤旅人在与身体疾病无声抗争的时候，她的精神必然遭受重创，心境必不会好，她的所有生命热情在对抗疾病与拼命创作这两件事上消耗殆尽，再无一丝一毫的精力顾及其他。

　　张爱玲能够如此体面地离开人间，大概是她知道只要她放弃了倾力自救，便会很快香消玉殒，就某种程度而言，她是自己选择了死亡。在身心疾病和无人理解的交替折磨下，她逐渐放弃了倾诉，放弃了求助，甚至放弃了生命。她知道总有人会把这颗无声抗争的时光胶囊反复咀嚼，总有人找到她想表达的真相，她走出风景，又在回望着风景。

　　旧酒依然香浓，浅春也可入梦，其实她都知道，时光正在不断重复来时的路。今年花谢，明年也花谢，死亡可以使众生平等，这让人安心的芸芸众生。

　　但是，传奇未完。

第三章

轻舟一叶，枕山栖谷

张 爱 玲 一 生 的 足 迹

人老了大都

是时间的俘虏，

被圈禁禁足。

它待我还好——

当然随时可以撕票。

一笑。

——张爱玲

1920 年 9 月 30 日—1921 年　上海

麦根路西段 (今康定东路 87 弄，出生地，住所)

1922—1928 年　天津

法租界 32 号路 61 号 (今赤峰道 83 号) 张家老宅 (住所)

1928—1939 年 8 月　上海、杭州

麦根路西段 (今康定东路 87 弄，住所)

武定路石库门房子 (住所)

亚尔培路 (陕西南路 213 号) "宝隆花园" (住所)

赫德路 (今常德路) 宝德照相馆

杭州西湖 (旅游)

赫德路 (今常德路) 60 号黄氏小学 (住读)

福煦路 (今延安中路 740 弄 10 号) 康乐村 10 号 (住所)

亚尔培路 (今陕西南路 213 号) 白尔登公寓 (住所)

霞飞路 (今淮海中路) 伟达饭店 (住所)

白利南路 (今长宁路 1187 号) 圣玛利亚女校 (住读)

开纳路 (今武定西路 1375 号) 开纳公寓 (住所)

赫德路 (今常德路) 爱丁顿公寓 (今常德公寓) (住所)

1939 年 8 月—1942 年 5 月　中国香港

港岛薄扶林道香港大学

港岛宝珊道 8 号圣母堂（宿舍）

港岛浅水湾道浅水湾酒店

1942 年 5 月—1946 年　上海、南京

开纳路（今武定西路 1375 号）开纳公寓（住所）

赫德路（今常德路）爱丁顿公寓（今常德公寓）（住所）

极司非尔路（今万航渡路 1575 号）圣约翰大学

福煦路（今延安中路）国泰大戏院

大西路（今延安西路 379 弄 28 号）美丽园（胡兰成居所）

南京石婆婆巷 20 号（胡兰成南京居所）

1946 年 1 月—2 月　绍兴

诸暨东白湖村斯宅村

1946 年 2 月—3 月　温州

九山河畔窦妇桥徐家台门

九山公园

1946 年 3 月—1952 年 7 月　上海、苏北、杭州

迈尔西爱路（茂名南路）华懋公寓（住所）

南京西路重华公寓（住所）

派克路（今黄河路 65 号长江公寓 301 室）卡尔登公寓

（住所）

乍浦路解放剧场

苏北乡下（参加土改）

杭州西湖（旅游）

1952 年 7 月—11 月　中国香港

港岛北角渣华道 62 号（住所）

港岛薄扶林道香港大学

港岛麦当劳道 1 号基督教女青年会 YWCA（住所）

1952 年 11 月—1953 年 2 月　东京

找好友炎樱，寻觅去美国的机会未果，亦未寻到工作

1953 年 2 月—1955 年 11 月　中国香港

港岛麦当劳道 1 号基督教女青年会 YWCA（住所）

港岛英皇道某公寓（住所）

港岛北角继园街 38-44 号辉浓台（宋淇家）

港岛花园道美国新闻处香港分处

港岛北角英皇道 338 号兰心照相馆

1955 年 11 月—1961 年 10 月　美国

乘船赴美途中，在日本的神户、横滨和东京游览

纽约救世军职业女子学校（住所）

新罕布什尔州彼得堡爱德华·麦克道威尔基金会文艺
营（住所）

纽约西第 99 街（住所）

纽约萨拉托卡泉镇罗素旅馆

纽约西奈山医学院

新罕布什尔州彼得堡松树街 25 号（住所）

洛杉矶亨廷顿·哈特福基金会文艺营（住所）

旧金山布什街 645 号公寓（住所）

1961 年 10 月　中国台湾

台北阳明山公园附近麦卡锡别墅（住所）

台北阳明山日式旅馆（住所）

花莲王祯和家（住所）

在台北、花莲游览，从花莲经台东、高雄返台北

1961 年 10 月—1962 年 3 月 中国香港

九龙花墟道某公寓（住所）

九龙加多利山嘉道理道 46—48 号山景大楼（宋淇家，

住所）

1962 年 3 月—1995 年 9 月 美国

华盛顿第 6 街 105 号皇家庭院（住所）

华盛顿 C 街肯塔基院（住所）

俄亥俄州牛津迈阿密大学

纽约曼哈顿阿拉玛旅馆

马萨诸塞州康桥赖德克里夫女子学院

马萨诸塞州剑桥布拉图街 83 号公寓（住所）

加利福尼亚州柏克莱市沙特克街加利福尼亚大学中国

研究中心

加利福尼亚州柏克莱市杜兰街公寓 2025 号 307 室

（住所）

洛杉矶好莱坞日落大道一座公寓（住所）

洛杉矶多个汽车旅馆

洛杉矶罗切斯特街 10911 号 206 房间（住所，去世地）

（本文由袁培力先生考证，石若轩整理）

→ 是旧世纪的月光暮然投进片片烟云里，飘来几抹胭脂色。错落的脚步声行色匆匆，与落地
有声的霖霏融在一起，挎着帆布包的女子抖落一路的香风，我沿着香风寻去，抬头第一眼
看见的是承载几世记忆的铛铛车。岁月不堪细数，梨云梦远，英皇道上的兰心照相馆在悠
长的时光中万里蹀躞，借来春光一束，换一次与张爱玲的北角会晤。

→ 铛铛车行至糖水道，看见最为稠密的人群，犹如 20 世纪 50 年代的场景。不知哪一辆铛铛车曾经如此幸运，有机会被张爱玲的才思灵感带入卓然的文字里。初遇香港时的青年艺术家时刻不忘旧式体面的拓印，不舍童年的红楼约定，蘸着紫罗兰花粉制成的清香墨汁，一点一滴地将少女的缠思落于纸面，一眼望去是盈盈秋水，清冷而秀澈。

→ 春分前后的香港，有暖风在酉时偷偷扣窗了。我站在高街三分之二的地方，写有薄扶林路
牌的右侧，望着群山进入夕阳，小心翼翼地手握春意的呼吸。惊觉原来安闲似梦的韶光是
这样少，奢侈到连同静候巴士的时候都像在电影中偷来的一帧。
异乡即是故乡，愿闲春随人意。

→ 看见手持《红楼梦魇》的女生从我前方走过，觉得青春的影子瞬间被拉得很长很长，骄矜
　未脱的女孩子可以无限制地躲在年纪的象牙塔里挥洒笔尖下的小小欢愁，红绿灯转换之间，
　竟然多了几丝对这热忱澄澈的嫉妒。看到似睡非睡的阳光此刻浮于地上，恍惚间记起和张
　爱玲不曾履行的"红楼旧约"。

→ 格子间里的少女情怀总是要挑选一段自造的光怪陆离的人间，双脚是不能完全落地的，放
逐伤春的灵魂，任凭她们谪居在挂满马斯洛需求理论的楼梯上。面对风云历乱的春申旧事
泣涕涟涟，靠近真实琐屑的日常时又显得有些薄情寡义。

→ 近日重读《对照记》，真切地感受到原来不可复制的童年时光是许多女作家的灵感秘密花园，冷红色的潮湿记忆从未褪色，像是染得一场大病，狂风大雨过后的决然清醒。《对照记》中的张爱玲与那些曾经反复咀嚼过的时光碎片和家族旧事终于坦诚相见，金丝楠木搭建而起的书架，在诡异昏暗的灯光映照下静静焚烧。烟尘雾气径直漫向悠长的夜空，她挽起新旧融合的宽大袖子，伸手对着星辰暗暗祈祷，最后心平气和地落笔，会心一笑。

归飞越鸟恋南枝

　　我的"张爱玲心灵地图"是从《半生缘》开始的，读过《张爱玲的2020》的读者也许还记得笔者在年少时期对男主角沈世钧的解读于文内文外都充斥着恨铁不成钢般的不快之感，如今日月光转，再度以局外人身份自我审视的时候，愕然惊觉那些傲然风凉的"愤青"言论实在是贻笑大方，不免惭愧惶恐。

　　当碧玉之年的张爱玲自1943年点燃属于她的第一炉香起，略显暗淡的文字银河突然铺满灼灼的金粉，一时间沉香缭绕。她以旷世之才编织的文字世界灿若星河，但《半生缘》依旧是我最为偏爱的一枚莹魄。即使它是张爱玲于惘然之时，身处新旧交接中的一次艰难探索，即使它褪去了张爱玲早期的华丽炫目的笔调，甚至染上一种中年人的无奈惆怅的宿命味道。结合张爱玲的命运轨迹及创作布局，加之笔者个人的情感倾向，这部署名"梁京"的回归之作——《半生缘》至少存在三重意义。

其一是张爱玲有意识地将自身的创作风格由艳异凌厉的"传奇"炫技转向白描透彻的"传真"书写，《半生缘》是这次创作布局的尝试之作。张爱玲的华丽表演开始于《沉香屑》系列，终止于《创世纪》，因为《十八春》(《半生缘》)在《亦报》连载的时候，为了避免不必要的纷争，张爱玲是以第二身份进行创作的，所以当时的读者应该不会如此敏锐地察觉她的创作风格的转变，亦不会用之前的《传奇》与《十八春》进行对比。

与《传奇》中出现的各类角色对比，《半生缘》中的人物形象与性格刻画更加鲜明，属于角色私人空间的内心独白逐渐减少，而且好与坏之间的界线较从前明确，正面人物（如顾曼桢与沈世钧）和反面人物（如祝鸿才与顾曼璐）的阵营安排略显秩序感，趋于脸谱化；《半生缘》中的故事情节、人物矛盾激烈，角色经历曲折；属于《传奇》中特有的婉转迂回的含蓄表达与大量氛围感的氤氲叙述在《半生缘》中被有意淡化，角色的行为及心理多用清晰直白的语言描绘；故事结尾处的主流思想的靠近较张爱玲从前的作品更为刻意明显。

张爱玲曾被划分为鸳鸯蝴蝶派作家，其实毫不夸张地讲，早期的《传奇》应该与鸳鸯蝴蝶派无半点关系，倒是后来的《十八春》的风格竟然与张恨水甚为接近。学生时代的张爱玲曾多次提及喜爱张恨水的作品，至于喜爱原因，也不是因为成名作首发于《紫罗兰》和早期风格带有鸳鸯蝴蝶派味道的关系，而是因为她觉得张恨水的书不高不低——高的比如《海上花列传》及《红楼梦》等，看了之后她不敢起笔；而类似杰克（黄天石）和徐訏等人的作品，看了又要起反感——言外之意，若是时机到来，她并不会回避对张恨水写作经验的承接与致敬。

正如张爱玲在信中所说，张恨水的书不高不低，在阳春白雪与下里巴人的两极结构中雅俗并举、收放自如，故而能够以普通人的身份走入大众中间去，与读者融在一起，了解并接受读者的阅读取向与心之所想。所以《半生缘》开始连载之后，阅读的受众群体明显比之前更为广泛，作品所接收到的来自各方的反馈也较《传奇》更加热烈，对这部署名"梁京"的作品笔下的人物命运走向的讨论度甚至一度高过了对以往张爱玲笔下的人物命运的讨论度。

至于说《半生缘》是"传真"的书写，重点就在于一种真实感的流露。《传奇》的艺术成就与综合评价虽然高于《半生缘》，但张爱玲对于爱情的细节描绘在前后两个阶段的表现明显不同。前期着重于男女爱情战争的推拉与步步为营，后期则是更专注于对男女主角恋爱阶段的细腻书写。猎奇的炫技表达虽然看起来光华夺目、惊艳老辣，但也许是因为太过在意写作技巧的罗列，人物在恋爱情节中的表演性质过于强烈，反而失真。反观《半生缘》中的恋爱部分的书写，虽然直白浅显，但也因为细节描写过于精练，使读者犹如置身其中，也达到了震撼人心的效果。

之所以有了这样的转变，也是因为张爱玲个人身份的转变，她从爱情大戏中的观察者变为了参与者。在未有真实的情感经历的阶段，她的创作带有"端着架子"的嫌疑，创作者是站立的，人物角色却给人"躺平"的错觉。但因为张爱玲得天独厚的创作才华完全能够调动笔下人物的喜怒哀乐与行为命数，所以即使人物形象是提线木偶一般的存在，也可以博得华丽的满堂彩。

到了1950年，一切便不同了，张爱玲对于两性关系有了来自自身经验的真实性把握，当她对于男性的认知由文学性的理解走向理论与实践的统一，她的个人心境与创作意识自然不会一成不变。在《沉香屑·第一炉香》与《沉香屑·第二炉香》中，张爱玲曾将男女主角的爱情线穿插藏匿于大量的环境描写与微醺的迷乱氛围中，而在曼桢与世钧这里，她显然不再大量着墨于两人周边环境与非自身的人际关系网络描写，而是以定格镜头来直视二人的恋爱细节。

当然，张爱玲的自身情感经验是从胡蕊生开始的，但可以确定的是在《半生缘》中完全不见这位劫难一般存在的初恋的身影。这在《小团圆》中，关于《半生缘》的人物原型来源问题上，张爱玲已经借邵之雍之口明确表达过。至于《半生缘》中开篇对于男女主角的纯爱表达的经验来源，笔者已经在本书第一卷的第一篇文章中有所猜想，在此不做赘述。

张爱玲的第一段恋爱经历在一定程度上消解了她，甚至削弱了她。但经历一番噬骨之寒的纠结挣扎过后，她并没有就此一蹶不振，她始终牢记自己为何而生，因何而存在，即使有短暂的迷路，但到底是回到了本该属于她的正途。可以这样说，《半生缘》是张爱玲完全脱离胡蕊生阴影后创作的第一部长篇小说，它的出现以回归正途为创作底气，带有独立精神的清醒色彩，可以称得上张爱玲的劫后余生，这是《半生缘》的第二重意义。

在《半生缘》中，张爱玲借顾曼桢的生存选择向关心她的读者及自身传达出接受命运进而承担命运的勇气。人总要活下去，日子总要过下去，游过痛苦的长河，湍急的水终究是没有漫过自己，过去的命运只剩下陨落的苍凉，留下的是选择与苦难共存的侠女。这是她的幸运，同时也是我们的幸运。

创作《沉香吻雨声声落：重访张爱玲》之前，正值我身体极其虚弱，经过一场手术与脊柱炎的轮番折磨，我再次苍老许多。这里的苍老之感不仅是身体疾患的影响，更在于自完成《张爱玲的 2020》之后，我在创作方向上的迷路。

错误的书写好似一段孽缘。何为错误的书写呢？或者是说究竟错误在哪里？就我个人的创作体会来说，大概可以这样定义：错误的书写主要源于创作者与被塑造者之间的不匹配，尤其对于非虚构创作，书写一个人物好似谈了一场恋爱，错误的恋爱对象无疑是一段孽缘，而孽缘产生的后果是一种杀伤力极强的劫难。

产生错误的原因并不是创作者本身塑造能力的问题，亦不是被塑造者自身的原有性问题，产生一切问题的症结在于二人之间的不匹配。创作者无力承担被塑造者的前世今生的命运流向，在相互折磨的不搭配捆绑中削弱了彼此的生命力量，最终落得不尽如人意的结局。

当创作者本身渐渐意识到，他所书写的人物的面目随着时间的推移与周遭言语评析的影响竟然逐渐模糊；当创作者在书写完成的前后之间已经对塑造的人物失去了从前的坚定信心；当他开始不相信被塑造者，并且自己都无法说服自己去相信他所塑造的人物的时候，这样的书写无疑是失败的，这极有可能是一次"误写"。

自 2022 年伊始，我渐渐意识到自身创作方向的失误，几度化身盛九莉在我的"小团圆"剧场中内省自察，试图寻找自我灵魂的回归。伴随疾病的困扰与细致的自我梳理，我开始完全回归到张爱玲的文学世界中来，而第一场回归式阅读，我便下意识地选择了浸染劫后余生气息的《半生缘》。迷途知返的归来可以算作张爱玲与我共同的劫后余生，这也许是我评《半生缘》的第三重意义。

1946 年的《东南风》杂志的第 20 期刊登了一篇标题为《张

爱玲将东山再起》的文章，该文章的作者署名为小朱。这篇评论风格的小文虽然欠缺一定的权威性，但其中的几个观点却值得注意。文中提到张爱玲的小说创作似乎进入停滞阶段，而导致她坊间风评不佳的主要原因是恋慕上错误的对象与行为张扬的怪癖。这里暂且不论行为张扬的问题，仅仅将目光聚焦于小说创作的阻滞期一说。

自 1943 年的春季，张爱玲进入小说创作的巅峰热情期。但是《创世纪》发表过后，也就是从 1945 年的夏季起，在很长一段时间里，张爱玲似乎遭遇了小说的难产。除当时反响平平的短篇小说《郁金香》之外，在各大杂志上均未见张爱玲的小说新作，《多少恨》因为由电影剧本改编而来，故另当别论。

一段本不该出现的孽缘阻断了张爱玲的创作灵感，笔者个人是确信这一点的。直到 1950 年，《十八春》的连载使张爱玲的小说作品在消匿五年的时间后终于踉跄而归，《十八春》的成功发表对张爱玲而言意义非凡。张爱玲在 1968 年接受采访的时候也曾谈及这部作品，特意表达了对创作《十八春》时的认真态度，甚至一度不忘反复修改订正作品的内容，将光明味道的暖式团圆改为了个体意识显著的冷式苍凉。言及此处，耳边响起了那句久违的歌词"我做了那么多改变，只是为了我心中不变……"

从绚丽走向平淡，张爱玲对待作品中的人物越来越宽容，越来越理解。她尊重白色人物在信念残破之后的生存意志，她接受黑色人物那略显自私的个体意识，她看得起她笔下的所有女子，这些流动于张爱玲文学世界中的人物也同样看得起自己。传奇与幻梦接踵而至，艳红玫瑰有更烈的眷恋，纯白玫瑰亦有更深的执愿，轻轻剥开人性共通的一面后是片片哗然，余韵是远远铺陈不尽，尝过个中悲欢滋味也算是圆满。

在创作《沉香吻雨声声落：重访张爱玲》的时候，我曾向张爱玲研究学者符立中先生请教相关问题，了解符先生的人亦会知晓他与丘逢甲的渊源。在本次的后记书写中，我反复谈及"劫后余生"这个词语，意为灾难过后留存下来的人或物。而"劫后余生"的出处是丘逢甲的《岭云海日楼诗钞·寄怀许仙屏中丞四首》中的"归飞越鸟恋南枝，劫后余生叹数奇"。灵感际会，本书后记的题目因此化用而来，但我更愿意将"劫后余生叹数奇"改为"劫后余生数传奇"，私以为更符合本次创作的目的。

有关张爱玲的话题是永远道不尽的，《半生缘》《小团圆》等作品亦是常看常新，言之不尽的话语只好留待下一部作品详撰。我欣赏每个阶段的张爱玲，尊重并肯定每个阶段的张爱玲，而对于张爱玲的热爱，我也将永恒留存，常知常新。毕竟张爱玲真的值得，这段文字奇缘也真的值得。

石若轩

2023 年 2 月 10 日于香港何文田

图书在版编目（CIP）数据

沉香吻雨声声落：重访张爱玲 / 石若轩著. —武汉：武汉大学出版社，2023.10

ISBN 978-7-307-23909-8

Ⅰ.沉… Ⅱ.石… Ⅲ.张爱玲(1920-1995)-文学研究 Ⅳ.I206.7

中国国家版本馆 CIP 数据核字 (2023) 第 153158 号

责任编辑：李 丹　　　责任校对：冯红彩　　　版式设计：智凝设计

出版发行：武汉大学出版社 （430072 武昌 珞珈山）

（电子邮箱：cbs22@whu.edu.cn 网址：www.wdp.com.cn）

印刷：三河市祥达印刷包装有限公司

开本：880×1230　1/32　　　印张：13.5　　　字数：205 千字

版次：2023 年 10 月第 1 版　　2023 年 10 月第 1 次印刷

ISBN 978-7-307-23909-8　　　定价：58.00 元